방패 용사
성공담 14

아네코 유사기

Aneko Yusagi

자, 이 누나를 상대할 사람은 없니?

 쿠텐로에 진입하고 첫날부터 이러기냐…… 승전 파티라고 너무 마시지 마, 사디나.

그래요 사디나 언니.

 어머, 나오후미하고 라프타리아구나! 승전 축하 파티인데 뭘.

그래도 말이지…….

 다들 취해서 픽픽 뻗었어요.

그러니까 새 도전자를 모집 중이잖니. 마침 잘됐으니까 너도 마시렴. 명주 『타누키(狸)』도 있단다.

 ……취해서 추태를 보일 순 없으니까 사양할래요.

어? 이 나라에서만 마실 수 있는 술인데?

헤에…… 이 술은 쿠텐로에서만 마실 수 있나.

 그럼. 쿠텐로에서 외부에 누출하지 않는 기술로 만든 술이야.
자, 라프타리아. 팍팍 마시고 술도 강해지자꾸나.
이 언니는 많이 기대하는걸?

강해지기 전에 죽을 것 같으니까 사양할래요.

 에…… 마시자.

하는 수 없지. 내가 상대하지…….
술 마시다 죽는 사람이 나올 판국이니.

 그러게요.
나오후미 님, 부탁해요.

어머—.
이 누나도 안 질 거야.

 ……이 상태로 내일부터
싸울 수 있을지 걱정되는데.

동생 같은 존재 / 언니 대신

가족 같은 관계

천명의 피를 이은 자
라프타리아

마물 여자애
필로

전직 수룡의 무녀
사디나

애완동물?

사랑 / 신뢰 / 부모의 마음

방패 용사
이와타니 나오후미

라이벌? / 동료 / 주인님

동료

마음에 듦

사모

동료

기대

장님 소녀
아트라

질투

하쿠코 종 소년
포울

시스콤 / 여동생 / 오빠

방패 용사
성공담

등장인물
관계도

목차

프롤로그　쿠텐로 침공회의 …………………… 003

1　화　봉인된 오로치 …………………… 025

2　화　강화 공유 …………………………… 053

3　화　저주받은 칼 ………………………… 077

4　화　순풍 …………………………………… 086

5　화　상대의 정보 ………………………… 107

6　화　기의 운용 …………………………… 118

7　화　방향치 ………………………………… 145

8　화　누님 …………………………………… 175

9　화　살육의 무녀 ………………………… 193

1　0　화　방패 강화법 …………………… 224

1　1　화　일시귀환 ………………………… 240

1　2　화　선대와 당대 …………………… 250

1　3　화　과거의 천명 …………………… 301

1　4　화　마물의 공포 …………………… 341

에필로그　저녁노을 ……………………………… 359

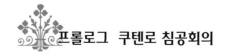# 프롤로그 쿠텐로 침공회의

"현재 상황부터 확인하지. 우선은——."

승전 연회가 있고 다음 날, 나는 쿠텐로의 항구도시 저택에서 앞으로의 방침을 정하려 하고 있었다.

저택 안은 어제 열린 승전 연회…… 마시고 노래하면서 떠들어댄 영향 때문인지, 상당히 많은 쓰레기가 굴러다녔다.

일본풍 나라라서 그런지, 일본으로 따지자면 꽃놀이가 끝난 뒤 너저분해진 공원과 비슷한 모습이다.

"우우……."

내 동료들을 제외한 다른 녀석들은 다들 축 처져 있다.

"뭣들 하는 거야? 라프타리아를 수령으로 삼아서 혁명을 일으키는 거 아니었어?"

어젯밤의 넘치던 의욕이 거짓말이었던 것처럼, 하나같이 누렇게 뜬 얼굴로 끙끙대고 있다.

"무, 물……."

"사디나 언니가 다른 분들이랑 술 대결을 벌이는 바람에 이렇게 된 거라구요."

"어머나?"

"소, 소문은…… 사실이었어. 선대 살육의 무녀를 상대로 술 대결을 했다가는 죽는다는 소문이…….."

간밤에 사디나와 술 대결을 했던 자들이 잠긴 목소리로 뇌까렸다.

당장 죽기라도 할 것 같은 표정이군.

토하러 간 사람이 벌써 네 명…… 돌아올 줄 모른다.

하나같이 숙취로 골골대다니…… 이래도 괜찮은 건가?

으음, 현지에서 합류한 자들은 내버려두고, 일단 같이 온 동료들과 방침을 정하는 게 좋을 것 같다.

현재 쿠텐로는 부패할 대로 부패한 정치 때문에 국민들이 상당히 큰 부담을 짊어지고 있다.

라프타리아의 목숨을 노리던 자들은 나라의 고름이라 할 수 있는 자들의 입김이 닿아 있었다고 한다.

그리고 우리가 쿠텐로에 쳐들어온 결과 혁명 운동에 찬동하는 자들이 일제히 목소리를 높이기 시작한 것이다.

오랜 세월 억눌린 울분이 있었는지 우리가 항구를 점거한 순간, 도시 전체가 축제라도 벌어진 듯 떠들썩해졌다.

지금도 그 활기는 여전해서, 저택 밖에서는 쿵작쿵작 흥겨운 소리가 들려온다.

"그 여자는 술의 신에게 사랑받는 여자였어. 지금도 어딘가에서 마시고 있다던데…….."

"설마 술의 신도 도망칠 만큼 독한 술을 그대로 들이켜는 괴물과 동행하고 있었을 줄이야…… 납득하지 않을 수가 없군."

왜 시선이 나한테로 모이는 거야? 루코르 열매를 먹는 게 그렇게 주목받을 일이냐?

"왜 이렇게 괴물 취급을 받는 건지…… 이해가 안 돼."

내 이름은 이와타니 나오후미. 원래는 일본인인데, 현재는 이세계에서 방패 용사 노릇을 하고 있다.

이세계에 소환돼서 방패 용사라는 직책을 떠맡았다고 하는 게 옳을까?

요전번에 벌어진 사건을 통해, 방패 용사라는 것이 국가에 따라 대접부터 차이가 심하게 난다는 것을 뼈저리게 실감하고 있다.

그 경험을 설명하기 전에, 나를 소환한 세계에 관해서 설명해 두는 게 좋겠지.

이 세계는 게임처럼 레벨이라는 게 존재하고, 마물 등을 처치하면 경험치가 들어와서 그 레벨이 오른다.

스테이터스라는 요소, 현대 일본의 게이머라면 누구나 쉽게 이해할 수 있는 세계 구조가 근본에 깔려 있다.

집중해서 의식만 하면 자세한 능력치도 확인할 수 있기에, 게임 속 세계에 소환돼 들어와 있는 거라 해도 아주 틀린 말은 아닐 것이다.

뭐, 그 알기 쉬운 면 때문에 벌어지는 실수도 있을 수 있겠지만.

내가 이 세계에 소환된 이유는, 세계를 붕괴시키는 파도라는 재해를 막아서 이 세계를 지키기 위해서였다.

선정된 용사, 이세계 소환 등의 창작물에 익숙한 내 입장에서는 그야말로 꿈과도 같은 상황이었지만, 나를 소환한 메르로마르크라는 나라는 종교상의 이유 때문에 방패 용사를 악마로 인식하고 있었다.

그 때문에 이런저런 음모에 휘말렸고, 내 입으로 이런 소리를 하는 것도 좀 그렇지만 결과적으로 내 성격은 완전히 꼬여 버렸다.

만약 방패 용사를 숭배하는 실트벨트에 정상적으로 소환됐으면 어떻게 됐을지를 생각해 본다.

실트벨트라는 나라는 아인, 수인이라 불리는 인종이 사는 나라다.

그 실트벨트에 소환됐을 경우…… 나는 신 대우를 받으며 귀한 대접을 받았겠지. 하지만 신의 아이를 원하는 온 나라의 귀족들이 여자들을 데려와서 나를 위한 하렘을 만들려 했던 것도 기억에 생생하게 남아 있다.

음모에 휘말려 누명을 뒤집어쓰고 무일푼 상태로 쫓겨나는 것과 종마처럼 쥐어짜이는 신세가 되는 것, 어느 쪽이 나을까?

까놓고 말하자면 둘 다 싫은데…… 지금의 나는 그런 게 질색이니까.

어찌 됐건, 이런저런 음모와 성가신 일들을 물리치고 나는 지금 여기에 있다.

"나 참, 한심한 일이네요."

"흥…….."

아트라와 포울이, 숙취에 축 늘어져 있는 자들을 보면서 황당하다는 듯 말했다.

이 둘은 내가 구입한 노예인데, 실트벨트에서는 고위층에 해당하는 하쿠코 종이라는 종족이다.

아트라는 외모로만 보면 어린 여자아이. 다만 내면은 상당한 무투파다.

요전에도 실트벨트에서 혈기 왕성한 녀석들을 힘으로 설득한 바가 있었다.

그때 일에 대해서는 할 말이 많지만, 결과적으로 잘 풀렸으니 일단은 그냥 넘어가기로 했다.

실트벨트 중진들의 말로는, 실트벨트 국민의 귀감이 될 만한 정신의 소유자라나 뭐라나.

나에게 과도한 충성을 맹세하는 아트라를 본받는 것은 좀…… 하는 생각도 들지만.

포울은 그런 아트라의 덤…… 아니, 그건 아니지.

병약했던 아트라를 필사적으로 간호하던 좋은 오빠였지

만, 지금은 병이 나아 지나칠 정도로 건강해진 아트라에게 휘둘리는 신세다.

처음에는 아트라보다 쓸 만해 보인다는 생각에 포울을 구입한 거였지만, 덤으로 샀던 아트라 쪽이 더 강해진 것이다.

뭐, 지금은 그 차이도 꽤 좁혀진 것 같다.

하얀 수컷 호랑이로 수인화할 수도 있게 됐고, 키도 꽤 많이 자랐다.

조건은 불명이지만 한층 더 강력하게 수인화할 수도 있는 모양이다. 검증이 필요하다.

쿠텐로에 오기 위해서는 실트벨트를 경유해야 했는데, 포울과 아트라 남매는 그때 활약했다.

일단 이 둘은 실트벨트에서 꽤 좋게 평가되고 있는 것 같았다.

내가 역할을 마치고 일본으로 돌아간 뒤에도 실트벨트의 중진으로 받아들여질 것 같다.

"미성년자인 너희에게까지 술을 권하거든 따끔하게 한마디 해 줘야겠지."

"나오후미 님이 권하신다면 어떤 독극물이라도 모조리 마셔 버릴 거예요."

"뭐라고?! 아트라에게 그런 짓을 시킬 참이냐?!"

"안 시켜……. 생각이라는 걸 좀 하고 살아."

이 둘은 시종일관 이 모양이다.

"그러고 보니 이츠키 쪽은 어디 간 거지?"

카와스미 이츠키. 나와 다른 일본에서 소환된 활의 용사다.

그 역시 나처럼 이런저런 우여곡절을 겪은…… 윗치라는 여자의 피해자다.

윗치의 소행 때문에 정신적인 문제를 겪고 있다.

치료가 필요한 상태지만, 전투 면에서는 문제가 없기에 계속 기용하고 있다.

"리시아 씨와 같이 쿠텐로에 대한 자료를 열람하러 갔어요. 아마 곧 돌아오실 거예요."

흐음, 그렇다면 여기에 없어도 별로 문제될 건 없겠지.

리시아는 성실한 녀석이니까, 술에 떡이 되는 일은 없을 것이다.

지금은 이츠키를 돌보고 있지만, 리시아는 과거에 이츠키에게 무자비하게 버려진 적이 있었다.

그 후에 전투 재능을 꽃피워서 나락에 떨어진 이츠키에게 승리하고, 이츠키가 재기하도록 설득했다.

뭐랄까……. 주인공 같은 인생 역경을 거친 녀석이다.

근래에는 활약이 눈에 띄지 않지만, 원래는 전투가 아닌 지략이 중심이니까.

성격 면에서나 능력 면에서나 꽤 신뢰할 수 있는 녀석이다.

"어찌 됐건 숙취에 시달리는 녀석들은 빨리 고치고 와. 시간은 무한한 게 아니라고."

내가 뭣 때문에 이런 상황에 처했는지 알기나 하는 거냐.

그렇다. 사건의 발단은 나와 라프타리아의 관계다.

라프타리아는 나와 함께 싸우기로 맹세한, 내 오른팔 같은 존재다.

첫 만남은 노예와 주인이라는 관계였지만 이제는 부모가 자식을 보듯이 대하고 있다.

이번 소동은 내가 영주로 부임한 마을에서 라프타리아에게 무녀복을 입힌 것이 발단이었다.

키즈나 쪽 세계에서 입었을 때 워낙 잘 어울렸기에 입힌 것이었다.

그랬는데 하필이면 그 옷이 라프타리아 부모님의 고향인 쿠텐로에서는 특별한 의미를 갖는 옷이었던 모양이다.

게다가 쿠텐로 녀석들은 지금껏 라프타리아를 남몰래 감시하고 있었으면서도, 라프타리아가 불행의 나락에 빠졌을 때 도와주지 않고 방관했다는 사실이 밝혀졌다. 그것도 모자라서, 라프타리아의 목숨을 노리고 잇따라 자객을 보내겠다는 헛소리까지 지껄였다.

나는 그런 짓을 잠자코 당하고만 있을 만큼 마음 넓은 사람이 아니다.

무엇보다 나에게 라프타리아는 상당히 우선순위가 높은 인물이다.

그럴 수밖에 없다. 내가 정말 힘들었을 때, 내 편은 오직 라프타리아뿐이었으니까.

그러니까, 쿠텐로 녀석들…… 라프타리아 암살을 지시한 녀석들에게는 따끔한 맛을 보여주기로 했다.

그리하여 그 사건 직후에 이 나라로 쳐들어온 것이다.

바다로 둘러싸인 쿠텐로에는 나라를 보호하는 결계가 있어 입국이 힘들었기에, 실트벨트의 교역선을 타고 입국하려 했다. 그 와중에 바다에서 온 자객들을 격퇴했지만, 그 직후 쿠텐로 해역을 지키는 수룡에 의해 나와 라프타리아, 사디나와 가엘리온이 바다 속으로 끌려가고 말았다. 그 후에, 우리는 수룡의 도움을 받아 먼저 쿠텐로에 도착할 수 있었다.

쿠텐로에 상륙한 우리는 이 나라의 왕 같은 존재인 천명에게 반항적인 세력의 대표…… 항구도시의 우두머리인 라르바와 협상해서 항구도시를 자기 것처럼 점거하고 있던 관리들을 처치했다.

그 도중에 무기상 아저씨의 스승과 만나게 된 건…… 뭐, 그냥 넘어가자.

아직 정신 나간 놈들을 처리하기 위해 행동하는 중이기도 하고, 해야 할 일이 어마무지하게 많다.

당장의 문제는 라프타리아의 동족 중에 천명이라는 이름의 왕이 존재한다는 점이다.

이 녀석을 끌어내리고 라프타리아가 왕이라는 것을 증명하지 않으면, 자객이 끊임없이 찾아오게 될 것이다.

그러니 어제 점거한 항구도시를 거점으로 삼아서 진군을 시작할 예정이다.

다행히도 현재의 쿠텐로 천명은, 마물을 죽인 자를 처벌하는 살생금지령 같은 정신 나간 법률을 시행하는 바람에 국민의 신뢰를 상실하고, 국운이 기울고 있다.

틈을 노리기에 딱 좋은 기회일 것이다.

국민의 불만이 폭발하고 있다는 건, 현재 벌어지고 있는 전승 축하 축제의 분위기만 봐도 일목요연하게 알 수 있다.

"뀨아아아아."

"아직 축제가 안 끝난 것 같아. 필로도 놀러 갈까~."

"뀨아뀨아, 뀨아아아."

"우우~! 주인님한테 귀여움을 받는 건 필로라구."

그리고 아래쪽에서 눈싸움을 벌이고 있는 것은 필로와 가엘리온.

필로는 필로리알이라는, 용사의 손에 자라면 특별한 형태로 성장하는 조류형 마물 종족이다.

지금은 등에 날개가 돋은 금발벽안의 소녀 같은 모습이지만, 이건 진짜 모습이 아니다.

원래 모습은 뒤룩뒤룩 살찌고 다리가 튼실한 타조……와는 조금 다르지만, 대충 그런 모습이다.

원래는 충동적으로 산 뽑기의 경품이었다.

근래에는 여러모로 운이 하향곡선을 그리고 있지만, 얼마

전에 필로리알의 여왕인 피트리아와 재회해서 이런저런 지식을 전수받았다고 한다. 그 덕택에 전투 능력이 큰 폭으로 상승한 것 같다.

가엘리온은 필로리알과 견원지간인 종족, 드래곤이다.

평소에는 갓 태어난 새끼 같은 모습으로 지내는 때가 많지만, 여차하면 커다란 드래곤으로 변신해서 싸울 수 있다. 이중인격…… 아니, 하나의 몸에 두 개의 의식을 갖고 있다.

하나는 지금 겉으로 드러나 있는, 그 몸의 원래 주인인 새끼 가엘리온. 또 하나는 부르면 나타나는 또 하나의 인격…… 예전에 나와 싸운 바 있는 드래곤 좀비의 생전 인격인 아빠 가엘리온. 이 둘이 한 육체에 동거하고 있다.

주인은 나지만, 마을의 노예 중 하나인 윈디아가 보모 역할을 맡아 돌봐주고 있다.

현재 윈디아는 실트벨트 쪽에서 포브레이의 연금술사인 라트와 함께 생태조사 공부에 열을 올리고 있다. 그래서 가엘리온이 나와 동행하고 있는 것이다.

필로와 가엘리온…… 힘들 때 여러모로 도움이 되는 녀석들이지만, 애초에 종족 자체가 견원지간이다 보니 사사건건 티격태격한다.

뭐, 그냥 내버려 둬도 별문제는 없겠지만,

"어쨌거나, 기회를 놓치지 않으려면 최대한 방침을 정해야 할 거 아냐?"

"그건 그렇죠."

"우우……."

휘휘 고개를 저어서 숙취를 쫓았는지, 쿠텐로 항구도시의 우두머리인 라르바가 회의에 가담했다.

"그래서? 천명이라는 녀석은 쿠텐로 안 어디에 있지? 냉큼 해치워 버리든지 해서 빨리 다 끝내고 싶은데."

나는 쿠텐로의 지도를 펼치며 확인한다.

쿠텐로는 메르로마르크와 실트벨트만큼 크지는 않지만, 뭐랄까…… 일본처럼 밀도가 높은 나라라는 모양이다.

그리고 지금 우리가 있는 곳은 쿠텐로 서부에 위치한 항구도시다.

"당대 천명님은 현재, 수도에 해당하는 도시에 계십니다."

그렇게 말하며 라르바가 가리킨 곳은 쿠텐로의 동부지방이었다.

형상은 꽤 다르지만, 일본풍으로 말하자면, 지금 우리가 있는 곳은 카고시마고, 라르바가 가리키는 곳은 도쿄…… 아니, 치바 부근이다.

어디까지나 일본 기준으로 보면 그렇다는 거고, 모양은 전혀 다르지만.

그때 사디나가 고개를 갸웃거렸다.

"어머나? 이 누나가 있던 때랑 위치가 다른걸."

사디나는 원래 쿠텐로 출신으로, 라프타리아의 부모님과

함께 메르로마르크에 흘러들어 왔다고 한다. 마을에서는 모두의 믿음직한 누나 노릇을 하고 있고, 라프타리아에게도 언니 같은 존재이다.

이상할 정도로 술이 세고, 술을 먹여서 다른 사람들을 보내 버리는 걸 즐긴다.

성격은 시원시원한 누님 같은 느낌이다. 솔직히 징그럽다.

전투력은…… 끝을 알 수 없다. 범고래 수인으로 변신할 수 있는 일본풍 미인이다.

"이번 천명으로 대가 바뀌면서 대대로 천명들께서 계셨던 온 도읍에서 천도했습니다. 그래서 우선 옛 도읍이라고 불리는 곳을 점거하는 것도 괜찮을 것입니다. 입지 조건도 좋으니, 앞으로의 활동에 크게 공헌할 수 있을 테니까요."

"대대로 살았던 도읍을 버리다니, 아주 마음을 단단히 먹었나 보네."

사디나의 말에 라르바가 동의하듯 고개를 끄덕인다.

"반대하는 의견도 많았습니다만 강압적으로 정책을 밀어붙여서, 수도에는 현재도 건설 중인 곳이 제법 있을 정도입니다."

살생금지령부터 해서, 뭐랄까, 무슨 짓을 해도 역효과만 내는 못난 영주로군.

이 정도면 차라리 메르로마르크가 그나마 잘 돌아가는 편이라 해도 과언이 아니다.

"천도의 진짜 목적은 측근의 호주머니로 들어가는 돈 때문이라거나 하는 식으로 말이지."

"음…… 전전대 천명이 총애하던 악녀가 말한, 옛 도읍은 성격에 안 맞는다는 의견이 크게 작용했습니다."

"그게 무슨 논리야? 그 녀석이 뒤에서 조종하고 있다거나 하는 거 아냐?"

"네. 마키나라는 악녀가 실권을 모두 쥐고 있지요."

내 말에 라르바가 고개를 끄덕인다.

정답이었냐.

그렇게 썩어 빠졌다면 백성들도 라프타리아가 진정한 천명이라고 여기게 되겠지.

옛 도읍. 엉뚱한 소리 때문에 도읍의 자리를 빼앗긴 곳이라.

"옛 도읍으로 가고자 하는 또 다른 이유는, 라프타리아 님께서 천명님의 자리에 오르는 의식을 거행할 수 있기 때문입니다."

입지적인 면은 그렇다 쳐도, 방금 그 이야기는 내가 이해하기 힘든 면이 있었다.

"그렇게만 얘기하면 나오후미가 이해 못 하잖니. 으음, 상대가 사용한 축복을 라프타리아도 사용할 수 있게 하자는 소리야. 다시 말해, 잘만 하면 역으로 이쪽이 그 힘을 가질 수도 있다는 거지."

"그런 거였군."

천명이 축복을 내린 앵천명석(櫻天命石)에서 발휘되는 결계 안에서는 사성무기의 힘이 약해지고 아군의 힘이 강해진다. 그리고 아스트랄 인첸트로 동료들의 스테이터스를 상승시킬 수도 있는데, 그 기능을 우리가 사용할 수 있게 될지도 모른다는 것이다.

　"옛 도읍에는 천명을 임명하는 곳이 있으니, 거기서 라프타리아가 의식을 거행하면 그 힘을 사용할 수도 있지 않을까?"

　"그럼 당면 과제는 옛 도읍으로의 진군이라고 생각해도 되겠군……."

　현재의 천명은 동쪽에 있는 새로운 수도로 이동했다는 모양이니까. 애초에 그런 중요 거점을 버린다는 것 자체가 너무 멍청한 짓 아닌가.

　어찌 됐건 나쁘지 않은 작전이다. 아직 이 나라에 대해 모르는 점이 많으니까.

　진행 방향을 조금 더 모색해 봐야겠다.

　가엘리온이 받은 수룡의 수정 구슬을 통해서도 정보를 끌어내 봐야겠다.

　"그럼 작전을 짜도록 하지. 현재 상태를 확인해 보자면, 현재 우리의 거점은 이 항구도시뿐이야."

　"관리들을 쫓아냈다는 소문이 퍼지고 우리 쪽 선전이 효과를 발휘하면, 인근 집락이나 도시가 지지를 표명하는 것은 시간문제일 겁니다."

"알았어. 하지만 우리는 한가한 몸이 아냐. 그러니까 일단 그 이외의 방침도 결정해 둬야겠어."

"네. 사실 아직 마을 재건도 끝나지 않은 상태이고…… 다음 적과의 싸움도 기다리고 있으니까요."

"그래, 언제까지고 이 나라에만 있을 수는 없지."

그렇게 해서, 지도 옆에 종이를 펼쳐 놓고 제안한다.

"첫 번째 방안, 찔끔찔끔 나라를 빼앗는 건 귀찮으니까 지금 당장 천명인가 뭔가 하는 놈이 있는 곳으로 쳐들어가서 단숨에 결판을 짓는 것."

사디나가 한 이야기로 미루어 보아, 이 나라를 멸망시키지 않는 한 이들은 계속 라프타리아에게 위해를 가하려 들 것이다.

그렇다고 정면 대결로 나라를 뒤엎을 만큼 여유가 있는 상황도 아니다.

그러니까 냉큼 두목을 해치워서 반대 세력을 잠재워 버린다는 작전이다.

"문제는 적의 전력과 우리가 가진 무기의 상성이 나쁘다는 점이겠지."

이 나라에는 독자적인 기술이 있다. 사성무기…… 방패의 힘을 약화시키는 그 기술이 있는 바람에 우리 같은 용사들과는 극도로 상성이 나쁘다.

이쪽의 강화방법을 무효화하는 것도 모자라 상대방이 파

워업하기까지 하는 성가신 기술이라서, 높은 레벨과 능력치로 찍어 누르기가 힘들다. 일단 강화방법 무효화를 완화하는 무기가 있긴 하지만, 그래도 상대의 파워업까지 저지하지는 못한다.

그런 상태에서는 적진에 쳐들어가 봤자 역습에 당할 위험성이 너무 크다.

"나오후미다운 생각이네."

"별로 현실적이지 못하다는 게 문제겠지."

무모한 짓을 했다가 역습을 당해 패하는 식의 전개는 피해야 할 것이다.

"무기상 아저씨의 스승을 시켜서 무기를 만들도록 하는 방법도 생각 중이야."

지금까지 쿠텐로에서 강력한 무기를 만들어 왔던 장본인이 바로 무기상 아저씨의 스승이었다.

뼛속까지 색골이라, 모토야스 2호 같은 느낌이다.

이 나라의 독자적 기술에 대해 여러모로 아는 게 많으니, 공략의 실마리가 될 만한 무기를 만들 수 있을지도 모른다.

현재 그 녀석은 무기상 아저씨와 함께 대장간에 틀어박혀 있다.

이렇게 말하면 좀 그렇지만, 미확정 요소가 너무 많아서 무작정 밀어붙이는 건 어려울 것 같다.

"역시 대단하세요, 나오후미 님. 나오후미 님이 바로 신이세요. 라프타리아 씨의 친척 따위 걷어차 버리고, 누가 신인지를 과시해 버리는 거예요."

……뭐, 실트벨트가 바로 그랬었지.

아트라는 무시하자. 지금은 상대해 줄 여유가 없다.

"다음은 두 번째 방안, 라프타리아를 우두머리로 삼아 동지를 모아서 나라를 뒤엎는 거다. 실트벨트에서 교역선을 더 많이 불러들여서 물자나 전력을 조달해야겠지. 추가로 현재 천명의 방침에 대해 이의를 제기하는 자들을 포섭하면, 시간은 좀 걸릴지도 모르지만 첫 번째 방안보다 무난하게 이길 수 있을 거야."

"쉬운 방법은 아닐 것 같은데……."

포울이 팔짱을 끼고 생각에 잠겨 있다.

두뇌까지 근육으로 된 단순무식 타입인 줄 알았는데, 실은 꼭 그렇지만도 않았던 건가?

"국가를 뒤엎는다니, 피가 들끓네요. 나오후미 님의 권력을 만천하에 과시하기 위해서라도, 실트벨트의 전력을 속속들이 투입해서 침략해야 해요."

아트라 쪽은 의욕이 왕성하군.

사고방식은 완전히 야만인에 가까운 것 같긴 하지만, 그건 어제 오늘 일도 아니다.

"빨리 끝내고 싶긴 하지만, 불확정 요소가 너무 많아서 우리의 현재 전력으로 승산이 있을지 장담할 수 없다는 말씀이죠?"

"그래."

라프타리아의 말에 동의한다.

우두머리만 짓밟으면 어떻게든 해결될 것 같지만, 유감스럽게도 불확정 요소가 지나치게 많다.

"라프~?"

그때 라프짱이 하품을 하면서 아장아장 나타났다.

라프짱은 라프타리아의 머리카락으로 만들어진 식신……사역마다.

너구리처럼도 보이고 미국너구리처럼도 보이는 마물, 이라고 해야 할까?

내가 예뻐하는 생물로, 뜰에서 눈싸움을 벌이고 있는 두 마리보다 더 우선적으로 예뻐하고 있다.

다양한 재주가 있어서, 여차할 때 여러모로 도움이 된다.

어제 싸움에는 참가하지 않았지만 말이지.

"처음에는 쳐들어가서 처치하는 것만 생각했었지만, 이 나라 백성들이 고통 받고 있으니까 착실하게 공략해 나가는 게 좋을지도 모르겠네요."

하긴, 라프타리아의 제안이 가장 무난할 것이다.

훗날의 일을 고려하면 이 나라 녀석들을 수하에 거둬들여서 파도와 싸울 전력을 향상시키는 방법도 있다.

"시간은 좀 걸릴 것 같지만 말이지."

상대를 물리치더라도 마음까지 굴복시키지 못하면 의미가 없다.

그렇게 되면 만약에 우두머리를 제압한다 해도 국가를 지배했다고 말하기는 힘들 테니까.

이츠키가 예전에 혁명에 가담했을 때가 떠오른다.

과거에 이츠키는 메르로마르크의 이웃 나라에서 혁명에 참가한 적이 있었다고 한다.

혁명군이 왕을 타도하고 국가를 점거한 것까지는 좋았지만, 국민들의 굶주림은 달라진 게 없어서 결국 무의미한 혁명으로 끝났다고 한다.

사태의 본질을 잘 파악해야만 한다.

……부패한 정치가 원인이라면 우두머리를 해치우면 그만일 것 같기도 하다.

하지만 썩어 빠진 정치가들을 해치운다고 해서 모든 게 해결될까?

"뭐, 입국 이틀째에 결정하는 건 좀 시기상조겠지."

"그건…… 그러네요."

"하지만 되도록 빨리 결정해야 하는 안건이라는 것도 사실이야. 다들 조금씩이라도 생각해 둬."

"""네."""

"라르바는 우리가 항구 마을을 점령한 게 정부에 전해져서 대대적으로 침공해 올 가능성도 염두에 두고 군비를 정비해 두도록. 전쟁을 치르든 우두머리만 해치우든, 그 사실은 변함이 없으니까."

뭐, 굳이 내가 말 안 하더라도 그 정도 눈치는 있겠지. 나도 내가 전문가보다 더 잘 알 거라는 생각은 안 한다.

"네!"

"그럼 이제…… 오늘은 라프타리아가 무녀복 차림으로 퍼레이드를 해서, 도시 주민들의 사기를 높여 둘까."

현재는 전력도 지명도도 부족한 상태니까.

여기서 화끈하게, 또 한 명의 천명님을 대대적으로 선전해 두는 거다.

라프타리아는 외모가 예쁘장해서 눈에도 잘 띄고 하니, 국민들을 선동하는 데는 딱 좋다.

악정을 펼치는 당대 천명과 이를 타도하려는 새로운 천명.

앞으로의 일을 생각하면, 이 구도를 대대적으로 선전하는 게 중요하다.

"결국은 그렇게 되는 건가요. 애초에 다들 왜 저한테 무녀복을 입히는 일에 그렇게 열을 내시는 거예요?"

"잘 어울리니까."

단호하게 말해주자.

라프타리아, 너는 지나칠 정도로 무녀복이 잘 어울려.

단순히 하카마 차림이 잘 어울린다는 게 아니라, 신비로운 매력이 있다는 거다.

어쩌면 그게 바로 천명의 비밀일지도 모르겠군.

"라프~."

라프짱도 동의하고 있다.

나중에 라프짱용 무녀복도 만들어 봐야겠다.

"애초에 나오후미 님이 저한테 무녀복을 입히지만 않았더라면 이런 사태가 벌어지지도 않았을 거예요."

"알 게 뭐야. 라프타리아의 불행을 구경만 하고 있던 녀석들이 있었다, 그 사실만으로도 충분해."

책임을 떠넘기려는 건 아니다. 단지 내가 그 사실을 용서할 수 없는 것뿐이다.

"하아……."

"라프타리아 씨. 나오후미 님의 총애를 받는 의상을 갖고 있다니 부러워요. 질투 나요."

라프타리아가 지겹다는 얼굴을 하고 아트라를 본다.

"드릴 수만 있다면 드리고 싶을 정도예요."

"우쭐대면서 여유 부리지 마세요! 오라버니, 하쿠코는 전용 의상 같은 거 없어요?"

무슨 싸움을 하는 거야? 게다가 오빠한테 기대기냐.

"있고 말고! 다음에 조달해 줄게!"

아, 포울도 얼굴이 밝아졌다. 동생이 자기한테 기대는 게 기쁜 건가?

……그러고 보면 아트라가 포울에게 기대는 건 보기 드

문 광경이긴 한 것 같다.

아트라가 아직 병약하던 시절 이래 처음인지도 모르겠다.

"기필코 나오후미 님을 매혹시키고 말겠어요."

"힘내!"

귀찮다. 이제 무녀복 차림의 라프타리아를 보면서 눈 호강이나 해야겠다.

"으음?!"

그때 가엘리온이 필로와의 싸움을 멈추고 문득 창밖으로 고개를 돌린다.

"으음?"

필로도 같은 반응을 보였다.

"라, 라프?"

"왜들 그래?"

내가 그런 세 마리에게 물어본, 바로 그 순간이었다.

멀리서 커다란 폭발음 같은 것이 울려 퍼졌다.

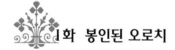

1화 봉인된 오로치

"뭐지? 도시 녀석들이 요란하게 놀고 있는 건가?"

"그런 것치고는 소리가 이상한 것 같은데요."

"이상한 기의 흐름이 느껴져요."

마침 필로가 필로리알 형태였기에 그 등에 올라타서 소리가 난 쪽을 쳐다보니…… 도시 외곽의 산 쪽에서 흙먼지가 일어나는 모습이 보였다.

저기는 분명 쿠텐로에 오면서 지나온 곳이었다.

고분이 있었던 곳이다.

"바, 방금 그 소리는 대체 뭐죠……?"

"시끄럽네요."

조사를 마치고 돌아온 리시아와 이츠키가 묻는다.

"설마…… 그럴 리가──."

라르바가 넋 나간 얼굴로 고분을 응시한다.

"어이, 형씨."

무기상 아저씨가 스승인 모토야스 2호와 함께 달려왔다.

"이것 참, 정부 녀석들도 수단 방법을 안 가리려나 봐. 그렇게 자기 지위를 지키고 싶은 건가?"

무기상 아저씨의 스승은 이마에 손을 대 햇빛을 막으며, 별 황당한 꼴을 다 보겠다는 듯 고분 쪽을 응시하고 있다.

"뭐라도 있어?"

"사내놈한테는 대답 안 해! 높은 자리에 앉은 주제에 하렘도 안 만드는 쓰레기한테 가르쳐 줘 봤자 헛수고라고."

이 자식! 짜증 나아아아아!

"스승님…… 작작 좀 하는 게 어때?"

무기상 아저씨가 모토야스 2호의 머리를 한 손으로 움켜쥔다.

"아야야야야! 엘하르트, 제발 그마아아아아아안——."

라프타리아 곁에는 가지도 못하게 해야겠다.

"나오후미 님? 분풀이를 하려고 제 머리를 쓰다듬지 마세요. 저는 라프짱이 아니라구요!"

"라프~."

혀를 차며 라프타리아를 쓰다듬는 식으로 약을 올리자, 사디나가 눈치를 채고 물어본다.

"어머나? 그럼 이 누나한테는 알려줄 거야?"

"물론이죠, 아름다운 아가씨. 가르쳐드리고 말고요."

——이거 완전히 뼛속까지 철저한 모토야스 2호잖아!

"저 유적에는 오랜 옛날 이 나라에 막대한 피해를 안겨줬던 괴물이 봉인돼 있어. 물론, 당시의 천명님이 봉인했다는 보증과 함께 말이지."

"그러고 보니 근처를 지날 때 사디나가 그런 얘기를 했었지. 해치운 게 아니라 봉인만 한 거야?"

"이 누나가 잘못 기억하고 있었나? 위령비인 줄 알았는데."

"장소가 장소이다 보니까 말이지. 진상을 아는 건 국가의 일부 사람들밖에 없어."

흐음……. 실은 영귀처럼 이 세계를 지키기 위해 존재하는 괴물 같은 건가?

"봉인해서 이 땅에 묻은 건, 쿠텐로와 외부 세계를 격리하는 결계를 견고하게 만들기 위해서라더군. 말하자면 국가의 수호신 중 하나로 인식하고 있었다는 거지."

"정말로 나라를 지키는 신이야?"

"뭐, 정부 관리들은 그렇게 생각하고 있는 모양이야."

열성적인 신도들이라는 건가. 그 정점은 라프타리아의 혈족들이라는 모양이지만.

그나저나 정말 수단 방법을 안 가리는 놈들이군. 마물의 봉인을 풀다니.

"하지만 거기에는 복잡한 사정이 엄~청나게 섞여 있단 말이지."

"……무슨 일이 있었던 거지?"

그러자 모토야스 2호는 벅벅 머리를 긁적이고, 유적 쪽을 가리키며 뇌까린다.

"조~오금 된 일이긴 하지만 말야, 현재의 천명…… 마물을 사랑하는 꼬맹이가 '수호신님의 부담이 조금이라도 가벼워지도록'이라면서, 각지에 봉인된 괴물들에게 앵천명석과 축복을 베풀고 다녀서——."

"미친놈 아냐?!"

어제 싸웠던 녀석들만 해도 너무 강해서 애를 먹을 정도였단 말이다.

그와 동등한 축복을 나라에 위해를 가한 괴물들에게 베풀고 다니다니 그게 말이 되는 소리냐?!

괜히 부활시켰다가는 손도 못 쓸 만큼 엄청난 재앙이 벌어질 게 불 보듯 뻔한데.

그랬군……. 수룡이라는 녀석이 천명과 적대하고 우리가 이 나라에 접근할 때 힘을 빌려준 이유를 알 것 같다.

그런 정신 나간 녀석이 나라를 지배하는 상태가 괜찮을 리가 없다.

타일런트 드래곤 렉스 사건 때 느꼈던 것 같은 불길한 기운이 충만해져 왔다.

국가의 지배권을 빼앗기느니, 차라리 다 같이 죽고 말겠다는 식의 막 나가는 사고방식이 느껴진다.

아마 처음에는 우리의 위험도를 상당히 낮게 평가했을 것이다.

하지만 실제로 우리가 이렇게 쳐들어온 데다, 그들을 궁지에 몰아넣고 있는 것이다.

이렇게나 정신이 나간 놈들을 상대하려니 여러모로 넌덜머리가 난다.

뭐…… 나도 저주 때문에 능력이 떨어져 있는 상태고, 방패의 힘을 약화시키는 기술을 가진 녀석들을 상대해야 하니 마음껏 싸우기도 힘들다.

이렇게 역경이 계속되다니, 진저리가 쳐질 지경이다.

"흐음……."

하지만, 이용해 볼 수도 있겠는데.

상대가 봉인된 마물을 해방시켰다는 사실을 역이용하는 것이다.

다시 말해 우리, 새로운 천명이라 자처하는 라프타리아가 봉인에서 풀려난 위험한 마물을 토벌한다면 그 모습이 사람들 눈에 어떻게 비치겠는가?

백성들을 업신여기는 현 정부와 백성을 위해 싸우는 혁명군이라는 도식이 한층 더 굳건해지겠지.

때마침 국가가 부패해 있는 탓에 몰아붙일 소재가 부족할 날이 없군.

"뀨아뀨아뀨아!"

나는 대형 용으로 변신한 가엘리온의 등에 올라탔다. 날 수 있는 가엘리온을 타고 가는 게 더 빠를 것 같으니까.

"어쨌거나 빨리 저쪽으로 가 보자! 중요한 건 속도야. 필로도 뒤처지지 않게 따라와. 가엘리온보다 빨리 도착하면 다음에는 너를 타고 갈 테니까."

"에에에에에! 필로, 열심히 할래~!"

"아, 잠깐만요."

"어서 가자구."

"자, 자, 전력에 보탬이 될지 어떨지는 모르겠지만, 오라버니도 어서 가자구요."

"좋아!"

라프타리아와 사디나, 아트라와 포울이 뒤를 따랐다.

물론 라프짱은 내가 안고 간다.

"너희도 필로를 타고 따라와."

"네."

"후에에에에……. 하지만 여기서 물러서는 건 정의가 아니에요!"

"그럼 우리는 도망치지. 아가씨들, 위기에 처하면 이놈을 방패 삼아서 도망치는 걸 추천드리죠."

모토야스 2호……. 더는 못 참겠다. 나중에 확실하게 단죄해 주지.

"어서 가요."

무기력한 이츠키와 리시아가 필로의 등에 올라탄다.

"어! 활 든 사람도 태워야 해~?"

"뀨아아아."

아연실색한 필로의 목소리를 무시하고, 가엘리온이 승리의 함성과 함께 날아오른다.

"가엘리온한테는 죽어도 안 져~!"

오, 필로도 제법인데. 지붕과 지붕 사이를 뛰어넘으며 달려온다.

좋은 대결……. 잘만 하면 필로가 이길 수도 있겠는데.

"뀨아아아아아아아!"

가엘리온도 필사적으로 날갯짓해서, 경주가 시작되었다.

응. 이 두 마리는 경쟁을 붙여야 더 빨라진단 말이지.

"……뭔가 나오고 있군."

땅바닥이 갈라지면서 고분 안에 봉인되어 있던 괴물이 모습을 드러냈다.

빨간 눈으로 주위를 둘러보면서 사냥감을 찾고 있다. 날카로운 송곳니가 입 밖으로 튀어나와 있고, 입에서 규칙적으로 날름거리는 혀는 마치 불꽃처럼 보인다.

삐죽 튀어나와 있는 기관이 있어서, 그것을 통해 온도를 감지하는 식으로 사냥감의 위치를 파악하고 있다.

"히드라로군……. 이건 확실히 좀 성가신 상대인데."

아빠 가엘리온이 분석한다. 그렇게 부를 수도 있지만, 여덟 개나 되는 머리가 달린 이 용은…… 히드라보다는 야마타노오로치*라고 불러야 할 것 같은데.

그런 마물이 고분으로부터 전신을 드러내어 우리 쪽으로 시선을 돌린다.

그냥 봉인에서 풀려나기만 한 것뿐만이 아니라, 등에 금줄과 연분홍색으로 빛나는 뭔가를 지고 있다.

공중에 있는 우리를 본, 야마타노오로치처럼 생긴 마물…… 으음, 마물명 '봉인된 오로치'가 위협한다.

"샤아아아아아아……."

---

* 야마타노오로치(八岐大蛇) : 일본 신화에 등장하는, 여덟 개의 머리와 여덟 개의 꼬리가 달렸다는 거대한 뱀.

"보아하니 앵천명석과 축복의 금줄을 동시에 착용해서, 상당한 파워업을 한 모양이야."

우리 쪽을 향해 으르렁대는 동시에 독기가 섞인 숨을 내뱉는다.

"끄응……."

가엘리온은 날갯짓을 해서 회피한다.

사성무기의 힘을 약화시키는 앵천명석의 결계가 녀석의 중심에 전개돼 있는 데다, 축복까지 걸려 있다.

녀석을 해치우려면 용사의 가호를 약화시키는 필드 안으로 들어가야 한다는 얘기잖아?

상당히 험난한 상황이다.

"느긋하게 굴다가는 도시에도 피해가 발생하겠는데요."

거리를 벌리는 우리를 보고 공격을 단념했는지, 오로치가 도시 쪽으로 나아가기 시작한다.

우리가 접근하면 기척을 감지하고 공격해 오는 걸 보면 공격 우선순위는 도시보다는 우리인 모양이지만, 다음 표적은 도시인 것이리라. 성가시기 짝이 없다.

"아니, 어느 정도는 피해가 발생해야 국가에 대한 반감이 더 거세질 거야."

"나오후미 님!"

"나도 알아. 앵천명석 무기의 힘 덕분에 어느 정도는 싸울 수 있고. 한번 해 보는 수밖에."

"어머나."

"만만치 않은 난관이군."

그럼 어디, 괴물을 상대로 싸워 보실까.

"좋아, 간다!"

그때 오로치는 마을에 침입해서, 우리와 대치……하기 직전에, 정체불명의 벽에 둘러싸였다.

"뭐, 뭐야?"

"나오후미, 저거."

사디나가 가리키는 방향을 쳐다보니, 앵광수(櫻光樹)가 강한 빛을 내뿜으며 벽 같은 것을 생성하고 있었다.

혹시 괴물급 마물에 대한 방어 능력 같은 걸 갖고 있나?

"으음? 뭔가 드래곤의 힘이 느껴진다. 수룡이라는 자가 도와주고 있는 건지도 모르겠군."

"그거 좋은 징조인데."

"하지만 시간문제가 아닐까?"

벽 같은 것의 반발이 서서히 약해져 가고 있는 걸 육안으로도 파악할 수 있었다.

이 틈에 공격 준비를 갖추라는 건가.

착지한 가엘리온에서 내리니, 아인 모습이었던 사디나가 수인화를 시작한다.

"어쨌거나 싸울 거지?"

"그래. 어찌 됐건 저 괴물을 해치우지 못하면, 이 나라를 지배하는 건 꿈같은 일일 테니까."

용사 대응 장비를 착용한 괴물과의 대결이라…….

내 싸움은 항상 불리한 상황에서 적과 맞서게 되는 것 같 단 말이지.

"우리가 선두에 서서 앵진결계(櫻陣結界)를 전개하지."

파워업 효과가 있는 신규 스킬 앵진결계로 아군을 강화시 키면서 지원마법을 구사하는 게 좋겠지.

문제는 결과적으로 무기 강화가 제한을 받는다는 점이다.

참고로 검증 결과 앵천명석의 결계…… 앵천결계가 작동 하지 않는 상태에서는 앵진결계도 사용할 수 없다는 게 밝 혀진 상태다.

"유성방패! 에어스트 실드! 이츠키도 앵천명석 무기는 이 미 등록해 뒀겠지?"

봉인당한 오로치의 공격을 막아내면서 이츠키에게 묻는다.

"네. 이미 등록해 뒀어요."

저주 때문에 목소리에서 억양이 사라지긴 했지만, 지시는 충실하게 따른다.

강화방법을 골라서 제대로 사용하면, 이 전투에서 밀리는 일은 없을 것이다.

오히려 군말 없이 지시를 따르는 만큼 이쪽이 이용하기 편할지도 모르겠다.

"그 무기로 싸워. 내 무기는 보나 마나 무효화될 테니까."

"알았어요."

아예 이츠키는 결계 범위 밖에서 사격으로 공격하면…… 아니, 화살 자체가 결계 안으로 들어와야 하니 별 소용없겠군.

"저 괴물에게 아스트랄 인첸트가 걸려 있기라도 하면 장난 아니겠는데……."

괴물들끼리 연결시켜서 강화한 상태라면, 영귀보다도 강한 괴물이 되어 있는 것 아닐까?

"그게 그렇게 쉽게 사용할 수 있는 기술은 아니지 않을까? 그런 걸 할 수 있었다면 마을의 방어 기능이 단번에 파괴돼 버렸을 것 같은데?"

"하긴 그래. 그리고 라프타리아가 익힌 기술이 바로 그런 기능을 해제하는 거였지."

"혹시 모르니까 그걸 제일 먼저 쓸까요?"

"그래. 앵천결계를 해제하지는 못하더라도, 적어도 축복은 무효화시킬 수 있을 테니까. 할 수 있겠어?"

"……네, 할 수 있을 거예요."

어찌 됐건, 지금은 눈앞의 적에 정신을 집중해야 한다.

"필로도 열심히 할게~."

"뀨아아아아!"

"한번 해 볼게요."

"그래."

필로며 아트라, 기타 동료들은 하나같이 의욕을 보이고

있긴 한데…… 괜찮으려나?

"다들 잠깐. 다가갔을 때 힘이 빠지는 것 같은 느낌이 들거든 좀 물러나야 해."

"있잖아~, 무기상 아저씨가 우리한테 준 게 있었잖아?"

"그랬었지."

우리는 팔다리에 앵천명석으로 만들어진 무기를 장비하고 있다.

아저씨의 얘기에 따르면, 그 장비는 용사의 가호 무효화를 경감시켜 준다고 한다.

아저씨의 정성이 마음에 스며든다. 곧바로 그런 물건을 만들어주다니 말이다.

만약의 상황에 대비해서 미리 준비해 두었던 것일까.

"앞으로 이걸 써야 할 거라고 가르쳐줬어."

"싸움에서 밀리기 싫으면 가져가라고 말야."

"규아!"

"뭐가, 어째요?"

그때 아트라가 포울의 등에 달라붙었다.

그리고 옆구리를 찌르면서 포울이 손에 끼고 있는 건틀릿을 빼앗으려 했다.

"아, 아트라?! 크흑! 그, 그건 안── 뭐 하는 거야?!"

"오라버니, 그걸 이리 내놓으세요."

"아트라도 받았잖아."

"저는 그 껄떡대는 남자가 징그럽게 제 손을 잡고 손에 쥐여 주기에 내다 버렸어요. 가지러 갔다가는 싸움에 뒤처지고 말 거예요."

아트라 건 모토야스 2호가 가져다준 건가. 그야 버릴 만도 하지.

"필로도 그랬는데? 그치만 반짝반짝 예뻐서 그냥 받아 뒀어~."

"오라버니! 그걸 내놓으세요."

"아, 아트라, 안 돼——!"

이 광경을 보고 있으면, 오빠에게 떼를 쓰는 여동생처럼 보이기도 한다.

포울도 어쩐지 좋아하는 것 같다.

"어머나."

"두 분은 정말이지……."

"노닥거리고 있을 시간 없어!"

적이 바로 앞에 있건만, 긴장감 없는 놈들이다.

"아트라, 너는 지금 무기가 없으니까……."

포울과 아트라, 둘 중 하나만 기용해야 한다는 건가?

갖고 있는 무기는 건틀릿이라고 했지? 아트라의 경우, 상성이 안 맞을 것 같다.

"상대의 능력을 고려해 보면…… 아트라, 너는 얌전히 물러나 있어. 포울한테 분풀이하지 말고."

"크윽……. 이런 굴욕을 당하다니. 이게 다 그분 때문이에요."

기분은 이해하지만, 그건 완전히 네가 잘못한 거라고.

하지만 아트라는 맨손으로 싸우는 스타일이니, 받았다고 해도 어차피 안 가져왔을 가능성이 높다.

"그게 싫다면 앞으로는 뭔가 무기를 장비하고 싸우는 것도 생각해 두는 게 좋을 거야."

무기에는 다양한 능력이 부여되어 있다. 맨손에는 그런 요소가 없으니, 아트라에게도 뭔가 효과가 부여된 무기를 들려주는 건 충분히 의미 있는 일일 것이다.

"나오후미 님의 명령이라면, 앞으로는 장비하도록 할게요!"

"그럼 아트라는 후방에서…… 이츠키와 리시아의 지원을 부탁할게."

"알았어요!"

우리는 그런 식으로 진형을 짜고 봉인된 오로치와 대치한다.

싸움 좋아하는 녀석들이 많아서 탈이라니까.

"우……."

필로가 필로리알 형태로 깃털을 곤두세운 채 위협하고 있다.

가엘리온의 말이 사실이라면 적도 드래곤의 일종일까?

"하여간 냉큼 해치우자! 앵진결계 어택 서포트!"

내 발밑을 중심으로 벚꽃 모양의 결계가 생성되고, 봉인된 오로치를 향해서 어택 서포트의 가시를 투척한다.

그 가시는 결계를 통과하자마자 다섯 장의 꽃잎을 가진 벚꽃으로 변해 오로치의 두 머리를 옭아매듯이 휘감는다.

"샤아아아아아아아!"

"필로 간다~!"

"뀨아아아아아아아아아!"

필로와 가엘리온이 앞을 다투어 내달려서, 내가 옭아맨 두 개의 머리를 각각 클로로 할퀸다. 애초에 능력치가 높은 두 마리인 데다 필살의 힘을 불어넣어서 날린 일격이니만큼, 두 개의 머리는 그대로 찢어발겨졌다.

"방어력은 별거 없어 보이는군."

"……생명력에는 변화가 없어요."

뒤쪽에서 아트라가 분석한다. 라프타리아도 같은 의견인 듯 고개를 끄덕였다.

그 말이 끝나기가 무섭게, 필로와 가엘리온이 찢어발겼던 두 개의 머리가 곧바로 재생되었다.

아빠 가엘리온은 이 녀석이 히드라라고 분석했었다.

"토옷! 으응?"

"그 속도를 좀 이용할게."

수인화한 포울이 돌격하는 필로를 붙잡고 그 속도를 이용해 접근, 낙하하는 충격을 이용해서 오로치의 머리를 짓부수고 곧바로 이탈한다.

이 녀석도 이제 제법 용맹하게 성장했군.

저 녀석, 요즘 컨디션이 최고라니까.

하지만 머리가 약점이라고는 생각할 수 없을 만큼 빠른 속도로 재생해 나간다……. 이런 마물들은 영귀처럼 다들 재생 능력이 있나 보군.

"라프~."

라프짱은…… 라프타리아의 어깨 위에 올라타서 털을 곤두세우고 있다.

마술적인 지원 같은 걸 하려는 분위기다.

"몸통을 노려! 그쪽이 수상해!"

"알았어!"

그것도 안 통한다면 모든 머리를 동시에 파괴하는 방법이 유효하려나?

순간, 금속음과 함께 오로치를 중심으로 연분홍색 육각기둥 같은 결계가 생성된다.

역시 그쪽이었군.

"토오~옷!"

필로가 지지 않고 걷어찼지만, 그 정도는 별것 아니라는 듯 결계가 튕겨낸다.

"딱딱해~!"

"샤아아아아아아아아아아!"

오로치는 빨간 눈을 번뜩이며 화염을 토해냈다.

"세컨드 실드! 드리트 실드!"

플로트 실드는 이미 전개해 둔 상태다.

내가 선두에 서서 상대의 공격을 혼자서 모두 막아내는 것도 얼마든지 가능하다.

"흐음……. 녀석이 용맥의 힘을 일부 흡수했다. 시간을 오래 끄는 건 좋지 않아."

아빠 가엘리온이 내 곁으로 날아오더니, 내가 제압하고 있던 머리를 물어뜯어서 주의를 돌린 후에 속삭였다.

"나도 알아. 사디나!"

"네에! 나오후미랑 나의 공동 작업 시간이라는 거지?"

"괜히 야릇한 소리 하지 마! 가엘리온, 너도 도와."

지원마법인 뇌신강림을 냉큼 발동시켜서 이쪽의 패를 늘리는 게 최선일 것이다.

"애로우 레인…… 이글 피어싱 샷."

"변환무쌍류 투척기, 롤링 스핀!"

오로치의 여덟 머리를 상대로 최전선에 서서 선전을 펼치고 있는 필로를 위해 이츠키와 리시아가 엄호사격을 하고 있다.

뭐랄까…… 등에 있는 육각기둥 때문에, 상대의 방어는 마치 거북이 등딱지처럼 보인다.

근처로 접근해서 해치우려 해도, 결계가 거치적거린다.

요컨대 2중의 방어벽을 쳐 둔 것 같은 느낌이군.

"저도 갈게요."

라프타리아가 습득한 스킬은, 듣자 하니 앵천명석의 가호 같은 걸 무력화시키는 것 같았다.

편리한 스킬이란 말이지.

내 쪽에서도 좋은 스킬이 나오면 앞으로의 싸움에 큰 도움이 될 텐데.

"알았어. 내 신호와 함께 단번에 공격해!"

"네!"

자, 이제 마법에 의식을 집중해야겠군.

가엘리온이 가담한 후로, 빠른 속도로 합창마법을 사용할 수 있게 되었다.

"뇌신강림!"

모든 능력치를 끌어올릴 수 있는 용사 전용 스킬인 쯔바이트 아우라를 바탕으로 한, 뇌신강림.

사디나의 주특기인 번개 마법과 조합하면, 최소한 상급 마법인 드라이파 이상의 효과로 변화한다.

"샤아아아아아아아아아!"

오로치의 머리 하나하나가, 접근해 오는 라프타리아를 향해 일제히 독기와 화염을 내뿜는다.

"토옷~!"

"하앗!"

필로와 포울이 그 머리를 쓸어버리고, 이츠키와 리시아가 지원 사격을 날린다.

"드라이파 체인라이트닝!"

영창을 마친 사디나도 협력해서 오로치에게 마법을 썼다.

라프타리아가 칼집에 든 도를 움켜쥐고, 필로가 상대하고 있는 머리를 향해 치켜든다.

"태극진 천명참(太極陣天命斬)!"

도는 지극히 간결한 궤도를 그리고 있을 뿐이다.

하지만 이 기술은 상대에게 걸린 가호를 캔슬시키는 능력을 갖고 있다고 한다.

문제점이라면 상대에게 걸린 가호를 라프타리아가 알 수 있어야 한다는 것.

나와 라프타리아 자신에게 걸린 저주를 푸는 것도 할 수 있으면 좋으련만.

"샤아아아!"

오로치가 반격하듯 불꽃을 흩뿌린다.

나는 그것을 막아내고, 앵천명석 방패의 카운터 효과인 앵력광(櫻力光)을 작동시킨다.

작동 중에 내 근처에 있으면, 힘이 솟구치는 효과가 있음이 확인된 상태다.

추측이기는 하지만, 앵천명석의 방해를 완화시키는 효과가 있는 것으로 보인다.

"필로! 이 오로치의 결계를 자극하세요!"

"알았어~!"

라프타리아의 지시를 받은 필로가 재빨리 결계로 다가가서 걷어찬다.

결계가 크게 진동하는 동시에, 음양 문양이 나타나서 오로치를 둘러쌌다.

마력으로 구축된 누름돌에 짓눌리기라도 한 것처럼, 그 문양에 눌린 오로치가 고통에 몸부림치고 있다.

"샤아아아아아아아아아아아아?!"

오로치의 여덟 머리가 일제히 비명을 내지른다.

이윽고 음양 문양이 사라지고, 오로치가 휘청휘청 고개를 들더니 아까보다 느려진 동작으로 우리를 향해 격노에 찬 목소리를 내질렀다.

은근히 튼튼한데.

"일시적으로 앵천명석의 가호를 파괴했어요."

"좋아, 몰아붙이자!"

"네!"

"제가 나설 차례네요!"

그때 아트라가 제멋대로 치고 들어와서 오로치에게 선제공격을 날린다.

어이!

"하아아아아아! 예요!"

아트라가 오로치의 머리를 찌르자, 그 머리가 움직임을 뚝 멈춘다.

어디가 급소인지 알기나 하는 걸까?

"몸통이 약점이었군요! 각오하세요!"

"아트라, 멋대로 나서지 마!"

"오라버니, 공격의 손길을 늦추시면 안 돼요!"

그렇게 말하며 포울과 아트라가 앞을 다투어 오로치의 몸통을 향해 내달린다.

"필로도 갈래~!"

필로도 아트라 남매 뒤를 따른다.

"흐음……?"

"어머나, 어머나."

라프타리아도 지지 않고, 아니 제일 빨리 달려가서 몸통을 향해 스킬을 내쏜다.

"스타더스트 블레이드!"

퍼퍽! 하고 각각의 필살기가 몸통에 명중한다.

오로치는 움찔하고 약간 경련하는가 싶더니, 모든 머리가 땅바닥에 떨어진 채 침묵한다.

이제 이긴 건가? 의외로 손쉽게 이겼는데.

"생각보다 피라미였던 모양이네요."

약간 떨어진 곳에서 이츠키가 말한다.

"그러게. 너무 허무한데."

김샌다는 표현이 딱 들어맞겠군.

지금까지의 감각으로 미루어 보아, 꽤 튼튼한 놈일 줄 알았는데…….

그렇게 생각하고 있으려니, 아트라가 미간을 찌푸리며 시체로부터 거리를 벌린다.

"여러분, 도망치는 게 좋을 것 같아요."

"무슨 일인데 그러지?"

"이상한 반응이 발생하고 있어요. 마치…… 자폭하는 사람들과 같은 반응이에요."

"뭐라고?! 전원 후퇴! 지금 당장!"

"네!"

"와아!"

내 지시에 따라, 전원이 오로치의 시체로부터 거리를 벌린다.

그러자 오로치의 시체가 점점 부풀어 오르더니, 대량의 독을 내뿜으며 자폭했다.

그 폭발만으로도 도시를 보호하던 결계가 파괴되고 일대에 독 안개가 발생한다.

아슬아슬하게 전원 대피에 성공했다.

여기에서라면 내 유성방패로 독을 차단할 수 있지만, 그 뒤에는 어떻게 하지?

이대로 가면 독 때문에 일반인들에게 피해가 발생할 텐데.

나는 불특정 다수의 신변까지 걱정하는 타입은 아니지만, 현재 보유한 전력이 소모되는 건 곤란하다.

무엇보다 봉인된 마물, 자폭, 독이라는 요소가 겹쳐진 상태다.

이걸 활용해서 쿠텐로 국민들을 선동할 수도 있고, 그 독으로부터 백성들을 지켜준 새로운 천명이라는 식으로 선전해 두고 싶다.

"필로, 바람 마법으로 독 안개를 날릴 순 없어?"

"해 볼게~."

내 지시에, 필로가 날개를 펼치고 마법을 영창한다.

"드라이파 토네이도!"

필로의 마법으로 만들어진 회오리에 끌려 올라간 독 안개가 도시 반대 방향으로 날아간다……. 하지만 완전히 흩어버리기에는 모자라군.

아니다. 농도는 옅어졌지만 범위는 오히려 더 넓어진 것 같은 상황이다.

"우움?!"

그때 가엘리온이 놀란 목소리를 내고 내게 속삭인다.

"그대여…… 보아하니 적은 상당히 성가신 괴물인 모양이다."

이윽고…… 쿠쿠쿵 하는 소리와 함께, 또 한 마리의 오로치가 고분에서 고개를 내민다.

어째 방금 처치한 오로치보다 비늘에 광택이 더 번쩍번쩍해 보이는 것 같은데…….

"어떻게 된 거야?! 방금 해치운 거 아니었어?"

"그건 이른바 분신이다. 본체를 해치우는 건 쉽지 않을 것 같다."

생각보다 약해서 다행이라고 생각했건만, 설마 분신이었을 줄이야.

게다가 해치운 분신은 폭발해서 고밀도의 독을 발생시키기까지 하다니, 성가시기 짝이 없다.

일부러 이런 괴물의 봉인을 풀다니……. 만에 하나 우리가 이 오로치에게 패하면, 천명파는 무슨 수로 이 녀석을 저지할 생각이지?

"게다가 다소 강화되어 있어."

하긴, 끝내 처치하지 못하고 봉인하는 걸로 만족해야 할 정도의 괴물이었으니만큼, 이 정도는 당연한 건가?

타일런트 드래곤 렉스가 귀엽게 보일 정도다.

"어떻게 좀 처치할 수 있는 방법 없어?"

"한 가지, 그대가 좋아하는 빠른 수단이 있다."

"뭐지?"

"저 녀석도 결국은 드래곤의 일종이다. 그대는 드래곤의 생태를 다소 알고 있지 않나?"

아아……. 그런 거였군. 어딘가에 핵이 있을 테니, 그걸 제거하면 된다는 뜻인가?

"내가 조금 전 녀석을 분신이라고 한 건 그 때문이었다. 핵만 잘 빼앗으면, 나머지는 그저 빈껍데기일 뿐이야. 몇 번쯤 부활할 가능성은 있지만…… 그 방법이 제일 빠를 거다."

"그렇다면 고분에 있는 저 녀석이 나온 곳에 본체가 있으니까, 녀석을 공략하는 동안 나머지 분신의 발을 묶어야 한다는 소리지?"

"그렇게 되겠지."

"그 녀석의 핵을 빼앗는다고 치고…… 그다음에는?"

"내가 제압하는 수밖에 없겠지."

"할 수 있겠어? 최약의 용제."

"후……."

뭘 웃는 거냐. 넌 약하니까 불안하다고.

렌한테도 처참하게 털린 놈이잖아, 너는.

"아무리 약해도 핵을 제압하는 것 정도는 식은 죽 먹기다."

끄응……. 어째 영 미덥지가 못하단 말이지.

"알았어. 분신을 상대로 싸우면서 발을 묶는 팀과 본체가 있는 쪽으로 쳐들어갈 팀을 정하자."

나는 현재 있는 인원을 확인한다.

분신이 도시로 가는 걸 저지해야 하겠지? 안 그러면 지속적으로 피해가 늘어날 테니까.

"발을 묶는 건 내 역할인 것 같은 느낌이 드는데……."

"그나저나 아까부터 마음에 걸리는 게 있었는데."

사디나가 손을 들고 발언한다.

"뭐지?"

"저 오로치, 우리 쪽을 노리고 있는 줄 알았는데, 어째 도시나 라프타리아 쪽을 노리고 있는 것처럼 보이지 않아?"

그러고 보니 라프타리아가 공격하려고 접근한 순간, 여덟 개의 머리가 일제히 라프타리아만 노리고 공격했다.

"천명이라는 녀석과 비슷한 라프타리아에게 깊은 원한을 갖고 있어서 공격한 거다…… 그런 식인가?"

"그거 넌덜머리가 나는데요……."

"이 누나가 분신 쪽의 발을 묶는 역할을 할 수도 있지만, 어차피 라프타리아를 노리고 있다면 별 의미는 없을 것 같은데?"

"분신이 라프타리아 씨만 중점적으로 노린다면, 라프타리아 씨를 분신 쪽으로 배치하면 되는 것 아닐까요?"

리시아가 그렇게 제안했다.

"본체도 본신과 같은 능력을 갖고 있다면, 라프타리아 없이는 가호를 무력화시킬 수 없을 텐데……."

어쨌거나 앵천결계는 사용법이 까다롭단 말이지.

"본체라는 놈이 얼마나 성가신 놈인지도 확인해 봐야겠지."

적어도 분신보다는 강할 것이다.

그리고 그때, 도시 쪽에서 온 인원이 도착했다.

"이 정도 전력이라면 물량공세로 분신의 발을 묶을 수도 있지 않겠니?"

"하긴 그렇지. 그럼 우리는 고분 쪽에 숨어 있는 본체와 싸우기로 할까?"

나는 라르바의 부하들과 실트벨트 병사들로 이루어진 증원군에게 작전 내용을 전달한다.

"저랑 이츠키 님은 분신의 발을 묶는 쪽을 맡는 게 낫겠죠?"

리시아의 제안에 나는 생각에 잠겼다.

고분 안이 어떻게 생겨먹었는지는 모르지만, 후방지원 담당인 이츠키와 리시아는…… 아니, 용사는 양쪽에 한 명씩 있는 편이 좋을지도 모르겠다.

"알았어. 리시아는 이츠키와 같이 분신을 저지하는 쪽을 맡아 줘. 숨통은 끊지 말고, 최대한 시간을 버는 데 전념해."

"나오후미 님, 저는 어떻게 할까요?"

"너는 무기가 없으니까 분신 쪽을 맡아. 그 대신 포울, 네가 고분 쪽으로 따라와."

"크윽……. 알았어요."

어쩐지 분한 기색이 역력하지만, 아트라는 후방에 남는 편이 좋을 것이다.

"오라버니! 똑바로 하셔야 해요!"

"큭…… 알았어!"

반응이 여동생과 똑같군. 이런 면은 남매답다고 해야 할까.

"필로는~?"

"너는 내 쪽이야."

"네~에! 가엘리온한테는 안 질 거야!"

"그럼 냉큼들 가자구."

이런 식으로 작전을 정한 우리는, 두 패로 갈라져서 고분 쪽으로 향했다.

2화 강화 공유

후방을 확인하니, 도시 녀석들과 이츠키 일행이 오로치 분신을 상대로 선전을 펼치고 있다.

숨통을 끊지 않고 시간을 버는 건 의외로 힘든 일이니까.

내가 있다면 시간은 얼마든지 벌 수 있겠지만, 본체 쪽의 공격이 거셀 수도 있으니 내가 빠질 수는 없다.

그렇게 생각하면서 반파된 고분의 구멍을 확인한다.

뭔가 사악한 기운이랄까…… 마력의 흐름이 느껴진다.

이게 용맥법을 습득한 자가 느낄 수 있는 기운이라는 걸까?

"제법 살벌한데."

이런 녀석을 불쌍하다고 하는, 천명이라는 놈의 정신머리가 이해가 안 가는군.

"라프웃."

"콜록…… 확실히, 공기가 안 좋네요."

기침하는 라프짱과 라프타리아의 모습을 보니 독기의 농도가 심상치 않음을 실감할 수 있었다.

빨리 행동하는 게 좋을 것 같다.

"일단 들어가는 수밖에 없겠군."

"어서 가요."

라프타리아의 말에 고개를 끄덕이고, 내가 가장 앞장서서 고분 안으로 침입한다.

내부는…… 좀 붕괴하긴 했지만, 원래는 석실 같은 곳이었던 것으로 보인다.

"여기에 본체가 있는 건가?"

"힘의 흐름으로 봐서는 그래."

이상한 힘의 흐름이 정기적으로 지나가고 있는 것이 나에게까지 느껴진다.

이것이 정체된 용맥인 걸까?

"나라를 지키는 결계를 서서히 침범하고 있다. 일찌감치 빨리 해치우지 않으면 다른 봉인까지 풀릴지도 모른다."

가엘리온이 말했다. 막 나가도 너무 막 나가는 거 아닌가?

자기들이 대대로 지킨 걸 파괴하면서까지……. 봉인된 괴물이 전부 부활하면 이 나라는 알아서 자멸할 것 같다.

혹시 우리가 그냥 도망쳐 버리는 게 더 빠른 해결책이 되는 게 아닐까?

"이 누나가 나라를 떠나기 전에도 그랬었지만, 부패가 엄청 심해졌는걸~."

"그나저나 쿠텐로라는 나라는 역사가 얼마나 되지? 천명이란 녀석도 대대로 국가의 보물로 취급받는 존재 아냐?"

"이 누나도 어느 정도밖에 모르지만, 적어도 메르로마르크나 실트벨트 정도의 역사는 갖고 있을걸?"

그렇게 오랜 세월 동안을 버틴 게 용하군.

"응? 뭐지?"

석실 벽에 뭔가 문자가 적혀 있다.

이거, 읽을 수 있을 것 같은데? 카르밀라 섬에서 본 마법문자와 비슷하다.

"이런 곳에도 용사의 비문이 있는 거야?"

나는 손으로 문자를 짚어 가면서, 그 글자를 훑어본다.

"방패 성무기의…… 강화방법?!"

왜 이런 곳에 적혀 있는 거지?

문자가 번쩍 빛나고, 내 방패의 보석 부분이 빛난다.

조금 더 읽어 봐야겠다. 그렇게까지 긴 문장은 아니니까.

"무슨 글자죠?"

"이유는 모르겠지만 성무기의 강화방법——이라고 적혀 있는 것 같아. 너희는 읽을 수 있어?"

내가 문자 옆에 있던 녀석들이 일제히 그 글자를 훑어본다.

"아뇨. 저는 못 읽겠어요."

"나도 마찬가지야. 이게 나오후미네 나라 언어니?"

라프타리아와 사디나가 각각 단념한 듯 대답한다.

"마력이 느껴지는군."

"나는 마법에 대해서는 잘 모르니까 못 읽어."

가엘리온과 포울의 반응 역시 비슷하군.

"으~옹?"

"필로, 너한테는 기대 안 해. 하여간에, 소리 내서 읽어 볼게. 방패 성무기의 강화방법 그 첫 번째, 다른 성무기나 권속기의 강화방법을 공유하는 것."

······이건 이미 한 거잖아.

그러고 보니 키즈나도 라프타리아에게 그런 말을 했었지.

그 뒤에는 상세한 방법이 실려 있을 뿐이었고, 그것을 읽으니 도움말에까지 같은 글자가 나타난다.

"다 아는 내용만 적혀 있군······. 아무 도움도 안 되잖아."

"조건부로 확인할 수 있다거나 하는 걸까요?"

뭐······ 혹시 렌이나 이츠키가 이 문자를 읽을 수 있다면 도움이 되려나?

나중에 이츠키도 데려다가 읽게 해야겠다.

그때 보라색으로 빛나는 깊은 구멍을 발견.

"이 아래인가?"

"그런 것 같다. 흐음, 제법 재미있는 구조로 만들어져 있는 것 같군."

가엘리온이 분석한다.

"뭐가 재미있다는 거지?"

"보아하니 봉인된 자로부터 힘을 흡수할 수 있도록 되어 있는 것 같다. 동시에 죽지도 못하고 살지도 못하도록 결계를 유지할 수 있는 것 같아. 게다가 항구적으로 유지할 수 있도록 수복기능까지 갖춰져 있고. 이건 어마어마한 기능이야."

"시간이 흘러도 약해지지 않는 봉인이라고?"

"그게 가장 적절한 표현이겠군. 어리석게도 봉인을 풀어버리는 짓만 안 했더라면 영원히 봉인돼 있었을 거라는 얘기다."

……번쩍이는 보라색 빛 때문에 제법 깊은 곳까지 보인다.

그 밑에 유난히 더 빛나는 무언가가 보이는군.

어쩐지 구멍에서 졸졸졸졸 물이 솟아나오는 것처럼 보이는데.

"수맥과 용맥은 깊은 접점이 있다…… 아니, 그게 아니군."

가엘리온이 구멍 안에 있는 무언가를 가리킨다.

그건…… 무언가의 머리뼈처럼 보인다.

"봉인 과정에서 육체 자체는 이미 사라진 모양이다. 봉인이 풀리면서 핵을 매개체로 용맥과 교류하고 있는 거겠지."

"그래서 그 핵은 어디 있지?"

"저기다."

가엘리온이 가리킨 방향은, 구멍 바닥 가운데 보라색 연기가 모여들어 있는 곳이었다.

뭔가 독기 같은 것이 고여 있잖아.

그뿐만이 아니라 구멍 자체가 확장하듯이 금이 가고, 그 틈으로 물이 쏟아져 나온다.

"제법 머리를 쓰는군……. 분신을 이용해서 시간을 벌고, 핵은 새로운 몸을 만들고 있었던 건가……."

"귀찮은 짓을 하는군."

물이 힘차게 뿜어져 나와서 어느새 허리춤까지 물이 차오른다.

"큰일 났군. 사디나, 방패 용사와 그 동료를 빨리 끌어안아라. 튕겨나갈 거다."

"어머나?"

"뭐라고?!"

"필로리알도 조심해라."

"필로 헤엄칠 줄 알아!"

가엘리온이 그렇게 말한, 바로 그 순간이었다. 구멍에서 물이 분출해서, 우리는 거세게 떠내려가기 시작했다.

"꼬르르륵……."

어째서일까, 이 나라에 온 후로 물살에 휩쓸리는 일이 잦아진 것 같다고 한탄하고 싶어진다.

그렇게 생각하면서 죽을 둥 살 둥 버둥거리고 있으려니, 사디나가 나와 라프타리아, 라프짱, 포울을 끌어안았다. 그대로 다 같이 물살에 휩쓸려서 원래 왔던 길로 떠밀려간다.

그만큼 거센 물살이었다.

필로와 가엘리온까지 포함해서, 우리는 다 같이 고분 밖으로 내팽개쳐서 낙하한다.

땅바닥과 격돌하기 직전에, 가엘리온이 날개를 펼쳐서 우리를 붙잡았다.

"후우…… 아슬아슬했군."

"말짱 도루묵이 됐잖아."

"그렇게 생각할 거 없다. 자…… 저길 봐라. 녀석이 본성을 드러냈어."

가엘리온이 쳐다본 곳에는 분신의 3배 정도는 되어 보이는 오로치가 고분을 완전히 파괴하며 모습을 드러내고 있었다.

"저 오로치의 중심에 보이는 보라색 빛이 녀석의 핵이다. 분신과는 비교도 할 수 없는 수준이야. 게다가 용맥에 녹아든 힘을 조금씩 모아서 부풀리고 있어."

"단기 결전을 염두에 둬야 한다는 거군."

"그래. 전부 다 나올 때까지 기다려 주는 식의 고상한 짓을 하고 싶다면야, 나도 말리지는 않겠다만."

"그런 짓을 해서 뭐가 남는데? 그나저나 저것도 어떻게 보면 마룡(魔龍)이 하던 거랑 비슷한 짓인가?"

"저건 용맥의 표층이긴 하지만…… 뭐, 대충 비슷한 거라고 할 수도 있긴 한데…… 규모가 다르다. 봉인돼 있는 다른 괴물들에게도 힘이 부여되는 데다, 성가신 앵천명석 결계까지 보유하고 있어."

"그럼 빨리 가지. 짧게, 최소한의 노력으로. 이게 나오후미의 신념이잖니?"

"그래! 아무리 이미 버린 나라라고 해도, 이런 녀석이 나라를 헤집어 놓는 건 싫을 거 아냐?"

"……하긴 그래. 적어도 나오후미가 지배할 예정인 나라니까, 미처 지배해 보기도 전에 사라져 버리면 의미가 없는걸."

이것도 라프타리아를 위한 일, 마을을 위한 일, 장래를 위한 일이다.

"그럼 이 누나도, 조금 더 힘을 내 봐야겠네~."

슬슬 지원마법을 걸려고 했더니, 또다시 방패가 반응했다.

대상에게 힘을 주입, 수화(獸化)시키겠습니까?
네 / 아니오

으음…… 이건 실트벨트에서 손에 넣은 수왕(獸王) 방패에 내장돼 있던 기능이다.

조건은 불명이지만, 내 동료 가운데 수인화가 가능한 녀석을 한 단계 더 변화시킬 수 있게 해주는 것 같다.

지난번에는 포울에게 걸어서 강력한 백호로 변신시켰었다.

당시에 포울은 아직 전력 면에서 미덥지 못한 상태였지만 그 변신으로 인해 상당히 강해져서, 실트벨트에서 나온 괴물을 아트라와 함께 해치우는 데 성공했다.

이것을 내 동료들 전체로 따져도 상당히 상위에 속하는 사디나에게 걸어 주면 어떻게 될까?

"사디나."

"왜 그래, 나오후미?"

"너를 수화 대상으로 지정할 수 있는 모양이야."

"어머나!"

엄청나게 히죽거리고 있잖아.

뭐가 그렇게 좋은 건지는 모르겠지만, 지금 이걸 안 쓴다는 선택지는 없다.

"나는 가능하면 라프타리아한테 걸어주고 싶은데."

"저는 수화하는 능력도 없고, 하고 싶지도 않아요."

"그건 왜지?"

"라프짱처럼 될 것 같아서요!"

"라프?"

흐음…… 그건 꼭 한 번 보고 싶은데.

아니면 지금보다 조금 더 수인스러운 라프타리아도 좋을 것 같고…… 시가라기야키 너구리 암컷 같은 느낌이 되려나?

라프타리아라면 애교가 있을 것 같다.

"뭔가 징그러운 생각을 하고 계신 거 맞죠?"

알아챘군. 하지만 알 바 아니다.

"그럼 간다! 사디나!"

"네에네~에!"

아, 이건 스킬 같은 건지도 모르고, 스킬로 변질시킬 수 있다면 미리 해 두는 편이 좋겠지.

"앵진결계!"

결계를 발동시킨 뒤에, 사디나에 대한 수화 보조를 발동시킨다.

내 손가락을 중심으로 벚꽃 꽃잎이 화르륵 흩날리고 사디나를 향해 날아간다.

그것은 포울을 감싸던 때와 마찬가지로, 사디나를 감싸는 구형 빛으로 변해갔다.

게다가 근처에 부러지거나 시들어 있던 앵광수에서도 빛이 뿜어져 나와서, 나를 지원하듯이 빛에 엉겨 붙었다.

이윽고 사디나를 휘감고 있던 빛이 흩어지고, 금줄을 휘감은 거대한 범고래가 나타났다.

"어머나, 어쩜 이럴 수가! 온몸에서 힘이 용솟음치는걸! 이게 바로 나오후미의 사랑인가?"

"징그러운 소리 하지 마!"

사디나는 범고래 형태로 변신한 상태이건만, 공중에서도 마치 물속을 헤엄치듯이 우아하게 유영하고 있다.

"그리고 수룡님의 목소리도 들렸던 것 같아. 지금이라면 못 할 게 없을 것 같은 기분이라구."

사디나는 그렇게 말하고, 수많은 마법진을 전개시키며 오로치를 향해 공격을 날린다.

"어머나? 이렇게 영창하는 건가?"

자문자답하지 마. 알아듣게 말하라고!

"명신(鳴神)! 그리고 해신(海神)!"

오로치 상공에 급속도로 번개가 발생하고, 지금까지 본 것 중에 가장 커다란 번개가 쏟아졌다. 그 직후에 사디나 앞쪽에 거대한 해일이 발생해서 오로치를 쓸어버리려 한다.

장엄한 공격이군.

"나도 한 번 변신한 적이 있었다고 그랬지? 나도 저랬어?"

오로치의 몸에 일방적으로 맹공을 퍼붓는 사디나를 보며 포울이 말한다.

"아, 맞아. 포울도 실트벨트에서는 대충 저랬지."

"굉장해……. 나는 지금껏 꼴사나운 꼴만 보였는데, 그때만은 아트라도 칭찬해 줬을 것 같아."

……꼴사나운 꼴만 보였다고 자각은 하고 있었던 거냐.

"아니, 우리도 그냥 구경만 하고 있을 때가 아니잖아요!"

라프타리아가 우리에게 주의를 주고, 사디나를 지원하기 위해 내달린다.

"필로도 갈래~."

"나도 질 수 없지. 간다! 큐아아아아아."

아, 가엘리온의 영혼이 바뀐 모양이군.

"다들 들었지? 우리도 사디나를 도와서 몰아붙이는 거다."

"그, 그래!"

"샤아아아아아아아아……!"

그래도 물러서지 않겠다는 듯, 오로치가 포효를 내지른다.

그리고 우리에게 지지 않고 화염·얼음·독 등, 여덟 개의 머리에서 제각기 다른 브레스를 우리를 향해 내쏜다.

"어림없지! 에어스트 실드! 세컨드 실드! 드리트 실드!"

방패를 출현시키는 스킬을 발동시키자, 앵진결계의 영향으로 벚꽃 모양 방패가 출현해서 공격을 막아낸다. 막아낼 때마다 꽃잎은 깨져 나가지만, 오로치의 공격을 광범위하게 저지해 낼 수 있었다.

아니…… 애초에 부서지지도 않았잖아?

엄청나게 튼튼한데…… 어라?

저주 때문에 저하돼 있던 내 능력이 상당히 회복…… 아니, 그게 아니다, 별안간 상승했잖아?

어떻게 된 거지?

유력해 보이는 건, 고분에 있던 강화방법을 적은 문자……인가?

혹시 지금까지 내가 시행해 왔던 강화방법은 뭔가 부족했었던 걸까?

강화의 배율이 변화한 것 같은 감각이 느껴진다.

"나오후미, 나오후미."

"왜 그래?"

"자세히 관찰해 봤더니, 역시 약점 부분은 똑같은 것 같아. 몸통 쪽에 빛나고 있는, 저거."

수화 보조 때문에 소비했던 힘을 마력수와 혼유수로 회복시키는 나에게 사디나가 속삭인다.

그걸 알아냈다고 해도 말이지……. 저기를 정확하게 공격하려면 여덟 머리의 공격을 뚫고 나가야 하고, 제대로 명중시킨다는 보장도 없는데…….

"라프타리아!"

"네!"

라프타리아는 분신을 상대할 때와 마찬가지로, 상대방의 축복을 무력화시키기 위해 태극진 천명참의 자세를 취한다.

"샤아아아!"

역시 오로치의 표적은 라프타리아인가 보군.

"어림없다구~!"

수화한 사디나가 굵직한 번개를 작렬시켜서, 오로치가 라프타리아에게 접근하지 못하도록 공중에서 앞을 막아선다.

뭐랄까…… 이런 소리를 하면 오타쿠처럼 들릴지도 모르지만, 검을 움켜쥔 라프타리아와 번개를 휘감은 채 라프타리아를 보호하는 사디나의 모습은 멋진 그림이 된다.

게다가 라프타리아는 내가 지정한 무녀복까지 착용하고 있으니까.

물론 나도 앞으로 나서서 오로치의 맹공을 견뎌낸다.

"좋아! 어택 서포트! 유성방패!"

어택 서포트를 오로치에게 투척하고, 움직임을 봉쇄한다.

"모두 집중! 시간을 벌어!"

"네~에!"

"알고 있다."

"아트라한테 주의까지 들은 마당에, 이런 괴물 앞에서 물러날 생각은 없어!"

필로를 비롯한 동료들은, 덮쳐드는 머리들을 일거에 쓸어내서 큰 빈틈을 만든다.

"이제 제가 공격 기회를 만들게요! 태극진 천명참!"

여러 번 써서 익숙해졌는지, 라프타리아는 지난번보다 더빠르게 오로치의 결계를 향해 도를 휘둘렀다.

그러나──── 까앙 하고 도가 튕겨 나온다.

"뭐야?!"

"이럴 수가……. 공격이 제대로 먹힌 줄 알았는데……?"

라프타리아가 내 쪽으로 돌아와서 말한다.

"나오후미 님, 아마 제 공격이 앵천명석의 결계를 파괴할 수 있다는 걸 알아챈 오로치가 직접 방벽을 만들어내고 있는 것 같아요."

그러고 보니…… 앵천명석 기둥의 빛과 보라색 빛이 혼재되어 있는 것처럼 보인다.

분신에는 탑재되어 있지 않았던 또 하나의 결계가 녀석의 약점을 가리고 있는 건가.

"변환무쌍류 공격으로 파괴하는 건?"

"어째선지 안 통했어요……. 물리적으로 파괴하는 건 어려울 것 같아요."

"샤아아아아!"

재생한 머리들이 일제히 라프타리아를 노리고 다수의 브레스를 내뿜는다.

내가 앞으로 나서서 막아낸다.

"콜록……."

라프타리아가 기침한다.

"괜찮아?"

"네. 괜찮, 아요."

"라프~."

기침하는 라프타리아의 등을 라프짱이 어루만진다.

그것만으로도 라프타리아의 숨이 저절로 안정을 되찾은 것처럼 보였다.

"분신과의 차이 때문이기도 한 것 같아요."

"그러게 말야. 성가신 녀석이군."

후방의 도시 부근에서 날뛰고 있는 분신 쪽으로도 눈길을 돌려 본다.

그쪽을 처치해도 곧바로 이쪽 본체가 부활시켜 버린다.

그래도 한 번 저쪽 녀석을 해치워서 싸움을 용이하게 만드는 게 나으려나?

결과적으로…… 총 16개의 머리를 가진 오로치와 싸우는 신세가 될지도 모르지만.

"지금 제일 성가신 게, 저 보라색 결계 맞지?"

"그래."

가장 큰 문제는 저 결계다.

앵천명석 쪽은 라프타리아가 어떻게든 해결해 줄 수 있지만, 보라색 결계는 다른 조건이 필요하다.

솔직히 말해 앵천명석이라는 건 도대체 왜 이렇게 성가신 거냐고 따져 묻고 싶은 심정이다.

뭐랄까, 용사를 상대로 싸우는 걸 전제로 만들어진 물건처럼 보인단 말이지.

보아하니 쿠텐로의 천명이라는 놈은 그 앵천명석을 특수한 의식으로 능력을 파워업 시키는 장치쯤으로 여기고 있는 것 같지만.

상황이 왜 이렇게 성가시게 돌아가는 건지.

"그치만 말야, 이 누나가 확인한 게 하나 있거든."

"뭐지?"

"저 보라색 결계가 약해진 것처럼 보이는 순간이 있었어."

나는 원래 게임을 즐겨 했던 만큼, 이런 적을 물리치려면 여러 조건을 클리어해야 한다는 것쯤은 상상할 수 있다.

그렇지 않았다면 옛날에 봉인하는 것부터가 불가능했을 테니까.

사디나는 그 조건을 감지했다는 건가.

"이 누나가 공격하면서 머리를 몇 번 날려버렸는데, 그때마다 결계의 밀도가 옅어지는 것처럼 보였어."

머리를 날리면 바로 재생하긴 하지만, 그 타이밍에 결계가 흔들린다는 건가.

변환무쌍류 공격으로 파괴하는 데 실패했으니, 아마 뭔가 다른 파괴 조건이 있다고 생각하는 게 순리다.

힘으로만 밀어붙여서는 돌파가 불가능한 것 같고, 정공법으로 가는 수밖에 없나?

"모든 머리를 같은 타이밍에 해치우면 결계가 사라진다는 거지? 귀찮아 죽겠네!"

"재생속도가 엄청 빠르니까 타이밍이 생명이야."

"하긴 그렇겠지⋯⋯."

솔직히 말하면 이츠키 일행도 이쪽으로 불러서, 머릿수의 힘으로 일제히 머리를 날려 버리는 게 제일 나을 것 같기도 하다.

머리를 동시에 모조리 파괴한 후, 등에 있는 앵천명석을 라프타리아가 무력화해서 해치우는 식이 되겠지.

"사디나, 현재의 너라면 단번에 몇 개의 머리까지 날릴 수 있지?"

"지금의 이 누나는 나오후미의 사랑을 받은 덕분에 무적 상태야. 어택 서포트라고 했던가? 나오후미가 그걸로 적을 묶은 상태에서 정확히 겨냥하면 네 개쯤은 해치울 수 있지 않을까?"

네 개라……. 나쁘지는 않군.

라프타리아가 태극진 천명참을 쓰기 위해서는 약간의 충전 시간이 필요하다.

그건 앵진결계가 있어도 마찬가지다. 아니, 그게 없었더라면 더 오래 걸렸겠지만.

그렇다면 나머지 머리는 필로, 가엘리온, 포울이 각각 하나씩 맡아서 해치워 줘야 한다.

나는 방어나 적 공격 방해가 주된 임무이니까 말이지.

한 명이 더 필요하지만, 애석하게도 라프짱은 라프타리아를 엄호하는 중이다.

"필로 열심히 할게! 타이밍 딱 좋게."

필로가 그렇게 말하고 하이킥 자세를 잡는다.

그 방법이 있었군. 하이킥 상태의 필로라면 두 개 정도는 해치울 수 있겠지.

"전보다 더 오래 움직일 수 있어."

"너만 믿는다."

"네~에!"

"그다음에는 라프타리아가 다시 한 번 결계를 파괴하고,

핵을 육체에서 분리해 내."

"네······. 언제든 개시할 수 있어요."

좋아, 준비 완료. 가자!

"어택 서포트!"

내가 어택 서포트를 내쏘아서 오로치의 목 세 개를 옭아매고, 사디나가 거대한 번개를 퍼붓는다.

"그럼 간다! 명신!"

"샤아아아아아아아아!"

오로치가 신음하며 사디나의 일격에 저항하려 공중에 브레스를 내뿜는다.

하지만 그 정도 공격으로는 사디나의 움직임을 묶을 수는 없다.

게다가 내 어택 서포트 효과로 대미지가 두 배로 들어간다.

"좋아! 체인 라이트닝의 응용! 연쇄명신(連鎖鳴神)!"

옭아매 두었던 머리가 굵직한 번개에 터져 나가고, 번개의 충격에 몸통이 경련한다.

그리고 사디나가 몸을 틀자 번개가 휘어져서, 다른 하나의 머리를 뚫고 날아갔다······. 솜씨도 좋은 녀석이군.

응, 계획대로 네 개의 머리를 날려버린 것 같으니 다행이다.

"뀨아아아아아!"

가엘리온이 타이밍을 맞추어 불을 내뿜으며 돌격, 머리 하나를 짓이겨 놓는다.

"그럼 나도 간다!"

포울도 주먹을 휘두르고, 발뒤꿈치로 오로치의 머리를 내리찍어서 날려버린다.

이제 포울 녀석도 꽤 강한 위력의 공격을 날릴 수 있나 보군.

"짤랑짤랑~! 하이킥! 그리구~!"

필로는 모닝스타를 투척한 직후에, 고속 스파이럴 스트라이크로 돌격, 순식간에 머리를 없애 버렸다. 그리고 하이킥을 유지한 상태에서 마지막 머리를 있는 힘껏 걷어찬다.

오오…… 여기서는 필로가 속도 면에서 제일 뛰어난데?

뭐, 원래부터 빠른 녀석이었으니까.

피트리아가 능력을 향상시켜 줬다고 하더니, 확실히 속도가 빨라졌다.

기초 스테이터스로만 따지면 라프타리아에게도 필적할 정도의 속도니까.

"——?!"

모든 머리를 다 잃은 오로치의 몸통이 경련하기 시작하고, 몸통에 있던 보라색 결계가 소실된다.

"라프타리아, 지금이다!"

"이번에는 꼭!"

라프타리아가 내달려서 접근하고, 앵천결계를 향해 도를 휘둘렀다.

"태극진 천명참!"

고함 소리와 함께 앵천결계를 슥삭 베어 버리고, 도를 칼집에 집어넣는다.

"라프!"

그때 라프타리아의 어깨에 올라타 있던 라프짱이 음양 문양의 구슬 같은 걸 툭 집어 던지자, 그게 눈 깜짝할 사이에 부풀어 올라서 오로치를 휘감았다.

"후우……. 간신히 해내긴 했지만, 제법 어렵네요."

"이제 가호가 풀린 거야?"

"네. 하지만…… 결정타를 먹이지는 못했어요. 연속으로 몰아붙일게요!"

"이 누나도 같이 갈게!"

"용맥 정화도 할 수 있도록 힘을 모아라!"

사디나와 가엘리온이 결정타를 날리기 위해 힘을 집약시킨다.

『닫혀 버린 천명의 땅, 오랫동안 고인 물을 씻어내는 청류와도 같은 마음을, 세계를 구하는 바람을 힘으로 삼아, 용맥이여, 바다의 청정한 힘이여! 더럽혀진 물길을 흘려보내라!』

『나, 가엘리온이 하늘에 명하고, 땅에 명하고, 이치를 끊고, 연결하여, 고름을 토해내게 하노라. 나의 힘이여, 정령의 가호여! 토지를 정화시키라!』

""대해신(大海神)!""

영창을 마친 사디나와 가엘리온은, 일단 물을 휘감은 채 드높은 상공으로 이동한 후, 낙하하듯이 오로치를 향해 돌격해 나간다.

"우왓!"

"와~!"

그 돌격에 필로와 포울이 놀라서 허겁지겁 대피한다.

"앵신락(櫻神樂) 제1형태 · 개화!"

사디나와 가엘리온이 최후의 일격을 날리기 바로 직전에, 라프타리아와 라프짱이 두 번째 공격을 내쏘았다.

칼부림과 함께 벚꽃 잎이 흩날린다.

땡강 하는 금속음이 울려 퍼지는 동시에…… 허공에 뭔가가 튕겨 나왔다.

저건…… 용의 핵석 같은 건가?

그리고 사디나와 가엘리온의 공격에 의해, 남아 있던 육체가 날아가 버렸다.

"큰일 날 뻔했어~."

"그러게 말야……. 아무리 타이밍이 중요하다고 해도, 그런 식이면 목숨이 몇 개라도 부족하겠어."

"말은 그렇게 하지만…… 그래도 몸을 피할 여유는 있었던 것 같은데."

내 말에 포울이 나를 쏘아본다.

"저 녀석들한테는 나중에 불평 한마디쯤 해도 되겠지."

라프타리아가 일격을 날릴 여유를 가질 수 있었던 것도 뇌신강림의 효과가 아직 남아 있었던 덕분이기도 했고.

……그나저나 나 자신의 능력이 제법 상승한 것 같다.

적어도 라프타리아의 속도를 따라잡을 수 있을 정도는 됐으니까.

"우리의 승리라구!"

아인 형태의 사디나가 촤악 하고 물보라를 흩뿌리며 뛰쳐나와서는, 우리에게서 등을 돌리고 오로치를 향해 소리쳤다.

"뀨아아아아아아아아아!"

가엘리온도 마찬가지로 뭔가 폼을 잡고 있다. 조금 더 연계 능력을 다지지 않으면 아군을 오인 사격할 수도 있을 것 같다.

후방을 확인하니, 이츠키 일행에게 맡겨 두었던 오로치도 흩어져 사라지는 모습이 보였다.

아마 무사히 처치하는 데 성공한 모양이다.

"나오후미, 보아하니 용맥에 뿌리박고 있던 쪽도 우리의 힘으로 정화할 수 있었던 모양이야~."

수화 보조를 이용해서 변신하면, 변신하는 쪽 입장에서는 상당한 육체 피로가 발생하는 것 같았다.

적어도 포울은 제대로 서 있기도 힘들 정도로 기진맥진했었다.

그럼에도 사디나는 비교적 멀쩡하게 서 있다.

"아니, 이 누나도 힘이 쪽 빠졌다구."

"도저히 그런 사람으로는 안 보이는데."

"네. 아주 팔팔해 보이는데요?"

"어머나?"

그런 얘기를 나누고 있으려니, 싸움을 마친 아트라 일행이 우리 쪽으로 달려온다.

"나오후미 님! 해치웠어요!"

"일단은 그럭저럭 처리한 모양이군."

"어라? 뭔가 부정한 기운이 느껴지는걸요."

그때 아트라가…… 아까 라프타리아가 날려 버린 무언가가 날아간 방향으로 고개를 돌린다.

나도 그게 마음에 걸리던 참이었단 말이지.

"라프타리아, 아까 뭔가를 날려 버렸었지?"

"네? 당초 예정대로 오로치의 핵을 제거할 생각으로 날려 버린 거였는데요?"

아아, 그러고 보니 그랬었지.

사디나 패거리가 멋대로 일을 저질러 버리는 바람에 잊고 있었다.

"규아아아아."

그렇게 해서, 가엘리온이 그 핵으로 보이는 것을 쫓아 날아갔다.

"오래 방치해서는 안 되는 물건이에요. 나오후미 님, 어서 쫓아가요."

"……그러지."

리시아와 이츠키, 마을 녀석들이 동행하고 있는 걸 확인한 후, 나는 봉인된 오로치의 핵이 날아간 방향으로 향했다.

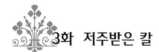

3화 저주받은 칼

그곳에서 발견한 것은 휑하니 드러난 지면에 지금 막 낙하한…… 검이었다.

검이 박혀 있는 곳이 부글부글 끓듯이 보라색으로 침식되기 시작한 상태였다.

"검?"

칼자루 한가운데에 핵 같은 것이 박혀 있는, 하얀 검신을 가진 검.

야마타노오로치처럼 생긴 마물이라서 검인가?

아이템이 드롭된다면 그래도 이해가 가겠지만…… 검이 핵이었던 건가?

"최대한 빨리 처분하는 게 좋을 것 같아요. 대지를 오염시켜서 재생하려 하고 있어요."

"뀨아아아."

"뭐, 핵에 대한 일은 가엘리온만 있으면 어떻게든 되지 않을까?"

일단 드래곤 계열 마물이라는 모양이니, 핵만 어떻게든 해결하면 완전히 잠재울 수 있을 것이다.

그리고 가엘리온이 핵으로 보이는 장식 부분에 입을 가져다 대자, 파직 하고 튕겨나간다.

"뀨아아?!"

"오염이 심해서 안 되는 걸까?"

"도움이 안 되네."

정말이지, 정말 정작 중요한 순간에 미덥지가 못하다니까.

"일단 뽑아서 어떻게든 처분하는 수밖에 없을 테지만……건드렸다가는 저주에 걸릴 것 같단 말이지."

척 보기에도 수상하다.

지금의 내 몸은 아직 저주에 오염되어 있기에, 근처에 가기만 해도 은근히 아프다.

살갗이 그을리는 것 같은 감각이라고 해야 할까?

시선을 집중해서 확인한다.

저주받은 *아메노무라쿠모노츠루기

---

* 아메노무라쿠모노츠루기(天叢雲劍) : 다른 이름은 쿠사나기노츠루기. 일본 신화에 나오는 검으로, 일본 왕가의 삼신기 중 하나. 일본 신화에서 스사노오가 야마타노오로치를 퇴치했을 때, 그 꼬리에서 나온 검이라고 한다.

안력이 제대로 작동하지 않는 걸로 보아 상당한 고성능 무기인 게 분명하다.

설마 이세계에서 일본의 삼신기 중 하나를 보게 될 줄은 몰랐는데.

사실은 내 방패가 그렇게 번역했을 뿐, 실제로는 다른 무기일 테지만.

"후에에에······. 저, 저기, 검이라면 검의 용사님에게 맡긴 뒤에 처분하는 게 어떨까요?"

흐음, 렌의 손에 쥐여 준 뒤에 처분하자는 건가.

이런 저주받은 무기를 렌의 손에 쥐여 줘도 괜찮을까?

하지만 아깝게 느껴지는 것 역시 사실이다.

그래도······ 이런 물건을 방치해 뒀다가는 오로치가 부활해 버릴 수도 있잖아.

방패에 넣어 두는 방법도 있긴 하지만, 이런 물건을 넣었다가는 마룡 사태의 재림이 일어날 것 같아서 무섭다.

"오? 다 물리친 모양이지?"

그때 무기상 아저씨와 그 스승······ 모토야스 2호가 찾아왔다.

"영귀 때도 그렇더니만, 형씨들 싸움은 항상 처절하다니까. 멀리서 보는 우리까지 놀랄 지경이더라고."

엄지를 척 추켜세우는 아저씨를 향해, 나도 엄지를 추켜세운다.

"그렇지 뭐. 그래 봤자 나는 방어만 하는 거나 마찬가지지만."

"어머나, 나오후미의 힘이 없었으면 못 이겼을 텐데?"

사디나가 입에 발린 칭찬을 건넨다.

요즘에는 지켜보기만 하는 경우가 는 것 같다.

뭐, 에어스트 실드 같은 걸 전개하거나 하기는 하니까, 완전히 구경꾼 신세는 아니지만.

조금 더…… 오로치의 움직임을 봉쇄할 수 있는 방법이 있지 않았을까 고민해 봐야겠다.

"그런데 여기서 뭘 하고 있는 거지?"

"아아, 아까 그 괴물의 핵이 날아가는 걸 보고 쫓아와 봤는데, 저주받은 검 같은 녀석이라서, 어떻게 처분해야 할지 고민하는 중이야."

그러자 모토야스 2호는 땅바닥에 꽂혀 있는 검을 보고 검신을 확인한다.

"하…… 이거 굉장히 날카로운 놈이군. 이게 저 녀석의 본체란 말이지."

그러고는 어리석게도 칼자루를 쥐고 뽑아낸다.

보라색 독기가 왈칵 뿜어져 나와서, 모토야스 2호를 휘감는다.

이제 저주로 인한 제2라운드가 시작되는 건가? 이 자식 제정신인가?

그렇게 생각하면서 방패를 움켜쥔다.

"닥쳐, 잠자코 있어."

덜컥덜컥 몸부림치는 검을 향해 모토야스 2호가 호통을 치자 검에 휘감겨 있던 독기가 흩어져 버린다.

"어?"

"정말로 저주가 깃들어 있구먼. 사용하는 건 힘들겠어."

"아니, 너 그냥 태연하게 쥐고 있는데, 괜찮은 거야?"

"무슨 소릴 하는 거냐. 나는 대장장이라고. 무기에 저주를 받아서야 대장장이 노릇을 해먹을 수 있을 것 같아?"

그게 그런 문제냐?

무기상 아저씨 쪽을 쳐다보니 '글쎄?' 라는 듯 어깨를 으쓱할 뿐이다.

"역시 스승님이군. 그런 검을 태연하게 붙잡을 수 있다니."

"헛, 대장장이가 무기의 저주에 오염된다면, 그건 삼류라는 증거야. 저주를 피하면서 쥐는 것쯤은 식은 죽 먹기라고."

제법이잖아. 여자에 환장한 얼간이라고만 생각했던 걸 재고해 봐야 하나?

확실히 솜씨 하나는 좋아 보인단 말이지.

"일단 날뛰지 못하도록 억누를 수 있겠어?"

"뭐? 알 게 뭐야."

무기상 아저씨의 스승은 아무 일도 없었다는 듯이 검을 땅바닥에…… 다시 꽂지 마!

"……부탁드리면 안 될까요? 그 괴물이 다시 출현하면 큰일이잖아요."

분위기를 파악한 라프타리아가 무기상 아저씨의 스승에게 손을 모으며 부탁한다.

"알겠습니다, 아가씨. 이 몸이 어떻게든 해결해 보죠."

……이 자식, 작작 좀 치근덕거리라고.

"아저씨, 아저씨도 이 바보가 한 것처럼 저 검을 제압할 수 없어?"

"미안하지만, 형씨. 난 삼류인가 봐. 언젠가 스승님처럼 될 수 있으면 좋을 텐데……."

나는 아저씨를 초일류라고 생각하고 있는데.

하아……. 할 수 없지.

"사정 알겠지, 엘하르트? 부탁을 받았으니, 문제가 안 생기도록 이 검을 다시 벼리는 거다."

"알았수다, 스승님. 형씨들도 좀 도와주슈. 아마 이것저것 성가신 재료들이 필요하게 될 테니까."

"뭐, 성능 하나는 높은 것 같으니까. 아저씨의 무기 제작 경험치에도 보탬이 될 테니 우리도 도와주지."

"고맙수다, 형씨."

이렇게 해서, 오로치를 처치하고 얻은 검은 아저씨와 그 스승에게 맡기게 되었다.

"그럼 다음은……. 도시와 인근 피해 상황은 어떻지?"

"항구도시 일부가 붕괴되긴 했지만 부상자는 극소수에 그쳤습니다. 이것도 다 천명님과 방패 용사님 일행 덕분입니다."

라르바가 도시 쪽 상황을 확인하고 대답한다.

좋아, 부상자가 적단 말이지? 그러면 나중에 국민들을 선동할 때 좋은 재료가 되겠군.

"다만…… 고분 부근은 막대한 피해와 약간의 오염이 남아서, 복구에 시간이 걸릴 것 같습니다."

"그건 단념하는 수밖에 없겠지."

애초에 중요한 거점이었던 건 아니니까.

"어찌 됐건…… 봉인돼 있던 괴물을 해방시켜서 혁명파를 공격하는 국가에는 아무런 대의명분도 없어. 국민들에게 얼마나 큰 피해가 발생할지 알고 하는 짓인지 원."

내 말에 라르바 일당이 힘주어 고개를 끄덕인다.

"이번 사건에 대해 곧바로 인근 지역에, 나아가 전국에 전달할 생각입니다. 요령껏 행동하면 이 일을 새로운 실마리로 삼아서, 국가의 방침에 불복하는 실력자들의 협력을 구할 수도 있을 것입니다."

나는 라프타리아에게로 눈길을 돌린다.

상황이 이 지경까지 왔으니, 할 수밖에 없지 않겠어?

"부탁할게요. 이런 짓을 하는 사람을 막을 수 있는 건 우리밖에 없는 것 같으니까요."

그야말로 라프타리아다운 발언이다.

하지만 뭔가가 좀 부족한데. 이 정도만 갖고는 선동에 넘어가지 않는 녀석도 있을 거다.

"맞는 말이다! 이런 짓을 저지르는 천명에게는 아무런 대의명분도 없어! 녀석들은 사람들의 작은 행복 따위는 하찮게 여기고 있다! 모두, 정말 그런 녀석들에게 나라의 지배를 맡겨도 괜찮은 거냐?!"

나는 이런 식으로 언성을 높여 라르바 일당을 선동했다.

그런 내 말에 각오를 다잡았는지, 라르바 일당은 진지한 얼굴로 이렇게 말했다.

"천명님의 명을 받들겠습니다!"

이렇게 해서 라르바를 비롯한 쿠텐로 혁명파들은, 술기운이 아닌 맨 정신으로 다시 한 번 충성을 맹세했다.

"……딱히 따질 생각은 없지만, 나오후미 님은 그런 걸 정말 좋아하시네요."

의욕 충만한 라르바 패거리의 모습을 보고, 라프타리아가 황당해하며 내게 말한다.

"대의명분이라는 건 어느 정도 호들갑스럽게 떠들어야 더 기분이 나는 법이라고."

우리는 악을 처단하는 정의의 사자다.

그런 감정은 사기를 끌어올린다.

누구나 악인보다는 선인이 되기를 원하는 법이니까.

"라프타리아 씨를 숭배하다니, 악몽 같은 나라네요."

"저도 딱히 숭배받고 싶어서 숭배받는 게 아니에요. 어째선지 무녀복만 입고 있으면 다들 제 앞에서 합장을 해 대고, 부모님이 얽힌 일만 아니었다면 당장에라도 도망쳤을 거예요."

아트라, 라프타리아한테 시비 좀 걸지 마.

"그나저나 오라버니, 잘 싸우셨나 보네요."

"다, 당연하지! 아트라! 이 오빠가 힘 좀 썼다고."

"그 탓에 제가 나오후미 님께 도움이 못 돼 드렸잖아요. 오라버니, 용서 못 해요."

"그게 무슨―― 아, 아트라?!"

활약을 했는데도 눈총을 받다니 억울하겠군.

포울도 참 고생이 많다. 어쩐지 동정이 가는 녀석이다.

"그나저나, 천명님, 방패 용사님."

"응?"

그때 혁명파 녀석들이 필로리알 형태의 필로에게로 시선을 돌렸다.

보아하니 필로는 아까 오로치에게 투척했던 모닝스타를 회수해 온 모양이었다.

"으~응?"

"출격 때부터 계속 마음에 걸렸습니다만……."

"필로가 어쨌다는 거지?"

"말하는 필로리알…… 아니, 날개를 가진 소녀. 방패 용사님의 동료로 압니다만."

"응! 필로 이름은 필로!"

필로가 은근슬쩍 가엘리온과 눈싸움을 벌이는 것처럼 보인다.

"아아, 이 녀석은 필로리알이야. 용사의 손에 자라면 특별한 방식으로 성장한다고 그러더군. 그런데── 필로한테 무슨 용건이라도 있어?"

"네, 그 하얀 바탕에 연분홍색 무늬의 필로리알. 잘만 활용하면, 한층 더 유리한 상황을 만들 수 있을 것 같습니다."

나는 필로에게로 눈길을 돌린다.

쿠텐로 녀석들이 무슨 꿍꿍이를 꾸미는 건지, 그때는 도통 이해할 수가 없었다.

4화 순풍

이튿날에는 인근 도시들로부터, 유력 인사들과 권력자들이 우리의 군문에 들어오고 싶다면서 고개를 숙였다.

국가에 봉인돼 있던 괴물들의 봉인을 풀면서까지 우리를 쫓아내려 했다는 사실은 그들이 보기에도 지나친 처사로 받아들여진 모양이다.

물론 쿠텐로 정부 측에서는 우리가 이 나라에 와서 멋대로 봉인을 풀었다고 변명했다는 모양이지만, 애초에 천명이 괴물들에게 모종의 축복을 걸었다는 점과 살생금지령 때문에 신용을 얻지 못했다.

그런 와중에도 정부의 말을 믿는 세력은 전쟁이라도 벌일 기세로 군대를 끌고 왔지만, 혁명파의 선두에 선 필로리알 형태 필로의 모습을 보고 전의를 상실한 듯, 상대도 되지 않았다.

"있잖아 주인님, 적들이 그냥 도망쳐~."

"그러게 말이다."

나도 반신반의했었는데, 아무래도 쿠텐로 국내에는 다양한 전승이 있어서, 그것들이 우리에게 유리하게 작용하고 있는 것 같다.

필로의 존재는 일종의 후미에* 같은 효과가 있는 모양이다.

"이국의 악신에게 붙잡힌 신조(神鳥)를 되찾아라!"

"오? 팔팔한 놈들이 왔는데."

"필로 열심히 할게~!"

"갑니다!"

이런 식으로 돌격해 오는 놈들도 있는 지경이니, 결국 적

---

* 후미에(踏み絵) : 에도 시대에 기독교인을 색출해 내기 위해 사용된. 예수나 성모 마리아가 새겨진 금속판 혹은 목판. 이것을 밟고 지나가게 시켜서, 밟지 못하는 자는 기독교인으로 간주해 처벌했다.

들의 목적은 라프타리아의 목숨과 필로 포박, 이렇게 두 가지로 늘어난 상태다.

당사자 중 하나인 라프타리아는 앵천명석의 축복에 대처하는 능력이 상당히 향상돼서, 가끔씩 아스트랄 인첸트를 걸고 돌격해 오는 녀석이 나타날 때도 태극진 천명참을 이용해서 곧바로 잠재울 수 있게 되었다.

의외로 별 볼일 없는 녀석들이 축복을 받고 덤벼드는 모양이다.

좋아. 혁명파 세력은 파죽지세로 확장되고 있는 모양이군.

그런 기세를 얻을 수 있었던 건, 국민들 역시 새로운 천명을 받아들일 마음을 굳혔기 때문일 것이다.

게다가 천명 측은 우리의 침공 루트 인근에 봉인돼 있던 괴물들의 봉인을 잇따라 풀어 버려서, 평판이 엄청나게 악화됐다.

그 뒤에도 봉인에서 풀려난 괴물과의 전투가 벌어지곤 했고, 괴물을 물리치면 뭔가 무기가 나왔다.

하나같이 저주받은 무기였지만 말이지.

으음, 지금까지 나온 건, 검, 손톱, 창, 도끼였던가?

도대체 몇 마리나 봉인돼 있는 걸까.

요즘에는 아예 척후를 먼저 보내서, 봉인을 풀려 드는 자들을 포박할 수도 있을 정도다.

천명파의 내부 사정은 그야말로 엉망진창. 정말 싸울 생각이 있긴 한 거냐고 물어보고 싶다.

그리고 적들이 왜 필로를 붙잡으려고 드느냐면…….

"있잖아 주인님, 왜 다들 필로만 노리는 거야~?"

"아아, 그건 말이지, 상대방 천명이 중요한 생물이라고 떠받들고 있는 게 바로 필로리알이고, 국가 권위의 상징이 앵광수라서 그런 거야."

"으~응?"

역시 필로는 이해하지 못하는 모양이군.

좀 더 알기 쉽게 설명해 줘야겠다.

"쉽게 말해 줄게, 필로. 네 종족과 그 몸에 있는 무늬가 이 나라에서는 귀중한 권력, 나아가서 신의 상징 가운데 하나로 여겨지고 있어서, 상대방의 신앙이 깊으면 깊을수록 너를 상대로 싸우기 힘들다는 거야."

에도막부로 비유하자면 가문(家紋)과 관련된 동물…… 어쩐지 개가 떠오르는데, 대충 그런 식의 취급이라는 얘기다.

그렇기에 충의가 강하면 강할수록 필로를 공격할 수 없게 되는 것이다.

"흐응……. 필로를 원한다는 거야? 구경거리가 되는 건 싫어!"

아, 필로도 뒤늦게나마 깨달은 모양이다.

키즈나 쪽 세계에서 구경거리 신세가 됐던 트라우마가 재발된 것 같다.

"걱정 마. 구경거리가 되는 게 아니라, 붙잡아서 온갖 사치를 다 부리게 해 주려는 걸 테니까."

"정말?"

"그 대신, 붙잡히면 갇히는 신세가 돼서 메르티를 못 만나게 되겠지만."

"싫어~!"

"어쨌거나 필로, 한동안은 인간 모습으로 변신하지 말고 필로리알 모습으로 돌아다녀. 이 나라에서는 그렇게만 해도 무녀 복 차림 라프타리아 못지않은 효과를 발휘할 수 있으니까."

"그것도 어째 좀 찜찜한데요."

하지만…… 이걸 이용하지 않을 이유가 없지 않은가. 상대방 천명이 작정하고 제 무덤을 파는 판국이니까.

듣자 하니 살생금지령이 시작된 계기는 천명이 필로리알에 푹 빠진 것이었다고 한다.

뭐랄까…… 내가 아는 일본의 살생금지령, 즉 생류연령에서는 개를 떠받들었는데, 여기서는 필로리알을 떠받들고 있는 것이리라.

이렇게 파죽지세로 진격을 거듭하고 있으려니,

"드디어 따라잡았──."

"아, 오랜만이네요."

세인이 우리 일행과 합류했다.

세인은 상인과 용병의 나라 제르토블에서 만났다. 이 세계가 아닌 다른 이세계에서 온 권속기 소지자다.

세인이 원래 살고 있던 세계는 이미 멸망한 상태라는 모양인데, 두 세계를 연결하는 과정에서 생기는 재해인 파도를 틈타서 여러 세계를 돌아다니고 있다고 한다.

지난번에 윈디아 등과 함께 실트벨트 쪽에서 조사를 맡아 달라고 부탁해 둔 상태였다. 거기서 세인의 숙적에 해당하는 자들의 냄새가 풍겼기 때문이었다.

더불어 만약의 상황이 발생했을 때를 대비해서, 마을 쪽도 맡아 달라고 부탁했었다.

상황에 따라서는 언제든지 달려오겠다고 이야기했던 기억이 나지만── 결계에 가로막혀서 전이가 불가능했었던 것이리라.

나도 미안하게 생각하던 참이었다. 그때 세인이 내게 매달렸다.

"지, 지금 뭐 하시는 거예요?"

"맞아요! 나오후미 님을 포용하다니 무슨 꿍꿍이예요?!"

라프타리아와 아트라가 놀라서 따지고 든다.

세인은 어째 묘하게 날 잘 따른다.

다만, 원래 있던 세계가 멸망해서 권속기가 파손되는 바람에, 소리에 잡음이 섞여서 제대로 알아들을 수가 없다.

그래서 그런지 숙적 중 하나가 소지했던, 번역 기능이 탑재된 도구를 사역마 봉제인형에 달아서 통역시키고 있다.

사역마는 유사 인격이 내장돼 있는지 비교적 유창하게 말할 줄 안다.

이 사역마들은 처음에 라프짱과 수인 상태인 사디나의 외모를 본떠 만들었었지만, 인간의 말을 유창하게 하는 라프짱이 어색하다고 말하자, 수인 모습의 키르 봉제인형을 새로 만들어서 말을 시키기 시작했다.

모델 본인보다는 예의 바른 녀석이다.

마을에 있는 *훈도시 개는 지금쯤 뭘 하고 있을까.

참고로 라프짱 봉제인형은 내가 가져다가 방에 장식해 두고 있다.

아무튼, 세인은 내 호위 임무를 맡길 원하는 것 같지만 타이밍이 안 좋아서 위급사태가 벌어져도 제때에 달려올 수 없는 사태가 발생하고 있다.

"둘 다 좀 진정해. 그나저나, 너 어떻게 온 거야?"

라프타리아는 결벽증이고 아트라는 질투가 많으니까. 우선 그들을 진정시키고 세인에게 묻는다.

쿠텐로는 외부와 단절되어 있으니 전이계 스킬을 이용해서 들어올 수는 없을 테고, 세인에게는 실트벨트와 마을을 맡겨 둔 상태다.

"무모한 행동만——."

"이와타니 씨가 너무나도 무모한 행동을 하시는 걸 보고,

---

* 훈도시 : 일본의 전통 남성 속옷.

실트벨트에 부탁해서 배를 마련했습니다."

"아아, 마지막 배가 도착했다는 거군."

"네."

"이번에야말로——."

"이번에야말로, 호위 역할을 해내고 말겠다고 하십니다."

"뭐…… 지금까지는 별 도움을 못 받는 경우가 많긴 했으니까 말이지."

그래도, 세인의 전이 스킬 덕분에 실트벨트 근처까지 빠르게 이동할 수 있었던 점은 높이 평가하고 있다.

그 스킬이 없었다면 아마 지금쯤에야 겨우 실트벨트에 도착했을 것이다.

시간을 대폭 단축할 수 있었으니, 그 정도 활약이면 충분하고도 남을 지경이다.

하지만 세인은 그 정도로는 만족할 수 없겠지.

"어쨌거나 세인이 쫓아오긴 했는데……."

이제 고전이라고 할 만한 상황은 없는데 말이지.

현재까지는 라프타리아가 상대의 축복을 성공적으로 제거하고 있고, 앵천명석 무기 덕분에 무기 강화 무효화에도 어느 정도 대처할 수 있으니 이대로 가면 충분히 이길 수 있을 것이다.

"그래도 호위하고 싶다고 말씀하십니다."

으음……. 헌신적인 태도를 보여주잖아.

뭐, 만족할 때까지 가까이에 배치해 두면 되겠지.

비록 1인용이긴 하지만, 전이를 이용해서 여기저기를 이동할 수 있다는 순발력을 살려서 내 부탁도 많이 들어줬으니까.

"알았어. 마음 내킬 때까지 호위하도록 해."

"알았――."

"알았다고 하십니다."

예전부터 느꼈던 거지만, 세인은 말에 잠음이 많이 섞여서 그렇지 실제로는 제법 말이 많은 것 같단 말이지.

외모만 봐서는 과묵할 것 같은데 꼭 그렇지만도 않은 모양이다.

"우우, 강적의 냄새가 나네요."

"기습의 기운이라도 감지한 거야?"

아트라가 뭔가를 감지한 듯 뇌까리는 걸 듣고 고개를 돌려 묻는다.

"나오후미 님을 노리는 라이벌 말이에요."

"세인 말이야?"

아, 세인도 고개를 갸웃거리고 있다. 잘못 짚은 모양이다.

어쨌든 이렇게 세인이 합류하고, 우리의 쿠텐로 공략은 계속되었다.

지배 지역을 확장하면서, 틈틈이 사냥에 나선다.

물론 주요 목적은 치안 향상……이라고 해야 할까?

"그나저나 쿠텐로는 생태계가 완전 독립적이라서 그런지, 사냥으로 벌어들이는 경험치가 은근히 짭짤한데."

사람들에게 해를 입히는 마물이 집락을 습격해도 퇴치할 수가 없다.

마물의 서식지가 확대된 상황이니 그 지역을 회복하는 작업도 해야 한다.

그런데도 살생금지령 때문에 마물을 사냥할 수 없는 불합리한 상황이 지금껏 계속되어 왔다.

관리들의 눈을 피해서 사냥할 수는 없었던 걸까?

그렇게 물으니, 밀고가 용인되고 있었기에 함부로 행동할 수 없었다는 대답이 돌아왔다.

그런 상황이었으니 우리 쪽에 가담한 세력은 일제히 마물 사냥에 나섰고, 물리친 마물 중 일부를 소재로 쓸 수 있도록 우리에게 진상하고 있다.

쿠텐로의 마물은 뭐랄까, 일본 요괴 같은 녀석들이 많다.

*카마이타치나 여우 요괴 같은 부류의 마물들이다.

"그러고 보니 그러네."

사다나가 번개 마법으로 순식간에 해치워 버리기 때문에 고전할 일은 전혀 없지만, 경험치가 은근히 많다.

전력으로 따지자면 용사의 강화가 없을 경우 레벨 50 정

---

* 카마이타치 : 일본의 족제비 요괴. 회오리바람을 타며 사람들의 피부에 상처를 낸다고 한다.

도에서 처리할 수 있는 수준의 상대인데, 손에 들어오는 경험치는 그보다 더 강한 마물을 처치했을 때 들어오는 경험치와 별반 차이가 없다.

게임으로 치면 가성비가 좋은 마물……이라 할 수 있겠지.

"그치만 바다에서 싸웠던 마물이랑 별 차이는 없는데?"

"그랬어?"

바다에서는 별로 싸워 본 적이 없다.

그러고 보니 사디나의 레벨이 리셋됐을 때, 사디나는 혼자 바다로 가서 상당히 레벨업을 하고 돌아온 적이 있었지.

"원한다면 이 누나가 착 달라붙어서 나오후미의 레벨을 확 끌어올려 줄까? 아니, 이건 전에도 얘기했었지?"

"……그랬지."

사디나와 같이 바다로 사냥을 갔다가는, 그대로 어딘가로 끌려가서 험한 꼴을 당할 것 같아서 무섭단 말이지.

"사디나 언니, 한눈팔지 마세요."

"맞아요. 틈만 나면 나오후미 님을 노리시네요."

"네가 할 소리냐? 잡담할 시간 있으면 사냥이나 하라고!"

이렇게 사냥하는 것도 오랜만인 것 같다.

"그러——."

"그러고 보니 실트벨트 쪽에서, 방패 용사님께 드릴 마물 소재를 모으기 위해 라트티르 님과 윈디아 님이 움직이고 있었어요."

세인과 사역마가 가르쳐준다.

"호오, 그거 고맙군."

마을 개척 때문에 방패 해방이 정체 상태에 빠져 있던 참이었다.

쿠텐로의 마물에게서 얻은 재료도 그렇고, 고맙게 받아두는 게 제일이다.

나중에 이츠키와 렌에게도 전해줘야겠다.

참고로 같이 사냥하면 용사 무기 사이의 반발 때문에 경험치가 들어오지 않으므로, 이츠키는 리시아와 둘이서 따로 움직이고 있다.

"이 정도면 됐으려나?"

포울이 마물을 해치우고 내 쪽을 돌아보며 묻는다.

"아트라보다 성실하게 임하는군. 높이 평가해 주지."

"……흥."

"오라버니, 나오후미 님이 좋게 평가해 주신다고 으스대지 마세요!"

"윽……."

성실하게 일해서 칭찬받은 건데 질투를 사다니, 억울할 만도 하군.

"그럼 어서 가요! 라프타리아 씨한테도, 오라버니한테도 지지 않을 거예요!"

아트라는 그렇게 말하면서 어딘가로 달려간다.

"그, 그래!"

아, 포울이 어쩐지 기쁜 표정으로 대답했다.

정말 괜찮은 거냐? 어쨌거나 이 둘을 다루는 법을 어느 정도 알 것 같다.

둘 중에서 포울을 높이 평가해 주면, 아트라가 그만큼 더 분발해서 앞으로 나서는 것 같다.

"어머나? 사냥 대결? 이 누나도 힘 좀 써 볼까?"

"뭐……. 마법 사용 실력도 그렇고, 사냥 실력은 사디나가 제일이긴 하지."

지역에 따른 차이는 있지만, 출현하는 마물들을 가장 많이 퇴치하는 건 사디나다.

그렇게 사냥을 통해서 인근 지역의 치안을 향상시켜 나가니, 점거한 도시며 마을 주민들이 모두 우리에게 고개를 숙였다.

"감사합니다! 혁명파 천명님 일행 덕분에 마물 피해가 감소할 것 같습니다."

"서식지를 정리하는 게 그리 쉽지는 않겠지만, 당분간은 괜찮을 거야."

마물 때문에 생기는 피해에는 눈을 감고, 인간이 마물을 죽인 것만 처벌하는 건 정말이지 정신 나간 짓 같은데…….

국민들도 그 점을 중요하게 생각할 게 분명하다.

그렇게 며칠이 지났을 때, 우리는 쿠텐로의 3분의 1을 지배하에 둘 수 있었다.

아직 쿠텐로에 입국한 지 얼마 되지도 않았건만……. 지배 범위 확장의 속도가 빨라도 너무 빨라서, 나 스스로도 놀람을 감출 수 없다. 직접 잠입해서 적 천명의 목을 치는 작전보다 진행속도가 더 빠른 것 같은데.

"키즈나 쪽 세계에서 외국으로 탈출하기 위해 여행하던 때가 생각나는군."

일본풍 나라라는 점에서는 공통점이 많다.

"앵광수가 있느냐 없느냐…… 일본풍 라프타리아 랜드인가 아닌가 하는 차이겠지."

"라프~."

"또 그 소리세요?"

"그야 라프짱 같은 장식품들이 꽤 많았잖아. 그렇게 생각하는 게 당연한 거 아냐?"

"나오후미는 정말 그런 걸 좋아한다니까."

그 장식품, 선물로 가져갈 수 있으면 좋을 텐데. 꽤 진지하게 그렇게 생각하고 있다.

"그건 그렇고, 옛 도읍이 가까워지면서 필로 같은 것들이 늘어난 것 같은데."

"맞아. 필로 같은, 천명이 떠받드는 신조님의 동상이야."

"실제로는 존재하지 않는 색깔이라서 그렇게 떠받드는

거야?"

필로의 색 조합이 그렇게 희귀한 건가?

본인의 구입 금액은 은화 100닢이었는데?

사디나가 필로를 쳐다보면서 대답한다.

"아주 없는 건 아니지만, 각지의 전승에서 전해져 내려오는 모습이 실제 필로리알이랑은 좀 다르거든. 그런 의미에서 필로의 모습과 색 조합이 딱 들어맞는 걸 거야."

그 실체는 용사가 키운 필로리알일 뿐이지만 말이지.

"피트리아가 과거에 이 나라에 왔던 적이 있는 거 아냐?"

대충 이런 것 아닐까. 전승 속 필로리알이 과거에 모습을 보인 적이 있었고, 그 모습이 그림으로 남아 있다가 앵광수의 꽃 색깔에서 흰색과 분홍색으로 변경된 거라거나.

"피트리아의 목소리는 안 들리는데?"

피트리아는 필로를 매개체 삼아서 이쪽의 상황을 보곤 한다.

지금은 그게 발동하지 않는 상태인 모양이다.

이 나라의 결계 때문인가?

어찌 됐건 필로의 모습과 색 조합이, 상대방의 입장에서 상당히 곤란한 문제라는 건 달라질 게 없으니까.

"키즈나 패거리는 다시는 못 만날 가능성이 높지만 말이지. 혹시 기회가 있으면 한번 데려오는 것도 재미있을 것 같은데."

글래스 일당이라면 한 번쯤 넘어올 가능성도 없지는 않다.

그때 라프타리아가 지배하는 나라를 보여주는 것도 괜찮은 생각일 것 같군.

글래스의 스킬인 역식·설월화 같은 건 제법 분위기가 있었고.

"경치가 좋네요."

그 녀석들은 잘 지낼까 하는 생각이 들 때가 간혹 있다.

그렇게 기분 좋게 돌아가다 보니, 난봉꾼 바보, 즉 모토야스 2호가 여자를 꼬드기는 광경이 눈에 들어왔다.

"오? 아가씨, 차 한 잔 같이 하지 않겠습니까?"

이놈은 대체 뭐 하는 놈이야?

"켁!"

우리가 녀석에게 다가가자 녀석의 표적이 되어 있던 여자가 고개를 깊숙이 숙이며 떠나가고, 녀석이 이쪽으로 시선을 돌린다.

"아저씨는 어디 있지?"

"헛! 엘하르트의 눈을 속이고 도망치는 것쯤은 누워서 떡 먹기지."

"너 말야…… 외상으로 놀고 있는 거면 체포해 갈 줄 알아."

"흐흥."

모토야스 2호는 내 눈앞에 쿠텐로의 돈을 꺼내 보였다.

돈은 갖고 있다는 건가?

냉큼 낚아챈다.

"아, 뭐 하는 짓거리야?!"

"보나 마나 아저씨 지갑에서 슬쩍한 거겠지."

돈을 물처럼 펑펑 쓸 것 같은 녀석이 돈을 갖고 있다는 게 수상하기 짝이 없다.

듣자 하니 항구도시에서도 외상으로 달아놓은 돈이 한두 푼이 아니라고 한다.

내가 지적하자 모토야스 2호는 시선을 외면한 채 휘파람을 분다.

역시 그랬었군. 나중에 무기상 아저씨한테 돌려줘야겠다.

"그럼 일단……."

나는 이번에 데려온 면면을 확인한다.

여자를 붙여 주면 이 녀석이 좋아할 것 같단 말이지.

"포울, 가엘리온, 이 녀석을 연행해."

"뀨아!"

내 명령에 가엘리온이 경례하고 고개를 끄덕인다.

"뭐야?!"

포울이 불쾌한 듯 반발한다. 덤으로 모토야스 2호도 반발한다.

"연행 담당에 여자가 없다니 말이 되는 소리냐?!"

이 반응에 포울이 사정을 깨닫고 고개를 끄덕였다.

"알았어."

"갔다 오거든 아트라랑 같이 놀러 가도 돼."

"다녀올게."

그러고 보니 아까 비녀를 파는 노점이 있었는데, 포울은 그걸 뚫어지게 응시하고 있었다.

아마 그걸 살 생각이겠지.

그걸 살 수 있을 정도의 금액은 용돈 명목으로 준 상태다.

"뀨아아."

가엘리온이 모토야스 2호를 등 뒤에서 결박하고, 옷깃을 물고 걸어간다.

"젠장! 이거 놓으라고! 만약에 방패 놈한테 붙잡힌다고 해도 어차피 미소녀가 연행해 줄 테니까 상관없다고 생각했는데, 사내놈한테 시키기냐! 저 자식, 남자 좋아하는 거 아냐?!"

"무슨 헛소리야?!"

나 참, 모토야스 2호도 참 끈질긴 놈이군. 여자가 그렇게 나 좋나?

"오라버니가 돌아오더라도 저는 나오후미 님이랑 같이 있을 거예요."

"아니, 포울이랑 놀고 와."

"싫어요."

……이쪽도 이쪽대로 성가시군.

"나 원 참……."

"음."

세인이 모토야스 2호를 가리키며 자기 무기를 내보인다.

아아, 앵천명석 가위 제작을 부탁했었지 아마? 복제 기능은 있는 모양이다.

원래는 앵천명석의 도였다고 했던가?

세인이 황홀한 표정으로 가위를 쳐다보고 있다.

"실력은 굉장히 좋은 분이라고 말씀하십니다."

"그야 뭐……."

무기상 아저씨의 말마따나, 만들어내는 무기는 1등급에 작업 속도도 빠르다.

녀석이 가진 앵천명석은 이미 재고가 다 소진되어서, 방패에 사용하고 있는 게 마지막이다.

"라프~?"

"그러고 보니——."

세인이 라프짱을 가리키며 뭔가를 속삭인다.

요즘 들어 잡음이 점점 더 심해져서, 봉제인형 없이는 제대로 말도 못 하는 지경이다.

권속기의 상태가 악화된 게 아닐까 싶어서 불안해진다.

"거대 라프짱 봉제인형 제작을 어떻게 하면 좋을지 묻고 계십니다."

"으음……."

"저기요? 뭘 만드시려는 거죠? 전 처음 듣는 소리인데요."

아, 그러고 보니 라프타리아한테 말하는 걸 깜박했었군.

"나는 라프짱을 좀 더 크게 만들고 싶어. 그런데 마침 세인의 필살 스킬 중 하나인 비상용 사역마의 조형을 어떻게 하면 좋을까 하는 얘기가 나와서 말이지."

세인은 거대한 봉제인형을 조작하는 스킬을 갖고 있다고 한다.

말하는 능력을 붙이지 않는 조건으로, 나는 대형 라프짱 봉제인형 제작을 허가해 줄 생각이다.

"안 돼요!"

"라프~? 라프라프."

라프짱 쪽은 그런 우리의 실랑이를 보며 깜찍하게 고개를 갸우뚱거리고 있다.

"어쨌거나, 슬슬 다음 작전을 위해 도시의 사령부로 돌아가도록 하지."

억지로 화제를 돌린다.

우리는 그길로 도시에서 가장 큰 저택으로 돌아간다.

"수련도 꼬박꼬박 해 둬야겠어요."

아아, 그러고 보니 변환무쌍류 수행도 어중간하게 중단된 상태였었지.

나 자신도 수행하고 싶은 것이 많지만, 이렇게 쉴 새 없이 말썽에 시달리는 마당이니 어쩔 수 없다.

"레벌레이션 클래스의 마법을 습득할 수 있으면 좀 더 전투가 쉬워질 것 같은데……."

오스트와 함께 영창한 이래로, 사용에 성공해 본 적이 없다.

아니, 조금만 더 연습하면 요령을 익힐 수 있을 것 같긴 한데…… 뭔가가 부족하다. 그 감각에 다가가면 될 것 같은데.

어찌 됐건, 앞으로 찾아올 봉황과의 전투 때까지는 습득해 두고 싶은 마법이다.

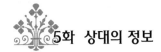

5화 상대의 정보

그런 이야기를 나누고 있을 때 혁명파 수뇌진이 찾아왔기에 차후 방침에 대한 논의를 시작한다.

"이제 옛 도읍이 코앞입니다. 거기까지 가면, 전황은 한층 더 우리 쪽으로 유리하게 기울 것입니다."

"예전에도 그런 말을 했었지."

라프타리아에게 정식으로 천명 계승 의식을 거행할 수 있는 곳이라고 했던가.

"라프타리아 님이 축복을 걸어 주시면, 산하에 있는 자들은 일기당천의 활약을 할 수 있게 될 것입니다."

"그렇군."

"다만 문제점도 존재합니다. 과거의 전쟁 관련 기록을 보면 둘 이상의 앵천명석 결계는 서로 반발한다는 기술이 있으니, 상대방도 필사적으로 방해하고 들 것입니다."

"원래는 적들만 항상 전개하고 있었던 걸 무력화시킬 수 있으니까, 그것도 나쁘지 않아. 지금은 라프타리아가 축복을 무력화시킬 수 있게 된 덕분에, 이미 실질적으로는 의미를 상실해 가고 있긴 하지만."

용사 무기의 힘을 무효화시키는 무기류만 경계하면, 나머지는 힘으로 밀어붙일 수 있을 테니 싸우기도 훨씬 수월해진다. 그 무기류가 적 전용이어서 성가셨던 것뿐이다.

"그나저나…… 그렇게 중요한 거점을 버리고 동쪽으로 수도를 옮기다니, 무슨 발상으로 그런 짓을 한 거지?"

"일단은 동쪽에도 입지적으로 유리한 점이 있고, 과거 천명님의 후계 싸움에 사용되기도 했던 곳이라서, 손실 자체는……."

으음……. 어째 머릿속에서 일본의 역사와 겹쳐져 보이는군.

옛 도읍이 교토처럼 느껴진다. 아주 틀린 비유는 아닐지도 모른다.

거듭 말했다시피, 나라의 모양은 상당히 다르지만.

"지금까지 파죽지세로 진격할 수 있었던 건 수도가 있는 지역에서 멀었던 덕분이고…… 옛 도읍을 지배한 다음부터가 진짜 싸움이라 할 수 있습니다."

"어느 쪽이건 할 일은 달라질 게 없어. 그대로 진격하면 돼."

"아, 네⋯⋯."

라프타리아가 곤혹스러운 표정으로 고개를 끄덕였다.

자기 때문에 큰 싸움이 벌어진 거라 생각하는 것이리라.

라프타리아. 쳐들어가는 건 우리지만, 라프타리아의 목숨을 노리는 돼먹지 못한 짓을 저지르고, 그 짓을 끈질기게 계속하는 건 적들 쪽이잖아?

"적들은 정전협정 같은 걸 할 생각은 전혀 없잖아?"

"네. 보아하니 상대방 수뇌진 대부분은 저희를 쉽게 회유할 수 있을 거라고 생각하는 것 같습니다."

"전황 파악도 못 하는 건가?"

"라프타리아 님을 피가 흐려진 천명님이라고 얕보는 것 같습니다. 이것도 전부 다 상대 천명의 후견인을 맡고 있는 악녀, 마키나의 어리석은 방식 때문이겠죠."

"그러고 보니 악녀라고 그랬었지. 엄청나게 어리석은 녀석인 모양이지?"

내 말에 사령부 일동이 고개를 끄덕인다. 실트벨트 녀석들도 뭔가 동정하는 눈치다.

"원래는 실트벨트에서 포교를 위해 온 선교사였습니다만, 전전대⋯⋯ 라프타리아의 조부님에 해당하는 분이 그 자를 마음에 들어 하셔서 첩으로 삼았습니다. 그리고 점차 정사에 관여하기 시작하더니 나아가서 나라의 실권을 틀어잡는 지경에 이르렀습니다."

"실트벨트에서 왔지만 애국심은 털끝만큼도 없어서, 교역에 무거운 세금을 매겼죠."

우와…… 짜증 나는 여자의 기운이 느껴지잖아. 실트벨트 쪽에서도 마음에 안 드는 모양이다.

"천명님 일족이 암살당한 사건의 배후에 그녀가 있는 게 아닌가 하는 소문도 있었지만, 증거가 없어서……. 유일하게 살아남은 일족인 현재 천명님의 후견인이 되었습니다……."

"천명의 거점을 동쪽으로 옮긴 것도, 그 마키나 패거리의 의견 때문이었다고들 합니다. 옛 도읍은 지형적으로 공기가 안 좋다면서……."

"그래서? 지금 천명은 그 녀석의 자식이나 손자쯤 되는 거야?"

"……아뇨, 마키나의 아이도 독극물로 암살당해서…… 그러니까 범인은 아닐 거라고……."

"불경한 생각일지도 모르지만, 차라리 천명 일족이 전멸당했더라면 이런 일이 벌어지지는 않았을 텐데……."

"나오후미 님."

라프타리아의 눈총이 따갑다.

뭐, 왕족이 사라져서 쇄국정책이 폐지되면 그 악녀도 곤란해지는 거 아냐? 먼 일족인 라프타리아 일가가 천명의 자리에 앉으면, 자신이 배척당하리라는 건 불 보듯 뻔하니까.

으음……. 뭐, 바보 천명의 사정 따위 알 바 아니지.

"이 누나를 엄청나게 업신여기던 사람이야. 생생하게 기억난다니까. 지금도 나라를 휘어잡고 있었구나."

사디나도 아는 녀석이었나 보군.

"또 하나의 문제는…… 현임 수룡의 무녀가 아닐까?"

아아, 그러고 보니 사디나가 전임 수룡의 무녀라고 그랬었지?

"천명의 축복을 받은, 수룡의 무녀이자 살육의 무녀가 자객으로 나타날 건 틀림없습니다."

"어머나~?"

전직 수룡의 무녀인 사디나가 반응을 보인다.

"전임 수룡의 무녀 입장에서는 어떻게 생각해? 아니…… 수룡이 우리 편에 붙은 상황인데, 수룡의 무녀 입장에서는 어떨 것 같아?"

"상당히 화내고 있지 않을까? 믿었던 신들 중에 하나가 배신한 셈이니까."

완전히 남 일 이야기하듯 말하는군.

"그건 그렇다 쳐도 천명님의 축복을 받았다는 걸 보면, 당대 수룡의 무녀는 꽤 뛰어난가 봐. 이 누나는 못 받았었는데."

호오…… 사디나는 축복을 못 받았다고?

지금의 천명은 선심 쓰듯 축복을 마구 뿌려대는 놈인 것 같으니까 부러워할 필요는 없을 것 같은데?

"어느 정도의 정보는 갖고 있지?"

"아, 네. 당대 수룡의 무녀님은 전임 무녀님의 동생이라고 알려져 있습니다."

"어머나?"

사디나가 뭔가 어리둥절한 얼굴로 고개를 갸웃거린다.

"금시초문인걸. 그 사람들이 이 누나의 동생을 낳았어?"

그 사람들이라니…… 부녀지간에 꽤 거리감이 있는 모양이군.

"전임 무녀님이 추방당한 후에 태어나신 분입니다. 다만, 무녀의 마을에 대해서는 정보가 빈약한지라 자세한 사정은 잘……. 얼마 안 되는 증언에 따르면, 전임 수룡의 무녀에 필적하는 인재를 만들어내기 위해서 비인도적인 수단까지 동원했다는 얘기도……."

"그 사람들, 애 좀 썼는걸."

……애 좀 썼는걸, 이라니, 동생이 존재한다는 사실에 대한 표현치고는 너무 씁쓸한데.

어떤 가정환경이었기에 이러지?

어라, 왜일까.

나도 동생에 대해 비슷한 감정을 가졌었던 같은 느낌이 든다.

뭐, 동생 쪽이 학력도 더 좋았고, 부모님의 기대도 짊어지고 있었지만.

"동생이 손위 형제를 뛰어넘는 건 얼마든지 있을 수 있는 일이에요."

……아트라는 무시하자. 생각이 곁길로 샜다. 지금은 사디나의 동생 이야기를 우선시하자.

"지나치게 잘났던 언니의 대용품 같은 건가?"

뒤틀릴 대로 뒤틀린 일족이군. 뭐, 수룡에게 배신당했으니 이제 바람 앞의 등불 신세겠지만.

"전력 면에서 전임 수룡의 무녀님에게 지지 않도록, 끊임없는 노력을 거듭하는 분이라고 알려져 있습니다."

"흐음……."

사디나의 나이에 비추어서 연령을 역산하면, 라프타리아 또래가 아닐까?

사디나에게 자세하게 물어봐야겠군.

"경력으로 판단하면 사디나 쪽이 더 위야?"

"무훈이나 국가의 임무에 관해서만 따지면 전임 무녀님이 더 우수하십니다. 하지만 실력 면에서는 전임 무녀님보다 앞서는 부분도 있는 분이라고…… 알려져 있습니다."

"어머어머."

"예를 들면?"

"천명님 곁에 있던, 신탁을 관장하는 무녀와 신주들이 거짓말을 지껄이는 것을 꿰뚫어보고 축출하는 데 성공한 적이 있습니다. 그 일을 계기로, 이제는 얼마 남지 않은 진정한 신탁 능력자로 이름을 떨치게 됐죠."

"어머나, 굉장한걸. 이 누나의 후임은 신탁 능력자래."

"신탁?"

처음 듣는 단어다.

"무녀나 신주만이 느낄 수 있는…… 특수한 재능이라고 해야 할까?"

"네. 쿠텐로에서는 신탁 능력을 가진 자가 우대받는 경향이 있습니다만…… 전임 수룡의 무녀님은 그 능력을 갖고 있지 않으셨습니다."

"조상들의 목소리를 들을 수 있다나 봐. 천명님을 따르는 무녀나 신주들 중에는 꽤 많은 사람들이 갖고 있는 능력인데 말야, 당시에 이 누나는 그 재능이 없다는 걸 꽤 신경 썼거든."

"호오…… 영감(靈感) 같은 거야?"

라프짱을 머리에 얹으면 유령 같은 게 보이기도 하는데.

"술을 마시면 일종의 이성 상실 상태가 돼서, 평소에는 사용할 수 없던 힘을 발동시킬 수 있어. 엄청나게 강한 합창 마법을 혼자서 영창할 수도 있다나 봐."

그거 대단하네. 하지만 그건 영감과는 무관한 거 아냐?

다만 사디나가 재능이 없다는 건 좀 이상한 것 같다.

"그냥 망상 아냐? 그건 그냥 술 때문에 머리가 맛이 간 상태에서 우연히 마법이 잘 써졌던 거겠지."

주류에는 마력 회복 효과가 있다.

모종의 요인 덕분에 의식적으로 위력을 폭증시키는 폭주 상태에 들어갈 수 있는 녀석도 있다고 한다.

"뭐예요, 그 수상쩍은 능력 얘기는……."

"라프~?"

라프타리아도 미간을 찌푸리며 묻는다.

"저도 나오후미 님과 같은 의견이에요. 그저 단순히 술에 취해서 정신이 혼미해졌을 때 저도 모르게 헛소리를 하는 것과 똑같은 상태 아닌가요?"

"어머나~, 둘 다 라프타리아 아버지랑 똑같은 소리를 하는구나."

"천명의 핏줄을 이어받은 녀석이 한 소리라면 틀림없겠군."

"그 말을 들으니까, 어쩐지 마음이 놓이는걸."

사디나에게는 없는 수상쩍은 재능을 보유한 완벽한 무녀라고?

쿠텐로 중진들의 이야기로 미루어 보아 사디나도 다른 누구 못지않은 활약을 한 것 같은데.

그건 그렇고…… 이런 의심을 하다니 라프타리아도 나처럼 의심 많은 성격이 되었는지도 모르겠다.

기쁘기도 하고 뭔가가 더럽혀져 버린 것 같기도 한, 알 수 없는 슬픔이 느껴지는군. 포울의 기분을 뼈저리게 알 수 있을 것 같다.

"왜 나오후미 님이 그런 처연한 표정을 지으시는 건데요?!"

"이것도 성장이라고 생각할 수 있을지도 모르겠군."

"제가 무슨 이상한 말이라도 한 건가요?!"

라프타리아가 너무 의심 많은 성격으로 자라고 말았다. 반성할 필요가 있는지도 모르겠다.

그렇다고 해서 그렇게 쉽게 믿을 생각은 없지만.

"어찌 됐건, 그 녀석들과 교전하게 될 거란 얘기지?"

"네. 부디 조심하시길."

"정말 기대되는걸."

"될 수 있으면 말이 통하는 상대면 좋겠는데."

실은 나라의 부패를 슬퍼하고 있어서, 우리에게 협조해 주기를 기도하는 수밖에 없다.

수룡에게 배신당한 게 아니라, 남몰래 수룡의 방침에 따르고 있다거나 하는 식으로.

"뭐, 됐어. 우리는 앞으로 나아갈 수밖에 없으니까. 해 볼 수밖에."

솔직히 우리 산하에 들어오려는 자들이 너무 많아서 명단 작성에도 애를 먹는 실정이다.

순풍이란 참 대단하다. 적인 천명 파벌이 어리석은 것뿐이지만.

"공성전 같은 걸 상정해 두고 있었는데, 내부 분열 때문에 알아서 성문이 열리는 경우가 허다하니 원……."

국민이나 영주들은 전쟁을 원하지 않고 있건만, 국가의

상층부가 봉인된 괴물을 풀어놓는 바람에 국민의 신뢰를 잃다니…… 어리석은 데도 정도가 있다.

만약에 상대가 차분하게 지구전으로 끌고 들어갔다면, 파도와의 싸움을 고려해야 하는 우리는 우격다짐으로라도 진격할 수밖에 없었을 것이다.

"뭐, 지금까지는 라프타리아와 필로 콤비에 당해낼 자가 없는 느낌이야. 사디나의 동생이 나오면 주의가 필요하겠지만."

"그치만 나오후미, 지금부터가 진짜 험난한 싸움이 되리라는 건 사실이라구."

"나도 알아. 일단은 옛 도읍이라는 곳으로 가면 되는 거지?"

"그래. 라프타리아 부모님의 추억이 담긴 곳도 있고, 이것저것 볼 것도 있으니까, 한 번쯤 가 보는 것도 좋을 거야."

"아버지와 어머니의 추억이 담긴 곳……."

뭐, 싫은 일들도 많지만, 라프타리아의 과거를 알 수 있다는 건 싫지 않다.

만약 라프타리아가 원한다면, 세계가 평화를 되찾은 후에 이 나라를 맡기는 것도 염두에 둬야겠군.

"자, 그럼 밤까지 훈련하고 나서 라프타리아의 위광을 떨칠 수 있도록 멋들어진 야간 퍼레이드를 벌이는 거야. 아트라는 포울이 돌아오거든 같이 장 보러 갔다 와. 내 명령이야."

"큭……. 오라버니, 그 대장장이를 놓쳐서 주야장천 쫓아다녔으면 좋겠네요. 그렇게 되면 저는 나오후미 님과 함께 즐거운 시간을 보낼 수 있으니까요."

오빠의 실패를 기원하는 여동생은 보고 싶지 않은데. 나도 남동생이 있는 만큼, 진심으로 기원한다.

뭐, 남들 이목을 신경 쓰는 동생이었지만.

그렇게 해서, 우리는 회의를 마치고 훈련을 시작했다.

6화 기의 운용

요즘은 매일 아침 조금씩 훈련을 하고 있긴 했지만, 본격적인 훈련은 오랜만이군.

훈련을 하고 있으려니 이츠키 일행도 돌아와서 합류한다.

그리고 보면 리시아는 변환무쌍류를 대강 마스터한 상태이니 훈련 지도를 부탁하는 것도 나쁘지 않겠군.

할망구는 여기 없기도 하고, 리시아라면 사범 대리를 맡을 정도의 지식은 있을 것이다.

나는 아트라와 라프타리아의 훈련을 지켜보고 있었다.

사디나는 필로를 상대로 대련을 하고 있다.

필로는 내 명령에 따라서 필로리알 형태, 사디나도 수인 형태다.

"하앗!"

아트라가 양손에 마력 같은 걸 응축시켜서 라프타리아에게 내쏘았다.

라프타리아가 그것을 쳐낸다.

마력 덩어리인 줄 알았는데, 뭔가 다른 것인 모양이군.

저건 마력이 아니다.

기인가……? 설마, 아트라에게서 나오는 저 힘의 흐름이 기인가?

"갑니다!"

라프타리아가 목도에 힘을 불어넣어서 뭔가로 막을 치고, 아트라가 내쏜 무언가를 쳐내서 날려버렸다.

……뭐야. 어쩐지, 기라는 것이 무엇인지 조금씩 알 것 같은 느낌이다.

어, 어떻게 된 거지?

나는 타인의 싸움을 보고 더 강해지는 거다!

……같은 소리를 할 리가 있겠냐. 내가 지금껏 아트라에게 몇 번을 찔렸는지 알기는 하는 거냐? 아마 이게 원인이었을 거다.

아트라와 같이 훈련하는 게 습득 효율이 더 좋을 거라던 할망구의 이야기는 바로 이걸 두고 하는 말이었나?!

그 말마따나 아트라를 보고 있으면 어쩐지 쉽게 이해할 수 있을 것 같다.

지금까지는 게임처럼 방패를 통해 이런저런 것들을 습득해 왔다. 하지만 이렇게 수행을 통해서 기능을 습득하기도 하는 걸 보면, 의외로 내 몸 역시 게임처럼 성장하는 것 같기도 하다. 내 몸에 내가 모르는 변화가 일어난 건 좀 불안하기도 하지만.

어찌 됐건, 지금 당장은 힘들겠지만 잘만 훈련하면 방어 비례 공격에 대한 대책을 세울 수 있을 것 같다.

중요한 건 몸속에 힘의 흐름을 만들어내는 거로군.

부드럽게 만드는 작업 따위는 전혀 필요 없다.

상대의 공격력이 날뛰기 전에, 그 흐름에 힘을 실어 버리기만 하면 되는 것이다.

부드러운 부분을 만드는 건 초보자들이나 하는 방법이었군.

할망구도 참, 왜 그렇게 복잡한 설명을 하는 건지…….

"아트라, 라프타리아."

"네?"

"왜 그러세요?"

두 사람에게 말을 걸어서 내게도 기가 보이기 시작했다고 설명한다.

뭔가 패배한 것 같은 기분이 드는 건 왜일까.

수행을 통해서 습득하고 싶었는데, 막상 그 입구가 보이기 시작하니, 뭔가를 잃어버린 것 같은 느낌이다.

"그거 잘됐네요."

"리시아 씨한테 확인을 부탁할까요?"

"그게 좋겠네요."

할망구의 인정을 받은 리시아에게 보여주는 게, 현재로써는 유일한 확인 방법이다.

"후에?"

당사자인 리시아는 이츠키의 훈련을 도와주고 있다.

이츠키는 저택 정원에 있는 커다란 바위를 열심히 손가락으로 찔러 대고 있었다.

그러고 보니까 예전에 그런 연습을 했던 적이 있었지.

일단 명력수는 확보해 뒀으니까 빨리 습득할 수 있을 테지만.

"어머나? 라프타리아랑 하던 훈련은 끝났니?"

"토오~옷!"

척 하고 필로의 발길질을 받아넘기며 사디나가 묻는다.

"그래, 뭔가…… 이제 슬슬 주위 녀석들한테서도 뭔가가 보이기 시작했어."

"호오, 이 누나도 한 번 배워 볼까?"

"네가 배웠다가는 엄청난 일이 벌어질 것 같은데."

"보이지는 않는 것 같지만 사디나 씨도 무의식적으로 쓰고 있는데요?"

"어머나?"

아트라가 은근슬쩍 사디나에게 가르쳐준다.

그런 거였어?

"의식적으로 할 수 있게 된다면…… 강적이 되겠네요. 죽어도 가르쳐 주기 싫은걸요."

"동료들끼리 그러는 건 좀 그렇지 않나요?"

"라프타리아가 가르쳐 줄래?"

"아, 네."

그런 이야기를 나누고 있으려니, 리시아가 내 쪽으로 다가온다.

"저기, 그럼 스승님에게 배운 힘 사용법을 어느 정도 가르칠게요. 가르친다고 해도, 어차피 아트라 씨는 보기만 해도 대충 익히는 것들이지만요."

그렇게 말하고, 리시아가 나를 향해 반투명한 무기를 겨눈다.

나는 그 무기에 섞여 있는 힘의 흐름을 최대한 흘려 넘기려 시도한다.

"……회피하는 방법은 있지만 방어하는 방법은 없는데."

아마 변환무쌍류는 이 힘을 공격과 탐지에 사용하고 있을 것이다.

회피하는 데에는 기를 사용하지만, 방어에는 사용하지 않는다. 방어 비례 공격을 상대할 경우에도 흘려보내는 방법만이 있을 뿐 정면으로 막아내지는 않는다.

받아낼 경우가 있다 해도 막아내는 것에 중점을 두는 게 아니라 흘려보내는 것에 중점을 두고 있다.

내 전투 방식에서 이용할 수 있는 부분은 얼마 안 되는 기술인 것 같다.

스킬에도 응용이 가능하다는 모양이지만.

"그럼 시작할게요……. 잘 확인하셔야 해요. 에어스트 애로우!"

리시아가 투척구에 힘을 불어넣어서 나에게 던진다.

오오! 투척구 안에 기가 섞여 있는 게 보이잖아.

내 방패에 명중하는 동시에, 방패를 통해 내 몸속으로 흘러 들어온다.

아직 미숙한 나는, SP나 마법을 이용해서 억지로 그걸 몸 밖으로 방출시켰다.

충격이 내 몸속을 타고 흐른다. 꽤 아픈데.

참고로 기의 흐름이 보이기 시작한 뒤로 주위 녀석들을 관찰해 봤는데, 나 말고도 이상한 녀석이 더 있었다.

활의 용사 이츠키. 그리고 라프타리아, 리시아도 마찬가지다.

응? 리시아는…… 무지하게 미묘한데.

이렇게 말하는 건 어떨지 모르겠지만, 기의 흐름이 없다. 아니, 없을 리는 없지만…… 옅다.

리시아가 무쌍 활성 상태에 있을 때는 기를 제대로 보지 못했던 나조차도 그녀의 몸에 뭔가가 휘감겨 있다는 걸 알 수 있을 정도였건만, 지금은 이렇게 옅은 것이다. 뭔가 수수께끼 같은 게 있는 것이리라.

세인 역시 비슷한 상태라고 해야 할까?

아니…… 세인의 경우, 무기의 힘은 약해졌지만 본인에게는 힘이 있는 느낌이다.

어떻게 된 거지?

하지만 그 할망구는 리시아를 보고 수재라면서 기뻐했었는데, 어떻게 된 거야?

자신의 능력을 강화하는 무쌍 활성 능력 같은 것도 갖고 있고.

기를 볼 수 있게 됐다는 건 라프타리아나 리시아로부터도 어느 정도 배울 수 있다는 뜻이 된다.

더불어, 나는 방어력이 극단적으로 발달한 탓에 기의 흐름이 이상하다는 걸 알 수 있었다.

보호하기 위한 힘이 집약돼 있어서 함부로 더 쑤셔 넣었다가는 파열할 지경이 되어 있다.

이건 완전히 나를 공격해 달라고 애원하는 꼴이잖아.

기라고 해야 할까, 마력이나 힘의 흐름이라고 해야 할까.

이제 알 것 같다. 변환무쌍류가 강하다는 평가를 받는 이유를 조금이나마 이해할 수 있었다.

습득해 두면 훗날에 도움이 된다.

하지만 이것도 아직 시작 단계에 불과하다는 걸 뼈저리게 알 수 있었다.

"아까 나오후미 씨는 방어의 형태가 없다고 말씀하셨는데, 맞아요. 스승님에게서 배운 변환무쌍류에는 수비가 아닌 회피, 흘려보내는 것밖에 없어요."

"역시 그랬군."

"스승님이 말씀하시길, 원래는 존재했었는지도 모르지만, 지금은 전해지지 않는다고 하시니…… 나오후미 님이 쓰실 기술은 직접 만들어내시는 수밖에 없을 것 같아요."

"너무 불편한데."

이제야 기를 볼 수 있게 됐건만…… 아직도 갈 길이 멀다는 건가.

"굉장하네요. 이제 아트라 씨와 라프타리아 씨를 통해서 여러모로 실험을 해 볼 수 있게 될 거예요. 이츠키 님도 언젠가 이 정도 경지에 오르실 수 있겠죠?"

"네……. 노력해 볼게요."

이츠키의 대사에는 여전히 억양이 없군. 빨리 저주가 풀려야 할 텐데.

쿠텐로에는 뭔가 저주에 효과적인 게 없을까?

나중에 물어봐야겠다.

"그럼…… 아직 시간이 더 있으니까, 훈련을 계속할까?"

"아트라!"

"뀨아아아!"

그때 포울이 돌아온다. 가엘리온도 함께다.

보아하니 내가 지시한 임무를 마치고 온 모양이군.

"그 자식, 잠깐이라도 눈을 떼면 미꾸라지처럼 빠져나가
는 바람에, 연행하는 데 엄청 고생했어."

"정 안 되면, 죽지 않을 정도로 두들겨 팼어도 됐을 텐데."

그 정도쯤 해 두지 않으면 도망칠 것 같단 말이지.

"아니, 그 녀석은 그렇게 해도 도망칠 거야……. 틀림없어."

포울의 대답에, 나도 무심코 동의한다.

도망치는 재주 하나는 대단한 놈이다. 게다가 은근히 강
하단 말이지…….

숨을 돌리겠다면서 아저씨를 훈련시키며 갖고 놀던 모습
이 인상적이었다.

"자, 아트라, 장 보러 가자!"

"싫어요, 오라버니. 지금 한창 훈련 중이니까 나중에 해요."

"아니, 아트라! 약속이 다르잖아!"

하긴…… 지금 딱 순조롭게 훈련이 진행되고 있으니, 이
훈련을 마무리 짓고 싶긴 하다.

그래도 약속은 약속이니, 나중에 반드시 보내기는 하겠지만.

"오라버니도 봐 두세요. 스승님의 가르침만 갖고 강해질
수는 없다구요."

포울은 순간적으로 울컥하긴 했지만, 이내 말없이 주저앉
았다.

이러니저러니 해도 이 녀석도 실은 싸우는 걸 좋아하는 것 같으니까 훈련 자체를 중단시킬 생각은 없는 모양이다.

좀 이상한 비유지만, 공부하고 있는 아이에게 '놀러 가자!' 라고 꼬드기는 어른은 얼마 없다.

"조금만 더 하고 끝내야 해."

"오라버니치고는 기특한 마음가짐이네요. 그럼 나오후미 님, 시작할게요!"

"좋아! 시작해!"

"알았어요!"

아트라의 찌르기가 내 방패에 명중한다.

부풀어 오른 풍선을 안쪽으로부터 폭발시키는 것 같은 기의 흐름이다.

그것을 몸속으로부터 흘려서 내보내기 위해 훈련을 거듭한다.

그렇게 여러 번을 되풀이하다 보니, 거의 아무런 대미지도 없이 막아낼 수 있게 되었다.

방법만 파악하면 응용의 폭도 넓고, 정밀도도 높일 수 있을 것 같다.

이제야 라르크나 글래스의 방어 무시나 방어 비례 공격을 무효화시킬 수 있게 된 거라고 생각해도 될 것 같다.

힘의 흐름을 제대로 사용할 수 있는 방법이…… 이것 말고는 더 없으려나?

공격 수단으로 쓸 수 없을지 모색해 봤지만, 애초에 내 공격력 자체가 워낙 형편없어서 제대로 될 기미가 보이지 않는다.

아트라가 했던 것처럼 마력을 응축시켜서 상대방의 몸에 쏴 봤지만 역시나 의미가 없었다.

……내 경우는 공격에는 쓸 수 없을 가능성이 높겠군.

아마 내가 가진 방패 용사의 기, 혹은 마력이 그런 성질을 갖고 있는 것이리라.

그래서 전투로 판정되지 않는 상태에서도 이런저런 시도를 해 본다.

"……확실히 상당히 변칙적인 전법이군. 스승님한테서는 본 적이 없어."

"그러네요. 나오후미 님은 공격이 불가능하니까, 방어를 위해서 여러모로 힘을 굴려 보는 수밖에 없을 거예요."

"뀨아아아."

"라프~."

그런 식으로, 우리는 해가 저물 때까지 훈련을 계속했다.

"자, 이제 슬슬 오늘 훈련은 중단할까."

"그게 좋겠네요. 나오후미 님도 이제 사용법을 제법 익히신 것 같던데요?"

"그건 그래. 이제 어떤 상황에서든 어느 정도 싸울 수 있을 것 같아."

"앞으로의 싸움이 기대되는걸요!"

결국 습득에 성공한 건 큰 수확이군.

"그럼 가자, 아트라!"

"아아, 나오후미 님! 오라버니의 마수에서 절 구해주세요."

"아트라, 포울한테서 도망치면, 내일은 내 근처에만 와도 화낼 줄 알아."

"그럴 수가! 큭……. 알았어요. 나오후미 님, 저는 그 어떤 장벽이라도 깨부수고 말 거예요."

"무슨 소릴 하는 거야, 아트라?!"

아트라는 포울에게 이끌려 걸어가긴 하는데…… 아트라는 왜 이렇게까지 혈기가 왕성한 거지? 그냥 관광 좀 하다 오면 되잖아.

"그럼, 다음은 라프타리아 쪽인데…… 우선은 땀을 좀 씻어내는 게 좋겠지."

밤에는 퍼레이드가 있을 예정이니, 라프타리아와 필로는 그 전에 단장시켜 둬야 한다.

"저기…… 평소에도 매일 하고 있는데, 오늘도 또 해야 하나요?"

"그래. 그러니까 라프타리아와 필로는 우선적으로 몸을 씻고 옷을 갈아입도록."

"네~에! 자, 가자, 라프타리아 언니."

필로가 고개를 끄덕이고, 인간형으로 변신해서 라프타리아를 저택 욕실로 데려간다.

"이 누나도 같이 갈게."

"그래, 알았어알았어, 갔다 와."

"라프~."

라프짱과 사디나가 그런 두 사람을 쫓아가고, 이츠키와 리시아는 아직 훈련을 속행하고 있다.

"뀨아?"

"가엘리온, 너도 같이 가."

대의명분을 과시하기 위해서, 가엘리온도 수룡의 권속이라는 취급으로 동행시키는 중이다.

뭐, 따로 훈련을 한 것도 아니고 하니, 필로처럼 공들여서 치장할 필요는…… 없겠지.

그래도 가엘리온도 어느 정도 눈치를 챘는지, 나름대로 몸치장을 시작한다.

윈디아가 있었다면 도와줬을 텐데.

그리고…… 세인이 나를 빤히 쳐다보고 있다.

뭐지?

"과연——."

"무슨 훈련을 하는 건지는 알고 있었는데, 드디어 눈이 트인 모양이라고 하십니다."

눈이 트인다…… 하긴, 그게 가장 적절한 표현인 것 같다.

"세인은 할 줄 알아?"

"어디까——."

"어디까지나 유사한 정도이지만, 할 줄 안다고 하십니다."

그렇게 말하고, 세인은 가위를 꺼내서 기를 불어넣는다.

웅? 가위의 힘이 미약하게 증가하고 있잖아.

혹시 이렇게 차근차근 구슬리는 식으로 사용하는 건가?

……꽤 힘들어 보이는데.

원래는 강했겠지만, 지금은 무기가 열화되는 바람에 약해져 있는 거겠지.

"방어 형태, 알고——."

"방어 방법을 알고 싶으시냐고 물으십니다."

"알고 있는 거야?"

내 물음에 세인이 고개를 끄덕인다.

"이렇게——."

말 그대로 방어하듯이 가위를 들고 있다.

아니, 그것만 보고 어떻게 알아?

"그럼 실제로 해 볼게요."

키르 봉제인형이 세인을 공격한다.

세인은 키르 봉제인형을 향해 손을 내뻗고, 휩쓸듯이 그 손을 움직인다.

그렇게 했을 뿐인데도, 키르 봉제인형의 돌진 경로가 거기 끌려가듯이 비껴났잖아……?

"흘려보내기——."

"라프타리아 씨 등이 습득한 상태이면서, 나오후미 님의 힘으로도 쓸 수 있는 기초적인 회피 형태라고 생각하는데, 어떻습니까? 라고 말씀하십니다."

"뭔가 내가 생각한 거랑은 좀 다른 것 같은 느낌이 드는데?"

기만 이용해서 공격을 흘려보내는 식인가?

그러고 보니 아트라가 이런 식으로 싸우던 걸 본 적이 있었지.

"이번에는——."

그리고 이번에는 키르 봉제인형이, 엄청나게 약하긴 하지만 아트라가 하던 것처럼 기를 내쏘는 공격을 선보인다.

처음엔 엉뚱한 방향으로 날아가 버렸다. 세인이 있는 건 그쪽이 아니다.

하지만 기의 구슬들이 희한한 궤적을 그리며 세인 쪽으로 궤도를 수정해서 주위에서 떠다닌다.

그 구슬이 한곳에 모여든 후 세인이 그것을 붙잡아서 되던졌고, 그 구슬은 키르 봉제인형 옆을 스쳐 지나갔다.

"마법도——."

"마법도 같은 식으로 모을 수 있습니다."

"호오……."

그런 수단이 있는 줄은 몰랐군. 참고해야겠다.

"아직 더 많지만—— 이걸 익힌 다음에——."

흐음, 세인에게서도 여러모로 배울 게 있을 것 같군.

아직 입문 단계이지만, 크게 한 걸음을 내디딘 것 같은 기분이다.

"후에에…… 이건 완전히 미지의 기술이었어요오."

리시아가 놀란 표정으로 이쪽을 쳐다보고 있다.

하긴. 세인은 이것저것 아는 게 많은 모양이다. 이쪽 세계에서는 사용할 수 없는 게 있을지도 모르지만 말이지.

"그럼, 밤에 있을 퍼레이드 전에 밥이라도 먹어 둘까."

꼬르르륵…… 하는 소리가 세인의 배에서 울려 퍼졌다. 이 녀석도 참 먹보라니까.

그러고 보니 처음 내 마을에 왔을 때도 밥을 얻으려고 했었지.

나는 그렇게 생각하며 쓴웃음을 짓고, 저택을 향해 발걸음을 옮겼다.

퍼레이드에 참가하는 대신 내가 만든 요리를 먹고 싶다고 필로가 떼를 쓰는 바람에, 요즘에는 내가 요리를 만들고 있다. 자잘한 기본 준비는 저택의 심부름꾼이 해 주고 있지만 말이지.

"오늘은 좋은 생선이 들어왔습니다."

심부름꾼이 그렇게 말하며 나무통에서 펄떡거리는 물고기를 보여준다. 자바리 같은 큼직한 물고기다.

지난번에는 도미 같은 물고기가 나왔었다. 키즈나가 낚시하고 싶다고 설쳐댈 것 같다.

나무통 속에서 물고기가 펄떡펄떡 날뛰고 있다. 이거 너무 팔팔한 거 아냐?

"일단 숨통부터 끊고……."

송곳으로 머리를 찍어서 숨통을 끊는다.

그러고 보니, 낚은 물고기 같은 걸 해치우는 건 제약이 없는 모양이군.

경험치는 안 들어오지만.

"피를 뽑고 나서……."

뭘 만들면 좋을지를 멍하니 고민한다.

안력이나 독극물 감정 같은 기능을 갖고 있기에, 위험한 생선이 아니라는 건 쉽게 판단할 수 있다.

오징어 같은 걸 제대로 다듬는 방법도 알고 있고…….

쿠텐로는 일본풍의 나라이니만큼, 심플한 회 같은 걸 좋아한다.

하지만 이만큼 큰 생선이라면 회 말고 다른 것도 만들 수 있을 것 같다.

역시 전골 같은 게 좋을까? 머리 부분을 구워도 맛있을 것 같다. 찜도 괜찮을 것 같고.

부엌칼을 놀려서 살점을 바르고, 뼈는 푹 끓여서 국물을 내자.

그렇게 요리를 하고 있으려니, 저택 요리사들이 나를 응시하고 있었다.

마을의 요리 담당 노예와 같은 시선으로 쳐다보고 있군.

라프타리아가 말하길, 내 방식을 관찰해서 따라 하려고 저렇게 쳐다보는 거라고 했던가?

쿠텐로는 쌀이 주식이니, 쌀을 씻어서 밥을 지어야겠군.

일련의 흐름을 확인한 후에, 으음…… 이건 주방 보조에게 맡겨도 되겠군.

불 마법이 있어서 참 편리하다.

이것만 내면 재미가 없으니 뭔가 좀 특이한 요리를 만들어 보고 싶은데 어떤 걸 만들지?

사냥해 온 마물 고기의 비계를 바닥이 깊은 냄비에 넣어서 낸 기름으로…… 튀김이라도 할까?

그러고 보니 오늘 익힌 기를 이용해서 뭔가 할 수 있는 게 없으려나?

부엌칼을 든 손에…… 기를 깃들여서 썰어 보았다.

"우와!"

내 요리 모습을 지켜보던 저택의 요리 담당자가 소리를 지른다.

그럴 만도 하지. 어째선지 도마까지 썰려 버렸다. 이건 무슨 홈쇼핑 방송도 아니고.

"굉장해……. 도마까지 요리 재료로 쓰다니."

"무슨 말도 안 되는 소리야?!"

뭐야? 내가 목재까지 요리할 수 있는 놈으로 보이는 거냐?

하긴 필로라면 책상이라도 씹어 먹을 것 같은 기분이 들긴 하지만, 아무리 나라도 그런 것까지는 못 한다고.

그나저나…… 이거, 살짝 썰기만 한 건데도 상당한 기와 마력이 소모됐다.

라프타리아나 아트라, 리시아는 이걸 항상 사용하고 있는 건가?

이걸 효과적으로 구사하는 리시아는…… 에클레르도 그렇고, 변태가 따로 없다니까…….

몸속 기의 흐름을 운용하는 훈련에 좋을 것 같아서, 조리 중에 이런저런 시도를 해 보았다.

이윽고 요리를 마치고, 목욕을 마치고 대기하고 있던 필로와 라프타리아에게로 가져다준다.

"그럼 먹어."

"잘 먹겠습니다."

"잘 먹겠습니다~!"

큰 방으로도 요리를 가져가서, 방에 있던 모두에게도 나눠준다.

식사를 마치면 퍼레이드에 나가야겠지.

"와~! 오늘 음식, 엄청 맛있어~!"

"뀨아뀨아!"

필로와 가엘리온이 전례가 없을 만큼 초롱초롱 빛나는 눈으로 말했다.

"확실히…… 평소보다도 더 맛있네요."

라프타리아까지 미리 짜기라도 한 것처럼 동의한다.

"술안주로 딱이겠는걸."

"중요한 이벤트가 코앞이니까, 마시지 마."

"그 정도는 나도 안다구."

사디나도 신이 나서 밥을 먹고 있다.

"맛있어."

세인도 마찬가지다.

뭔가 울음이라도 터뜨릴 것 같은 얼굴이다. 소리가 안 끊기고 들리는 건 오랜만이군.

"그래?"

"네, 뭔가 평소와 다른 조리법을 쓰셨나요?"

"일단, 실험삼아서. 하지만…… 체력 소모가 심하니까 다음에는 힘들 거야."

"집중하시는 것처럼 보였습니다."

조리 모습을 지켜보고 있던 녀석이 라프타리아에게 그렇게 보고한다.

"저기…… 실례 되는 말씀인 줄은 압니다만…… 굳이 보고 드리자면……."

"평소에는 대충 만드시는 것처럼 보인다는 말이죠?"

라프타리아가 뭔가를 눈치챈 듯 말한다.

"그런데도 집중하실 때는 꼼꼼하게 요리하세요. 그냥 볼때는 쉽게 따라 할 수 있을 것 같지만, 막상 시도해 보면 안되는 것…… 그게 나오후미 님의 요리예요."

"그야 평소에는 실제로 대충 만드니까."

나는 기본적으로 대충 넘어가도 되는 일은 대충 하는 사람이다.

"요리에 관해서는, 나오후미 님이 대충 하는 것과 저희가대충 하는 것은 차원이 달라요."

"맞아요. 확실히 나오후미 씨의 요리 실력은 정말 대단하니까요."

이츠키도 덥석덥석 먹어치우면서 보탠다. 너까지 그런 소리냐.

아니지, 이것도 자기 의견을 말한 거니까 어쩌면 커스의후유증이 다소나마 회복되기 시작한 건지도 모르겠다.

"대충 해도 되는 일과 대충 하면 안 되는 일을 구별하는것쯤은 누구나 할 수 있잖아."

"그런 차원이 아닌 것 같은데……. 아니, 문제는 그게아니에요. 그런 나오후미 님이 만약에 정말로 집중해서 요리한다면, 도대체 어떤 음식이 나온다는 거죠?"

"아니, 집중한다고 해도 그쪽에 집중할 일은 없어."

요리 같은 건 항상 대충 할 거라고.

"그냥 요리에……."

기를 넣어서 만든 거라고 말하면 어떤 표정을 지을까?

곰곰이 생각해 보면, 내 몸에서 나온 뭔가를 음식에 집어넣은 셈이 된단 말이지.

경우에 따라서는 식중독이 일어난다거나 해서 여러 의미로 위험한 거 아냐?

그리고 솔직히 조금 더럽게 느껴지는 것도 사실이다.

"뭐, 뭘 하신 건데요?"

여기서 말을 끊으면 오히려 더 불길하게 생각하려나?

"맛있게 만드는 마법약 같은 게 있나요?"

"저도 모르겠어요. 하지만…… 나오후미 씨라면 갖고 있다고 해도 이상할 게 없을……지도 모르죠. 그런 게 있나요?"

리시아의 질문을 이츠키가 받아서 내게 묻는다.

어쩔 수 없지. 솔직하게 자백하자.

"기를 넣어 봤어."

"요리에 응용하셨다구요?"

아, 라프타리아가 기가 막힌다는 듯이 쳐다보잖아.

그 어이없다는 말투와는 달리, 라프타리아를 비롯한 동료들은 다들 맛있게 식사를 계속한다.

먹기 싫다고 할 줄 알았는데…….

"젓가락을 멈출 수가 없어요……. 완전히 마성의 솜씨가 돼 버렸잖아요!"

반응을 보니 포울과 아트라한테 줄 음식은 새로 만들어야 겠군.

"그냥 솜씨가 늘었다고 평가해 줬으면 좋겠는데……."

"맛있어~! 아, 그거 필로 거야~!"

"뀨아뀨아!"

필로와 가엘리온이 음식 다툼을 벌이기 시작했다.

시끄러운 녀석들이라니까.

"라프~."

라프짱도 마음에 들었는지, 평소보다 더 많이 먹고 있다.

흐음…… 기란 참 대단하군.

그렇게 식사를 마친 뒤에는, 라프타리아와 필로가 혁명파 의 기수임을 증명하기 위해 한껏 차려입고 도시를 일주하는 퍼레이드에 나선다.

필로도 쿠텐로의 필로리알용 전속 의상과 특이한 마차를 받아서…… 소달구지와 비슷하게 생겼지만 다른 녀석이다. 하여튼 그 마차에 라프타리아를 태우고 천천히 끌고 가는 식이다.

특이한 마차를 얻어서 그런지, 상당히 들뜬 기색이다.

그 뒤에는 가엘리온이 뒤따르고 있다.

그리고 라프타리아는 마차 창문에서 손을 흔들고 있다.

"새로운 천명님 만세!"

"우오오오오!"

다들 라프타리아의 모습을 보며 흥분하고 있다.

참고로 상인에게 물어보니, 라프타리아의 초상화가 대량으로 그려져서 팔리고 있다고 한다.

일단, 혁명파의 자금원으로 쓰이고 있다는 모양이다.

귀여운 딸이 화려하게 꾸민 보는 기분을 매일 맛볼 수 있어서 나도 뿌듯하기 그지없다.

아, 라프타리아가 원망 섞인 눈으로 나를 쳐다보는 것 같다.

하긴, 구경거리가 된 것 같은 기분이라고 몇 번 얘기한 적이 있었지.

라프타리아 본인도 자신의 무녀복 차림에 어떤 매력이 있는지 이해를 못 하고 있고.

아무튼, 나와 사디나는 호위하듯 그 양옆에 서서 동행하고 있다.

이츠키와 리시아, 세인 등도 때때로 배치를 바꾸기는 하지만 모두 근처에 있다.

기본적으로, 라프타리아를 필두로 삼고 필로와 가엘리온이 그 뒤를 따르며 호위하는 식의 구도라고나 할까?

실트벨트에서 파견되어 온 병사들…… 바르나르 등이 참가할 때도 있는데, 이 진형이 약간 불만스러운 모양이다.

그나저나 아트라와 포울이 안 오잖아. 언제까지 장을 보고 있는 거냐.

그렇게 느긋하게 퍼레이드를 하며 도시를 한 바퀴 돈 후, 우리는 저택으로 돌아갔다.

그랬더니 저택 안에는 아트라가 비녀를 머리카락에 꽂은 채 축 늘어져 있었다.

포울은 그와는 대조적으로, 뭐랄까…… 엄청 들떠 보인다.

"내일은 오늘 닫혀 있던 가게에 옷을 사러 가는 거야!"

"또 사시려구요, 오라버니?!"

자세히 보니 옷이 몇 벌 보인다.

보아하니 아트라를 상대로 옷 갈아입히기 놀이라도 하고 있는 모양이다.

"수고가 많네."

"큭…… 만약에 오라버니가 아니라 나오후미 님이 하셨다면 얼마든지 입어 드렸을 테지만, 애초에 뭐가 재미있는 건지 이해가 안 되네요."

"이번만은 아트라 씨 말씀에 동의해요. 제 기분도 똑같으니까요. 옷에 대한 의견만이지만요."

라프타리아의 말에 어쩐지 가시가 돋아 있는 것 같은데.

어쩔 수 없잖아. 아군의 사기를 끌어올릴 수 있는 최고의 방법인데.

"라프타리아 씨는 복에 겨우신 거예요. 나오후미 님이 좋아하시는 의상이 있다는 건 그 무엇보다도 기쁜 일이니까요."

아, 아트라의 말에 라프타리아가 땅이 꺼질 듯 한숨을 짓는다.

"어찌 됐건, 오늘은 훈련도 일도 할 만큼 했으니까. 오늘은 다들 푹 쉬어. 사디나는 호위를 맡아 줘. 아트라랑 포울은 밥 먹을 준비 하고."

"나오후미 님은요?"

"자기 전에 이것저것 볼일이 있어서 좀 나갔다 올게. 무기상 아저씨한테도 가 봐야 하고."

그 스승과 붙어 있느라 고생이나 하지 않으면 좋으련만.

"그럼 저도 같이……."

"필로도~."

"아니, 라프타리아와 필로가 같이 가면 그것만 가지고도 소란이 벌어질 거 아냐? 그러니까 여기서 기다려 줬으면 좋겠어."

까놓고 말하자면, 혁명파의 총지휘는 분명히 내가 맡고 있지만 라프타리아 쪽에 관심이 집중돼서, 나는 찬밥 신세나 다름없는 상태다. 그런 의미에서는 내 쪽이 더 편하게 활동할 수 있다.

"큐아아."

"가엘리온, 너도 남아 있어."

"큐아……."

뭐, 어쩌면 새끼 가엘리온 모드라면 그럭저럭 괜찮을 것 같기도 하다.

하지만 가엘리온을 데려간다면 필로가 가만 있지 않을 것
같으니 그냥 두고 가야겠다.

"필로, 이제 졸려~."

"그럼 자 둬. 내일도 일찍 일어나야 하니까."

"네~에. 메르는 지금 뭘 하고 있으려나~?"

"서류 더미와 격투를 벌이고 있는 거 아냐?"

메르티는 그래도 똑 부러진 녀석이니까 걱정은 안 하지만
말이지.

출발 전에 한껏 비행기를 태워 주긴 했지만…… 지금쯤
이면 이미 약효도 떨어진 상태이리라.

"그럼 제가 동행할게요. 라프타리아 씨는 여기 남아 계세
요."

"안 돼. 오빠랑 같이 밥이라도 먹어 둬. 아직 목욕도 안
했잖아?"

"그딴 것보다 나오후미 님과 함께하는 시간이 더 중요해요."

"무슨 소릴 하시는 거예요!"

"그러니까 라프타리아, 사디나와 포울이랑 같이 아트라
를 감시하고 있어."

"알았어요. 자, 아트라 씨. 시키는 대로 쉬세요."

"큭……. 무슨 수를 써서든 빠져나가고 말겠어요!"

이렇게 해서 아트라는 마지못해 라프타리아와 동료들에
게 끌려갔다.

 **7화 방향치**

그리하여서 나는 퍼레이드용 의상이 아닌, 쿠텐로의 풍습에 맞춘 의상을 입고 밤거리로 나섰다.

아, 아무 말 안 했는데도 세인이 뒤를 따라오고 있다.

눈을 뗄 수 없을 정도로 내가 걱정되나?

뭐, 세인이라면 딱히 소란이 일어날 일도 없겠지. 쿠텐로는 아인도 수인도 인간도 있는 나라니까.

내전 중이건만, 도시는 낮과 별반 다를 게 없이 북적였다.

에도의 밤은 다들 일찍 잠들어서 조용했다는 소리를 들은 적이 있었는데, 쿠텐로는 그 점에 있어서는 에도와 다른 모양이었다.

앵광수가 조명 역할을 대신하고 있는 덕분에 밤인데도 은근히 밝고 말이지.

앵광수의 이 어렴풋한 빛은 정취가 있군. 달빛과 잘 녹아드는, 일본인이 좋아할 법한 분위기다.

그건 그렇고 내가 왜 아저씨를 찾아가려 하고 있는 건가 하면, 기를 습득했기 때문이다.

아까 요리할 때의 사례에 비추어보면 물건을 만들 때도 응용할 수 있을 가능성이 높다.

아저씨가 기를 습득하는 건 힘들지도 모르지만, 쓸 수 있게만 되면 새로운 경지의 무기를 만들어낼 수 있을지도 모른다.

그래서 그 보고도 할 겸 찾아가 보려는 것이다.

그렇게 생각하면서, 아저씨가 있는 대장간으로 향하는 길을 걷고 있으려니,

"저기…… 죄송한데요……."

"응?"

어째 좀 축 쳐지는 목소리가 나를 불러 세운다.

목소리가 난 쪽을 쳐다보니, 멍해 보이는 얼굴의 여자가 서 있었다.

얼굴은 비교적 단정한 편이다. 검은색의 헐렁한 옷을 입고 있어서, 인간인지 아인인지 분간이 가지 않는다.

어째 낯이 익은 느낌…… 처음 만나는 거 맞지?

음, 틀림없이 처음 보는 얼굴이건만 어쩐지 낯이 익게 느껴지는 그 여자가 미안해하며 나를 쳐다보고 있었다.

세인이 약간 경계하듯이 무기로 손을 뻗었다.

"시시한 질문이라 죄송한데, 큰길로 가려면 어느 쪽으로 가야 하죠?"

"큰길? 저쪽으로 가면 되는데."

지금 내가 걷고 있는 곳은 공방 거리다. 도시를 가로지르는 널따란 길이 큰길이라고 불린다고 듣긴 했는데…….

"고맙습니다."

여자는 내가 가리킨 방향을 쳐다보고는 깊이 고개를 숙였다. 그리고 그 방향으로 걸어가는가 싶더니, 세 발짝쯤 가서 하늘을 올려다보고 엉뚱한 방향으로 걸어가기 시작했다.

"뭐야, 저 녀석은?"

세인과 나란히 고개를 갸웃거린다.

내가 가리킨 방향과는 전혀 다른 모퉁이로 꺾었잖아.

내 설명을 제대로 듣기는 한 거냐?

알 게 뭐야. 아저씨나 만나러 가자.

아저씨가 신세를 지고 있는 대장간으로 향한다.

이곳에서는 혁명파의 무기 수리를 도맡아 하고 있다.

물론 현지의 대장장이도 같이 있어서, 아저씨 쪽은 어디까지나 일을 거들어주는 형태로 참가하고 있는 거지만.

모토야스 2호는 쿠텐로의 대장장이 업계에서는 유명인사라서, 그 권위만으로도 작업을 지켜볼 허가를 받을 수 있다나 뭐라나.

대장간에서는 여러 사람들이 교대로 상주하면서 무기와 방어구를 제작하고 있다.

아, 아저씨를 발견했다.

모토야스 2호는…… 결박당한 채 나뒹굴고 있다. 신경 쓰면 지는 거겠지.

"어이."

"오? 형씨 아니우. 이런 늦은 시간에 여긴 웬일로?"

"낮에는 훈련하느라 바빠서 말이지. 여러모로 훈련에 진전이 있어서 보고도 할 겸 해서 온 건데⋯⋯."

"엘하르트! 밤이다! 술 마실 시간이란 말이다! 도시의 술집에 안 가면 어딜 간다는 거냐!"

낮에 그렇게 포울과 술래잡기를 했던 녀석이, 머릿속에는 온통 놀 생각뿐인 것 같은 소리를 지껄인다. 저도 모르게 한숨이 흘러나오는군.

"그나저나 그 저주받은 검은 좀 어떻게 됐지?"

"기본 준비는 갖추긴 했지만⋯⋯ 좀 더 안정되게 작업할 수 있는 곳이어야 한대."

"그렇군."

뭐, 그 검을 쓸 수 있게 된다고 해도 지금 나와 동행하고 있는 멤버들 중에는 제대로 활용할 수 있는 녀석이 없지만.

렌이 없으면 힘들겠지.

"며칠 안으로 옛 도읍을 점거할 예정이니까, 거기서 다시 벼리면 되겠지."

"아, 스승님의 전속 공방이 있는 곳 말이구려. 하긴, 거기가 제일 좋겠군. 그나저나 스승님의 고향에 온 건 꽤 좋은 경험이 되겠어."

"예전에 아저씨의 졸업을 인정한 건 사실 성가신 짐을 털어내려는 꿍꿍이였는지도 몰라."

바닥에 나뒹굴고 있는 모토야스 2호에게 비꼬듯이 쏘아붙인다.

"그럴 가능성도 있겠는데⋯⋯."

아, 아저씨도 어렴풋이 감지하고 있었던 모양이군.

하지만 뭐, 아저씨의 실력이 뛰어나다는 건 완성된 무기를 보면 알 수 있긴 하지만.

"가르칠 건 충분히 다 가르쳐 줬어! 나머지는 본인 하기에 달린 거라고. 나는 그 뒷일까지 책임질 생각은 없단 말이다!"

"그건 일리가 있는 소리군."

어떻게 보면 변환무쌍류와 비슷한 사고방식 같기도 하다.

아, 맞아, 아까 입수한 정보를 아저씨한테 가르쳐 줘야지.

"맞아. 아저씨, 기의 흐름 같은 거 볼 줄 알아?"

"그건 또 뭐유?"

나는 아저씨에게, 요리할 때 마력이나 SP⋯⋯ 즉 기를 불어넣으면 질이 향상된다는 것을 설명해 보았다.

적어도, 내가 생각할 수 있는 품질 향상의 가능성은 그것밖에 없다.

"보이지는 않수. 하지만 힘을 불어넣는다는 게 뭔지는 알 것 같군."

"그래?"

"뭐, 형씨만큼 명확하게 힘을 사용할 수는 없지만 말이지. 어쨌거나 집중한다는 건 의미 있는 일 아니우?"

역시 아저씨도 알음알음 사용하고 있었던 거라고 봐도 될 것 같다.

"그리고 하나 더, 소재의 목소리에 귀를 기울여야 한다우. 밀어붙일 때는 밀어붙여야 하지만 물러서는 것도 중요하다는 거지."

흐음…… 마력이나 기를 불어넣는 것도 중요하지만, 그걸 적절하게 유도해야 한다는 건가.

"너는 알고 있었냐?"

경멸 섞인 눈으로 모토야스 2호를 쳐다보며 묻는다.

"고작 그딴 거 갖고 뻐기기는……. 좋아, 내 실력을 보고 어디 한 번 놀라…… 미소녀!"

아, 세인을 발견했다. 세인에게로 시선을 돌렸다가, 다시 모토야스 2호를 쳐다보니…… 없잖아!

어느 틈엔가 밧줄을 풀고, 느끼한 목소리로 세인에게 말을 걸고 있다.

분명히 결박당해 있었는데 무슨 수로 빠져나간 거냐?

"아아, 당신은 요전에 가위를 주문했던 미소녀군요."

나이 차 생각 좀 하라고, 변태 자식.

"응, 제법——."

세인이 가위를 보이며 대답하려고 했지만, 잡음이 섞였다.

"그 개성 만점인 목소리를 영원토록 듣고 싶네요."

"이 사람 대체 무슨 소리를 하는 거래요?"

아, 키르 봉제인형이 적절한 지적을 하는군.

그건 세인 역시 같은 생각인 모양이다.

"일 실력이 뛰어나니까 진지하게——."

"진지하게 대장장이 일을 할 때가 제일 매력적으로 보이
니까, 제대로 일하는 게 좋지 않을까요? 라고 하십니다."

"홋! 그렇게 나온다면 하는 수 없지."

모토야스 2호가 휘적휘적 대장간을 향해 걸어간다.

"아가씨! 똑똑히 보라고!"

그렇게 말하면서, 아저씨가 두드리고 있던 무기에 망치질
을 하기 시작한다.

오? 자세히 보니, 아저씨가 망치질할 때보다…… 기의 흐
름이 더 강하게 느껴진다.

"아까 방패 놈이 기니 뭐니 하는 소리를 했는데, 그건 그
냥 집중했을 때 소비되는 힘이잖아? 그딴 건 누구나 다 쓰
는 거야. 의도적으로 물건에 불어넣는 것쯤은 식은 죽 먹기
란 말이다."

"그, 그래……."

요란하게 망치를 휘두르는 그 일거수일투족이 반짝반짝
빛나 보이는 걸로 보아, 기를 볼 수 있게 된 것만으로도 상

대방의 기량을 알 수 있게 된 것 같은 느낌이었다.

이 녀석, 평소의 태도는 바보 그 자체지만 일할 때는 확실히 천재적이다.

무기에 선명하게 빛이 깃들어 간다.

역시 그랬었어! 이건 아이템 제작에도 응용할 수 있겠어!

"아까 SP라고 했지? 그건 용사만이 갖고 있는 특유의 힘이잖아? 그게 기라는 것과 같은 건지 어떤지는 한 번 잘 생각해 보는 게 좋을 거다."

……그러고 보면, 명력수는 마력수와 혼유수 안에 들어 있는 성분을 추출한 것이다.

마력도 아니고 SP도 아닌 요소를 기라고 친다면, 품질을 끌어올리는 건 그 이외의 다른 요소일 거라는 논리도 일리가 있다.

"네가 말하는 건 마력 부여 이상의 단계에 있는, 아마추어와 프로 사이의 커다란 벽 같은 거겠지. 뭐, 기라는 게 뭘 가리키는 건지 어렴풋이 알 것 같기는 하지만. 이거잖아?"

모토야스 2호가 휘적휘적 손을 들어서 기를 모은다.

"보이지는 않지만 느낄 수는 있어. 이걸 불어넣지 않으면 좋은 물건이 안 나오지. 이건 소재의 목소리를 듣는 것과도 달라. 소재의 품질에만 집착하는 건 2류들이나 하는 짓이라고."

그리고 헌팅남은 아저씨에게로 시선을 돌린다.

"너는 아직 그 점이 부족하다는 걸 소리를 들으면 알 수 있어. 이번 기회에 단단히 가르쳐 주지."

"그렇게 나와야지!"

아저씨도 집중해서 스승의 작업 모습을 관찰하고 있다.

이번 기회에 아저씨의 실력이 더 향상되면 좋겠군.

"소재의 목소리에 귀를 기울이고 굴복시켜야 해. 억지로라도 밀어붙여야 하는 때가 있는 법이란 말이다. 잊었나?"

"잊은 건 아니지만…… 그런 거였군."

뭔가 짚이는 게 있었다는 거군.

"빨리 메르로마르크에 있는 내 가게로 돌아가서 이것저것 시도해 보고 싶은 심정인데. 여러 가지 레시피들이 머릿속에 떠올라서 말이지."

"기대할게."

"자, 완성이다!"

모토야스 2호는, 슈욱 하고, 뜨겁게 달궈진 무기를 물에 넣었다가, 완성된 무기를 든다.

도(刀)였군. 아저씨가 만드는 걸 봤을 땐, 검인 줄 알았다.

"왜 도가 나온 거야, 스승님?! 이건 검이었다고!"

"엉? 엘하르트, 소재를 봐라. 검이 아니라 도가 되고 싶다고 그러잖아."

우와……. 엄청나게 바보 같은 문답이잖아.

완성된 도를 받아 든 아저씨가 화를 내야 할지 넋을 놓고 좋아해야 할지 망설이는 표정이다.

"좋아, 오늘 일은 다 끝났어! 난 술 마시러 간다."

"끝나기는 뭐가 끝나?"

검은 어쩌고?

"알 게 뭐냐. 엘하르트를 가르치고 싶어도, 소재를 보고 뭘 만들지를 그 소재에게 가르치는 수준은 되어야 뭘 가르치든 말든 하지."

"큭……."

아, 아저씨가 울분에 차 있다.

"한층 더 발전하고 싶거든 해 봐. 그런 것도 못 하면 아무것도 못 해."

여기서 도움의 손길을 내밀어 줄 수도 있지만…….

뭘 만들지를 소재에게 가르친다고? 식재료가 어떤 요리에 적합한지를 확인하는 식인가? 가르친다는 것도 부엌칼이나 기구로 다듬는 것과 비슷한 느낌이기도 하고.

은근히 짚이는 게 있다는 게 영 불쾌하다.

"저기…… 죄송한데요."

그때 목소리가 들려와서 돌아보니——.

"미소녀! 아가씨, 무슨 일로 오셨는지?"

모토야스 2호가 접객……을 하는 척 들이대면서, 아까 나에게 길을 물어봤던 녀석에게 말을 건다.

"큰길에 가려면 어떻게 가면 될까요? 어머나?"

녀석도 내 얼굴을 기억하고 있었는지, 고개를 갸웃거리고 있다.

"너…… 아까도 길을 물어봤었지? 몇 걸음 가다가 엉뚱한 방향으로 걸어갔지만."

"그랬었나요? 별이 너무 예뻐서 한눈을 파는 바람에……?"

"뭐야? 너 또 미소녀를 포섭하려는 꿍꿍이냐?"

"헛소리 마."

모토야스 2호는 항상 이 모양이다. 지긋지긋하다. 세인을 시켜서 결박해 버릴까?

"형씨, 나는 아직 검 만드는 연습을 더 해야 하니까 스승님을 좀 봐 주면 안 될까?"

그렇게 말하면서, 아저씨는 술 마시는 제스처를 취한다.

"형씨 주특기 아니우?"

아아, 술을 먹여서 잠재우면 되는 건가?

아저씨도 나에 대한 소문 정도는 알고 있을 테니까.

사디나를 시켜서 상대하게 하는 게 나았을까? 아, 하지만 며칠 전에 이미 술 대결로 짓밟아 버렸다는 소리를 들은 적이 있었다.

"알았어. 나중에 여기로 데려다주지. 그런데……."

나는 방향치 여자에게로 눈길을 돌린다.

"큰길이라고 했지? 어차피 이 녀석 감시 때문에 이동하려던 참이라 겸사겸사 데려다줄 테니까 따라와."

"고맙습니다."

방향치 여자는 공손하게 고개를 숙인다.

"고맙긴 뭘. 그럼 가자, 헌팅남."

"그거 내 별명이냐? 이 자식이 감히!"

"거 되게 시끄럽네. 그럼 모토야스 2호."

"그건 또 누구야?!"

"시끄러워. 아저씨 실력만 늘면 넌 내팽개쳐 버릴 줄 알아."

"뭐가 어째?!"

"저기……."

"신경 쓰실 것 없습니다, 아가씨."

바로 그런 태도 때문에 모토야스 2호라고 부르는 거라고. 아니면 헌팅남이거나.

"그럼 갔다 올게. 세인도 같이 갈 거야?"

세인은 말없이 고개를 끄덕였다.

이제 밤도 제법 깊어 왔으니, 더 늦으면 라프타리아와 동료들이 걱정할 것이다.

"그럼 따라와."

그렇게 해서, 나는 대장간에서 나와서 큰길 쪽으로 향했는데…….

"아가씨, 피부가 참 좋으시군요. 달빛이 비추니 아름다움이 한층 더 빛나 보이는군요."

"하아……."

모토야스 2호가 방향치 여자에게 또다시 말을 붙이고 있다.

……끈질긴 놈 같으니.

그런 가운데, 세인이 내 어깨를 쿡 찌른다.

"왜 그래?"

무슨 일인가 싶어 돌아보니 방향치 여자가 곁길로 새고 있고, 모토야스 2호가 내 눈을 피해서 몰래 그 뒤를 쫓아가려 하고 있었다.

"납치하려는 거냐?"

"무슨 소리. 비틀거리면서 다른 길로 가려고 하기에 에스코트하려던 것뿐이라고?"

"어? 아, 향긋한 냄새가 나서 좀 넋이 나갔었나 봐요."

아, 방향치 여자는 전혀 눈치 못 채고 있었던 모양이다.

"그쪽은 다른 길이야. 잔말 말고 따라와."

주야장천 길만 헤매고 있으면 답답해서 미쳐 버릴 것이다.

"네."

그렇게 다시 몇 발짝 걸어갔을 때, 다시 세인이 어깨를 쿡쿡 찌른다.

돌아보니 이번에는 아예 반대방향으로 가려 하고 있다.

"헛짓 말고 따라와. 조금 더 가서 오른쪽으로 꺾으면 돼."

뭔가 답답한 여자군. 남이 하는 말을 제대로 듣고는 있는 건가?

돌아보니, 어째선지 왼쪽으로 꺾는다.

"오른쪽이라고 했잖아!"

"아, 그치만 저 벌레가 그쪽으로 꺾어서……."

"벌레를 이정표로 삼지 마!"

방향치들은 움직이는 대상을 무의식중에 이정표로 지정해서, 그것의 움직임 때문에 길을 잘못 든다는 이야기를 들은 적이 있었다. 그 외에도 머릿속에 엉망인 지도를 그려서 이상한 길로 들어가거나 하는 식이다.

어쨌거나 이상한 곳으로 가면 귀찮아지기도 하고, 모토야스 2호의 마수에 걸려들 것 같았기에 손을 잡아끌고 간다.

"어머……. 고압적인 사람."

"시끄러."

이 대화의 템포가 누군가와 비슷한 것 같아서 영 기분이 더럽다.

설마 그럴 리는 없겠지만, 이 녀석이 사디나의 여동생이라거나 하는 건 아니겠지?

그렇게 생각하면서 큰길로 나선다.

"여기가 큰길이야. 목적지에 도착했어."

잠재적인 방향치인지 아니면 그냥 바보인지는 모르지만, 이상한 녀석을 둘이나 데리고 다니다 보면 도저히 목적지까지 도착할 수가 없다.

그리고 방향치 여자는 큰길의 인파를 보며 말한다.

"천명님의 퍼레이드가 있을 거라고 들었는데……."

"벌써 한참 전에 끝났어."

뭐야. 라프타리아를 보려고 큰길을 찾아온 거였나?

"어머……."

"그럼 이제 어떻게 할 거지?"

"으음……."

"같이 술 한 잔 어떻습니까?"

모토야스 2호가 기다렸다는 듯 술을 마시자고 꼬드긴다.

"술? 괜찮아?"

"네, 제가 한잔 사죠."

그야말로 늑대 같은 표정이군, 모토야스 2호.

상대방 여자도 술이란 말에 마음이 동한 것 같고…… 이걸 어쩐다?

뭐, 어찌 됐건 모토야스 2호는 결국 술에 떡이 될 운명이니, 적당한 타이밍에 헤어지면 되겠지.

"세인은…… 술을 마시는 타입이 아닌 것 같은데?"

내 물음에 세인은 고개를 끄덕인다.

역시나 술 마시는 취미는 없는 모양이다.

"그럼 일단…… 녀석에게 쉴 새 없이 술을 권해. 후딱 끝내고 집에 가자."

"알았다고 하십니다."

"그럼 가자! 내가 좋아하는 가게를 소개해 주지."

모토야스 2호는 그렇게 말하면서 방향치 여자와 세인을

데리고 술집으로 들어간다.

은근슬쩍 나를 따돌리려는 꿍꿍이인 것 같은데, 어림없는 짓이라고.

가게에 들어가 자리에 앉아서, 메뉴판을 본다.

……못 읽겠다. 메르로마르크 공용어가 아니니까.

대충 주문하는 수밖에. 하지만 그래도 계산할 때 내가 다 내는 건 피하고 싶다.

"술값 낼 돈은 있어?"

그래서 확인을 위해 모토야스 2호에게 묻는다.

"헛! 그 정도는 가뿐하지! 네놈은 어차피 돈 있잖아. 나는 두 여성분 술을 살 테니까 네놈 건 네가 내라고."

그렇게 말하면서, 모토야스 2호는 내 몫의 술과 안주까지 제멋대로 정해서 점원에게 주문한다.

"으음, 이거랑 이거랑 이거."

그나저나 방향치 여자도 꽤 많이 시키는데.

이쪽도 술을 좋아하는 건가……. 이걸 어쩐다?

"세인은 술 안 마셔."

"그럼 주스면 되겠지. 안주는?"

세인은 아무 말 없이 고개를 끄덕인다.

하지만 그 표정으로 보아, 실은 이야기하고 싶다는 것을 알 수 있다.

"주문하신 음식 나왔습니다!"

술이 나오고…… 물통과 루코르 열매까지 나온다.

"자! 네놈한테는 이게 딱이지."

그렇게 말하면서, 모토야스 2호는 루코르 열매 한 송이를 내 앞에 놓는다.

이건 혹시 너는 냉큼 꺼지라는 완곡한 의사 표현인가?

짜증 나는 놈이군.

뭐, 나는 일본에 있던 시절에도 이런 타입의 녀석을 겪어 본 적이 있었다.

온라인 게임의 오프라인 모임에서 마음에 드는 여자가 있으면, 남자들을 억지로 떼어내고 독점하려 드는 돼먹지 못한 놈들이 있었다.

분위기가 험악해지는 걸 피하기 위해 대충 상대해 주면서, 진탕 술을 먹여서 잠재우는 게 일반적이었지만.

묘하게도 이런 녀석들은 꼭 자기의 술 실력을 자랑하려고 든다.

그런 육식계 녀석들은 여자를 꼬셔서 어떻게든 한 번 해보려고 혈안이 된 놈들이다. 나는 그 사실을 잘 알고 있었기에, 말썽을 일으킬 법한 녀석을 오프라인 모임이 끝날 때까지 밀착 마크하곤 했다.

인간관계의 말썽만큼 성가신 건 없다.

은근슬쩍 그룹 배분을 조정해서 문제가 일어나지 않도록 배치하는 게 정석이었다.

"그럼 우리의 만남에 건배!"

모토야스 2호가 잔을 입에 대고 마신 순간, 나는 그 틈을 노려 눈앞에 있던 루코르 열매 하나를 떼어서, 녀석이 마실 술 안에 몰래 즙을 짜서 섞었다.

꽤 독한 열매라고 하니 죽지 않을 정도로 조절해 주자.

"건배."

방향치 여자는 술잔을 들어서 꿀꺽꿀꺽 마시기 시작한다.

이른바 원샷이다.

위험한 음주법이군.

"후우, 한 잔 더."

"푸하! 이야, 정말 잘 드시네요! 저까지 다 흥이 날 정도지 뭡니까."

그런 소리를 할 수 있는 시간도 이제 얼마 안 남았다고.

들키지 않도록 분위기를 맞춰 둬야겠다.

세인은 자기 몫으로 나온 주스를 받아서 마시기 시작한다.

"그런데 아가씨, 여기는 무슨 일로 오셨죠? 주소는 어디신지? 나중에 바래다드리죠."

모토야스 2호 녀석, 작작 좀 들이대란 말이다!

"저기, 천명님을 한 번 뵙고 싶어서……. 사는 곳은 북부 바닷가 마을이에요."

"그럼 숙소를 잡으신 건가요? 어디 묵고 계신데요?"

"저기……."

"꼬치꼬치 캐물으면서 들이대지 좀 마."

정말이지, 이 녀석은 여자에 환장한 놈이군. 하지만, 뭐랄까…… 여자 꼬시는 솜씨는 여러모로 어설퍼 보인다.

이런 면에서는 예전의 모토야스가 좀 더 나았다고 해야 할까?

뭐, 외모나 나이 차이라는 요인도 있긴 하겠지만.

"시끄러—— 어…… 너, 뭐 하는 거야?"

"응?"

모토야스 2호가, 루코르 송이에서 열매를 따 먹는 나를 가리키며 넋 나간 얼굴로 뇌까린다.

"네가 주문한 거잖아. 이 열매가 제법 맛있다니까."

맛 하나는 끝내주니까, 있으면 먹는다.

참고로 이건 고밀도의 술 원료, 곳에 따라서는 질 나쁜 술로 취급받기도 한다는 모양이다.

마력과 SP를 회복시키는 효과도 있는 것 같다.

마력수나 혼유수를 아껴야 할 상황이라면, 아예 이걸 회복용으로 써 볼까?

회복 효율은 상당히 좋다. 대량으로 소지할 수 있다면 시도해 보는 것도 괜찮을 것 같다.

은근히 비싸긴 하지만.

"으웩……. 살다 살다 별 못 볼 꼴을 다 보는군."

모토야스 2호가 입을 손으로 틀어막고 고개를 돌린다.

아니, 이거 네놈이 주문한 거잖아.

주위 손님들 중에 상황을 알아챈 자들이 새파랗게 질린 얼굴로 쳐다본다.

점원은 전율하고 있군.

"와아……."

방향치 여자가 초롱초롱한 눈으로 나를 쳐다본다.

"술을 잘 드시네요. 부럽네요."

"지금껏 취해 본 적이 한 번도 없긴 해. 그나저나 너랑 똑같은 반응을 보이던 여자를 하나 알고 있는데……."

의혹이 다시 뇌리에 떠오른다.

"굉장해요! 대단해요! 저도 안 질 거예요."

방향치 여자는 그렇게 말하면서 다시 벌컥벌컥 술을 들이켜기 시작했다.

어째 점점 흥이 차오르는 것 같은데?

사디나와 관련 인물이 아닐지 의심했었는데, 항상 술에 취해 있는 것 같은 성격인 사디나와는 다른 것 같다. 그냥 착각이었나 보군.

"이런, 이런, 그런 괴짜랑은 그만 얘기하고 저랑 얘기하시죠. 북부 해안 마을 출신이라고 그랬죠? 그 지역에는 미인이 많단 말이죠."

"미인?"

보아하니 자기 외모에 대해 자각하지 못하는 타입이군.

뭐, 대충 맞장구나 쳐 주자.

빨리 모토야스 2호를 술에 절여 버려야 한다.

녀석은 아직 내가 루코르 열매즙을 탄 술에 손대지 않은 상태다.

"개인적으로는……."

방향치 여자가 내 쪽으로 시선을 돌린다.

"당신은 무슨 종 사람이죠? 그 엄청난 주량이 부러워요."

아아, 어쨌거나 쿠텐로가 아인과 수인이 많은 나라라는 건 틀림없는 사실이다.

인간도 그럭저럭 있긴 하지만 비율은 낮은 편이다.

내 외모를 딱히 이상하게 생각하지 않는 건 이 나라의 특징 같은 거라 할 수 있지만.

참고로 쿠텐로에는 아인종으로서의 특징을 감추고 지내는 녀석도 있다.

집안 문제라거나 하는 등등 다양한 이유가 있다고 한다. 실트벨트와는 다른 풍습이다.

이 여자는 사디나가 살던 지역 근처에 살고 있는 건지도 모른다.

그래서 감성이 비슷한 거겠지. 술 잘 마시는 녀석에게 끌리는 것 말이다.

"인간인데?"

"어? 인간인데 이렇게 잘 마신다고? 먼 친척 중에 있는 거 아녜요? 술 잘 마시는 종족이."

나는 이세계에 소환돼 온 일본인이니 그런 일은 절대로 없다고 장담할 수 있지만, 아인 계열의 나라에는 그런 사고방식이 있는 모양이다.

일일이 사실 그대로 말하는 것도 영 귀찮군.

아, 모토야스 2호가 무시당해서 언짢은 기색이다.

"남자라는 게 술만 잘 마신다고 되는 게 아니지. 게임이나 한 판 하는 게 어때?"

그렇게 말하고, 모토야스 2호는 주사위를 꺼낸다.

"*친치로링 한 판 하지!"

우와…… 이세계에 와서 그런 걸 하게 될 줄은 몰랐다.

세인에게로 눈길을 돌리니, 게임이라면 이거라는 듯 트럼프를 꺼낸다.

역시 제르토블 어둠의 콜로세움에서 명성을 떨치던 플레이어 머더 삐에로답군.

트럼프 같은 걸 갖고 있다니.

응, 개인적으로 그쪽이 낫다.

"게임을 하려면 차라리 트럼프 쪽이 나은 거 아냐?"

"이 아가씨가 규칙을 모르지 않겠어? 그러고 보니 아가씨, 아직 이름을 안 물어봤군요. 이름이 어떻게 되죠?"

"저기, 조디아라고 해요."

---

* 친치로링 : 주사위 세 개를 그릇 안에 던져서 나온 눈의 수로 승부를 정하는 도박 및 놀이.

살벌한 이름인데.

뭔가 마신 같은 걸 불러낼 것 같다는 생각이 드는 건, 내가 게임을 좋아해서 그런 걸까?

"조디아 씨, 트럼프는 아십니까?"

"카드 게임……. 패 놀이라면 조금……."

"패 놀이라. 화투 말야?"

화투는 조금밖에 모르지만.

"옛날 놀이? 그게 아니면 마스즈 패?"

"아, 그쪽 말이지? 점수 계산이 성가시고 은근히 두꺼운데, 패는 어떻게 하지?"

그렇게 모토야스 2호가 귀찮은 기색을 보이자 조디아가 허리춤에 찬 홀더에서 카드 다발을 꺼내서 쿵 하고 테이블에 내려놓는다.

"오, 갖고 있네."

"평소에 즐기던 거라서……."

그 정도면 취미라고 해도 될 정도 아냐? 자기 카드를 갖고 다니다니 제법 풍취가 있는데?

나는 카드 다발을 확인한다.

……마작의 카드판 같은 느낌.

"이건 어떻게 하면 점수가 나는 거야?"

그렇게 말하면서, 마작의 점수 패를 배치해 본다.

"뭐야, 알고 있었던 거야?"

"비슷한 걸 알고 있는 것뿐이야."

오락실 같은 곳에서 조금 깨작거려 본 게 전부지만.

그 이외에는 미니 게임 정도가 고작이었지만, 본격적으로 파고든 적은 없다.

"처음 하는 거니까 재미없는 게임이 될지도 몰라."

"괜찮아, 가르쳐 줄 테니까."

"그래, 그래."

이렇게 해서 카드가 배분되고, 우리는 게임을 시작하게 되었다.

세인의 태도는…… 뭔가 꽤 그럴싸해 보이는군.

"할 수 있어?"

내 질문에, 세인은 고개를 끄덕인다.

"여행 중에──."

"여행 중에 비슷한 놀이를 해 본 적이 있다고 하십니다."

다양한 세계를 돌아다니는 와중에, 술집 같은 곳에서 익힌 것이리라.

게임 시작 시에 각각 13장의 카드를 갖고 있고, 카드를 뽑을 때마다 한 장씩 버린다……. 그런 규칙이었다.

기본적으로는 마작과 유사하다. 시간이 꽤 걸릴 것 같은데.

"초보자도 있으니까, 이번에는 5장으로 하는 다른 규칙으로──."

"그럼 트럼프가 나은 거 아냐?"

세인이 척척 능숙하게 카드를 섞기 시작한다.

카드 모양도 비슷하니, 어느 정도는 할 수 있을 것 같다.

"조디아 씨에게 맞춰주지 않다니 멋대가리 없는 놈이군."

"그래, 그래, 알았다고."

같은 패가 네 장 있는 대규모 트럼프로 포커를 치는 신세가 됐다.

뭐, 각 판의 시합 시간은 상당히 짧지만.

조금씩 익히게 해서 본격적인 판을 벌여 보자는 생각이리라.

솔직히 말해서 초보자가 이제야 좀 승부다운 승부를 펼칠수 있게 된 식이랄까?

그런 승부를 10여 번 반복했을 무렵.

"이거 재미있어지는데!"

승부 틈틈이 벌컥벌컥 술을 들이켜던 조디아가 완전히 신이 나서, 강력한 패를 내놓는다.

포커로 따지자면 스트레이트에 해당하는 패다.

어째 취해서 캐릭터가 변해 버린 것 같은데?

"삼단장! 어떠냐!"

"자."

같은 카드가 네 장 들어왔기에, 아무 무늬도 없는 카드와 같이 내놓는다.

이건 마작이 아니라 포커의 변칙이지? 어떻게 해야 점수가 나는 건지 모르겠다.

"어머…… 졌잖아~!"

"분위기 파악, 못 하는…… 녀석 같으니."

항상 점수도 못 내는 패만 내놓는 모토야스 2호가 할 소리는 아닌 것 같은데.

지금까지 버린 패만 봐도 알 수 있다.

이 녀석 도박에 엄청나게 약한 거 아냐?

더불어 모토야스 2호는 상당히 취기가 오른 모양이다.

"너 아까부터 한 판도 못 이기잖아. 너무 취한 거 아냐?"

"나는 하나도…… 안 취했습니다앙!"

머리가 제멋대로 까딱거리고 있는데? 완전히 맛이 가려면 좀 더 시간이 걸릴 것 같군.

"……이건?"

슥 하고 세인이 무늬 없는 카드 세 장과 똑같은 화살표가 그려진 카드 두 장을 낸다.

포커였다면 풀하우스 같은 느낌이랄까?

"둘 다 너무 강한걸! 이거 완전 달아오르잖아!"

술에 취해서 완전히 흥이 올랐군.

음. 사디나의 동생일지도 모른다는 혐의는 상당히 줄었다.

그 녀석 동생이라면 이것보단 강하겠지.

"이 자식…… 샬샬 쫌, 햐란 마리댜! 자, 술!"

모토야스 2호가 그런 태도로 조디아에게 술을 권한다.

이쯤 해서 끝내는 게 좋지 않을까?

"네에! 더 마시겠습니다!"

조디아가 점점 더 흥이 오르고 있잖아.

세인은 완강하게 술을 거부하고 있지만…….

"이거——."

세인은 가까이에 있던, 내가 모토야스 2호에게 먹이려고 했던 술을 자연스럽게 모토야스 2호에게 권한다.

"우웃, 귀여워라. 여자가 주는 술이랴니 이려케 죠을 슈가아아."

모토야스 2호는 그렇게 술잔을 받아 들고, 단숨에 들이킨다.

"윽……."

툭 하고 잔을 떨어뜨리고, 모토야스 2호는 세인을 쳐다본다.

괜한 오해를 사면 귀찮아질 것 같아서, 내가 그 시선을 차단하고 나 자신을 가리키며 웃어 보인다.

"이, 이 자식…… 속임수를 쓰다니."

"미안하지만 이제 슬슬 끝내고 싶어서 말이지."

부축하듯이 안아서 조그맣게 속삭인다. 솔직히 말해서 나는 그냥 아저씨를 보러 온 것뿐인데 왜 이렇게까지 휘둘려야 하는데?

"끄으으으……. 하다못해 여자 품속에서 실신하고 싶은데……."

무슨 유언이라도 하는 거냐? 뭐, 몇 방울 탔을 뿐이니 죽지는 않겠지.

"아, 완전히 곤죽이 돼 버렸잖아. 이제 슬슬 해산할까."

그렇게 연기하듯이 말하고, 약간 거품을 물고 있는 모토 야스 2호를 안아 일으킨다.

계산은…… 이 녀석 지갑에서 꺼내서 내도 되겠지.

"어……. 더 마시고 싶은데."

조디아가 떼를 쓴다.

"여행 중이니 놀고 싶은 기분은 이해하지만, 너무 늦게까지 놀면 내일 힘들어질걸."

"더 놀고 싶은데."

"아무리 칭얼거려 봤자, 난 가 봐야 해."

"우……. 그럼 이름 가르쳐 줘. 다음에 같이 놀자. 언제 같이 놀아 줄 거야?"

술에 취하면 태도가 완전히 애 같아지잖아, 이 여자.

가능하면 다시는 얽히지 않았으면 좋겠다.

"어차피 어딘가에서 다시 만나게 될 거야. 그때 시간 있으면 놀아 줄게."

"꼭이야? 자, 이름."

"아아, 그래그래. 이와타니 나오후미야."

"나오후미."

"친한 척 부르지 마."

술고래녀 사디나와 분위기가 비슷하잖아. 한때 옅어졌던 의혹이 다시 짙어진다.

"나오후미. 아하하~. 꼭, 다시 만나는 거야! 아하하~. 불빛 예쁘다~."

조디아는 휘청휘청 걸음을 내딛더니, 내가 부축하고 있는 모토야스 2호의 어깨를 걸머진다.

의외로 괴력의 소유자였군.

계산을 마치고 술집을 나선다.

"그럼…… 다음에 또 만나요! 무지하게, 재미있었어요! 이렇게 즐거웠던 건, 처음이었어요!"

"그래, 알았어알았어."

저 녀석도 맛이 가기 직전이군. 술고래녀만큼 잘 마시지는 못하는 모양이다.

그 녀석은 이 정도까지 취한 적이 없다.

한 번 나와 술 대결을 하다가 곤드레만드레가 된 적이 있었지만, 곧 회복해서 평소 태도로 돌아왔었다. 아니, 애초에 언제나 취해 있는 것 같은 녀석이라고 해야 할까.

"우…… 더워!"

"어이! 벗지 마!"

조디아가 옷을 벗기 시작했기에 경고한다. 어떤 종류의 아인인지 알 수 있을 것 같으니까, 이 기회에 확인할까?

"그럼 바람을 일으킬래……. 쯔바이트 윈드!"

조디아는 제법 빠른 영창으로 바람을 일으킨다.

"길거리에서 마법 쓰지 마!"

강풍에 휘말려서 흙먼지가 인다. 술주정뱅이를 상대하는 건 역시 버겁군.

아니, 게다가 또 술을 들고 있잖아. 조디아는 손에 든 술을 병째로 나발을 부는가 싶더니, 척 하고 허리를 꼿꼿이 펴고 이쪽을 돌아본다.

뭐지? 완전히 취한 것 같더니 갑자기 멀쩡해 보이잖아?

"그럼, 오늘의 만남을 기념하는 의미에서……."

그렇게 말하며, 허리춤에 찬…… 아까와는 다른 홀더에서, 한가운데에 보석이 박혀 있는 카드를 꺼내서 건넨다.

뒷면의 그림이 상당히 특이하다. 범고래 그림이 있다.

"……신기한 기분이야. 응, 당신이 마음에 든 것 같아. 내 신랑이 돼 주지 않을래?"

"무슨 소리를 하는 거야? 내가 아는 녀석 중에 비슷한 소리를 하는 녀석이 있는데……."

역시 이 여자는 사디나와 비슷하다. 설마 잠복 중인 당대 수룡의 무녀인 건 아니겠지?

"아하하, 안 돼?"

"장난하는 거냐?"

"이렇게까지 마음에 들어서 집착하는 건 처음이야…… 뭐, 이야기 속에 나오는 것 같은 연애를 하고 싶으니까 그만 돌아갈래."

그렇게 말하고, 어딘지도 모를 골목으로 깡충거리며 들어가 버렸다.

　숙소는 제대로 찾아갈 수 있는 거냐? 방향치 같은데.

　두뇌가 알코올로 오염되어 버린 건 아닐까?

　혼자서 보내도 괜찮은 건가?

　그렇게 생각하며 조디아가 간 방향으로 잠깐 쫓아가 보았
지만, 그녀는 이미 사라지고 없었다.

　"괜찮――."

　"저분, 괜찮을까요?"

　"글쎄다."

　쫓아간다고 해도 붙잡을 수 있다는 보장은 없다.

　여자 혼자 밤길을 돌아다니게 하는 건 꽤 불안하지만, 우
리도 이 술주정뱅이를 돌봐야 한다.

　쿠텐로의 치안 상태에 기대를 거는 수밖에 없다.

　"이 녀석을 아저씨한테 맡기고 빨리 저택으로 돌아가자."

　그렇게 해서 우리는 모토야스 2호를 아저씨한테 데려다
주고, 종종걸음으로 저택에 돌아갔다.

8화　누님

　"어서 오세요."

저택으로 돌아가니 라프타리아가 맞이해 주었다.

"자야 할 시간이잖아? 늦게 자면 피부 상해."

"마을에서는 아트라 씨를 제지하려는 저를 막은 적 없으시면서, 잘도 그런 말씀을 하시네요."

아, 귀가가 늦어진 게 신경 쓰이는 모양이다.

세인을 저택에 보내서 소식을 전하는 걸 깜박했었다.

"그 난봉꾼을 상대해다 보니 늦어졌어. 세인과 같이 그 녀석을 함정에 빠뜨려 줬지."

"그건 말씀 안 하셔도 되는데……. 저택 사람을 아저씨한테 보내서 소식은 들었으니까요."

"그러고 보니까 아저씨가 그런 소리를 했었지."

저택 심부름꾼이 와서 내가 어디 갔는지를 물어봤다고 그랬었다. 뭐, 어차피 금방 돌아갈 예정이었으니까 상관없겠지.

"어쨌거나 라프타리아는 먼저 들어가서 쉬어. 내일도 바빠질 테니까."

"……알았어요."

"그럼──."

"그럼 저희도 가서 쉬도록 할게요. 무슨 일 생기면 바로 달려오겠습니다."

세인도 저택에 돌아오자마자 곧바로 자러 가 버렸다.

"그러고 보니 아트라는?"

"목욕을 하고, 나오후미 님이 만드신 음식을 먹은 뒤에 잠시 수상한 움직임을 보였지만…… 일단 재워 뒀어요."

'일단'이라는 대목이 불안하지만, 이쪽은 이쪽 나름대로 소란스러웠던 모양이군.

"누님!"

그때, 포울이 라프타리아를 쫓아오듯이 달려온다.

응? 누님?

포울이 라프타리아를 누님이라고 불렀잖아? 대체 무슨 일이 있었던 거지?

내가 포울을 가리키자, 라프타리아가 약간 한숨 섞인 목소리로 대답한다.

"멋대로 날뛰는 아트라 씨에게 휘둘리는 포울 씨를 보다가 부아가 치밀어서 따끔하게 설교를 했더니, 이런 상황이 되어서……."

"무슨 일이 있었던 거지?"

라프타리아는 사건의 개요를 얘기해 주었다.

요컨대 식사 후에 저택을 뛰쳐나가서 날 쫓으려 하던 아트라와 그것을 막으려는 포울 사이에 공방전이 벌어졌고, 늘 그렇듯 포울이 패배에 내몰렸다고 한다.

가끔은 이길 때도 있지만, 그건 다른 누군가의 조력이 필요하단 말이지.

"오라버니 부탁이에요. 오늘은 오랫동안 같이 있어 드렸잖아요. 어서 길을 비켜 주세요."

아트라는 그런 식으로 회유해서, 포울을 같은 편으로 끌어들여서 저택을 탈주하려 시도했다는 모양이다.

그리고 그런 시도에 맞선 건 라프타리아와 필로와 사디나였다고 한다.

"포울 씨가 아트라 씨를 소중히 여기고 있다는 건, 지금까지 함께 행동해 오면서 잘 알고 있어요. 하지만 그 소중한 아트라 씨가 철없는 욕망을 이루려고 폭력을 휘두르는 걸 그냥 방관하는 건…… 정말로 다정한 오빠라면 해서는 안 될 짓 아닌가요?"

"우아……. 나는, 나는 아트라 편이야! 오늘은 오랫동안 나랑 같이 다녀 줬어. 그러니까 나도 그에 걸맞은 보답을 해야 해!"

포울이 라프타리아를 향해 주먹을 휘두른다.

하지만 주먹은 허공을 가르고, 반대로 라프타리아가 난폭하게 주먹을 휘두르는 포울의 뺨을 손바닥으로 후려쳤다.

물론 도의 권속기가 가진 보정 효과 때문에 대미지는 별로 들어가지 않는다.

"만약에 나오후미 님이 엉뚱한 말씀을 하신다면, 저는 그걸 바로잡기 위해서 주의를 줄 거예요. 최악의 경우…… 몸으로라도 막을 거라구요."

그렇다. 내가 잘못을 저지르려 하면, 라프타리아는 몸을 바쳐서라도 막아 준다.

분노의 방패를 처음 썼을 때가 바로 그랬었다.

그 폭주하던 부정적 감정은 지금도 똑똑히 기억하고 있다.

절대로 거기에 휘말려서는 안 된다.

그렇다. 라프타리아는 내가 잘못을 저지르지 않도록 항상 붙잡아 준다.

"그런데 포울 씨는 어떻죠? 동생 눈치 보기에만 급급하고…… 그런 식으로는 아무것도 해결 못 해요."

"우……."

"나오후미 님도 때때로 곤란해 하세요. 오빠인 당신이 주의를 주지 않으면 소중한 아트라 씨가 나오후미 님에게 미움을 받을지도 모른다구요!"

"아트라가 그 녀석에게 미움을? 그럴 리가 없어! 아트라를 미워한다니!"

"아트라 씨는 무조건 모두의 사랑을 받는다…… 설마 그렇게 생각하시는 거예요?"

"오라버니, 그런 말에 귀 기울이면 안 돼요!"

포울에게 주의를 주면서, 아트라는 라프타리아의 빈틈을 노린다.

"아, 아트라는…… 모두에게 사랑를 받는, 내 소중한 동생이야!"

"그게 정말 동생을 위한 일이냐고 묻잖아요!"

라프타리아의 호통에 포울이 겁에 질려 움찔 놀란다.

"때로는 아트라 씨의 폭주를 막아야지, 안 그러면 언젠가 아트라 씨가 눈물을 쏙 뺄 거라구요."

"뭐, 뭐라고?! 아트라가?!"

"나오후미 님이 싫어하는 게 어떤 타입인지 알아요? 남을 이용해서 발판으로 삼고, 그 사람이 괴로워하는 걸 즐기는 여자예요."

"그러고 보니…… 그 녀석, 내가 아트라에게 밟혔을 때 불쾌한 표정을 지었었어."

"네, 정말 아트라 씨를 걱정하신다면, 고삐를 꽉 틀어쥐고, 제대로 된 여자로 성장시키는 게 오빠의 역할 아닌가요?"

라프타리아는 자기 말이 뭔가 이상하다는 걸 자각하고 있을까?

오빠에게 그런 권력이 있긴 한 건가? 하긴 포울은 아트라의 오빠면서 부모 역할도 하고 있으니까 아주 틀린 말은 아닌 것 같기도 하다.

"어머나……. 라프타리아도 어지간하구나."

"으응? 필로 졸려……. 주인님 아직 안 왔어~?"

외부의 잡음 따위는 깔끔히 무시하고, 라프타리아는 포울에게 정면으로 쓴소리를 날렸다.

포울은 퍼뜩 정신을 차린 듯 라프타리아를 쳐다본다.

"……그 말이 맞아. 나는…… 나는 아트라를 너무 애지 중지한 나머지, 정작 아트라에게 중요한 걸 생각하지 않았어. 조금은 인정하고 있었지만, 아무리 그래도 그런 녀석에게 아트라를 넘겨줄 수는 없어!"

인정하고 있었던 거냐?

내가 그 자리에 있었더라면 그렇게 물었겠지.

그리고 포울은 휙 돌아서서 아트라 쪽을 향해 기술을 내쏘았다고 한다.

그것을 간파하고 종이 한 장 차이로 회피하는 아트라.

"……오라버니, 이건 무슨 장난이죠?"

"아트라, 네가 잘못된 길로 빠지는 걸, 무슨 수를 써서라도 저지하고 말겠어!"

"지금 절 배신하시는 거예요?"

"배신! 나는 언제나 네 편이야. 하지만 그렇게 철없이 굴면, 너는 네가 원하는 그 녀석의 사랑을 받을 수 없다는 걸 깨달았어. 오빠로서, 나는…… 너를 훌륭한 여인으로 성장시키고 말 거야!"

"후…… 오라버니는 저에게 대들 생각이라는 거군요. 그럼 인정사정 안 봐 주겠어요!"

이렇게 해서 포울과 아트라의 공방이 시작되고, 그 결과 오늘 밤은 포울이 승리했다는 모양이다.

어째 머리가 지끈거리기 시작했다. 이마에 손을 짚고 신음한다.

"좀 지나치게 거친 거 아냐?"

"뭐…… 저기, 제가 생각해도 괜히 벌집을 들쑤신 것 같다는 생각이 드네요."

"누님은 아무 잘못 없어!"

"실제 나이는 네가 더 많다고."

"그런 건 상관없어!"

으음……. 뭐, 덕분에 아트라에 관한 문제가 어느 정도 해결된다면, 이것도 나쁘지는 않겠지.

실트벨트 중진들 앞에서 '신=나'라는 선언을 한 것도 모자라서, 나는 절대로 틀리지 않는다는 소리까지 지껄일 정도였으니까.

설교를 해도, 내가 설교해 줬다면서 오히려 기뻐하기만 했고.

포울이 아트라를 제대로 교육시켜 준다면 반가운 일인 건 확실하다.

솔직히 아트라는 조금 더 교양을 쌓을 필요가 있다.

병약했던 시절의 아트라는 교양이 있어 보였는데 말이지……. 사랑은 사람을 변하게 만드는 건가…….

"어쨌건 모두 피곤하실 테니까, 저도 그만 잘게요."

"알았어, 잘 자. 포울은 아트라를 감시할 거냐?"

"그래. 네 명령 때문에 그러는 건 아니니까 오해하지 말라고."

"아아, 그래, 그래. 네 동생이 지나치게 폭주하지만 않는다면 난 아무 불만 없어. 적당히 상대해 주면 되니까."

"아트라한테 무슨 짓을 하려는 거냐! 설마 손대려는 꿍꿍이는——."

내가 불쾌한 얼굴로 매섭게 쏘아보는 걸 보고, 포울은 입을 다물었다.

"지금까지 나랑 같이 행동했으니, 내가 무슨 뜻으로 한 말인지는 잘 알 텐데? '적당히'라는 건, 말동무 정도라는 얘기란 말이다."

"아, 알았어."

그렇게 말하고, 포울은 불만 섞인 표정으로 떠나갔다.

아트라를 묶어 둔 곳에라도 간 건가?

피곤하니까…… 이제 그만 잠이나 잘까.

그렇게 해서 나는 그날은 그대로 취침했다.

이튿날.

낮에는 옛 도읍을 향해 이동해서, 다음 날이면 옛 도읍에 쳐들어갈 수 있을 정도의 지점까지 다다랐다.

회의가 끝난 후, 숙박 중인 숙소에서 있었던 일이다. 저택이 좁아서, 시내에서 가장 큰 숙소에 묵게 되었다.

어제에 이어서 목욕 시간 전까지 훈련을 하고 있었다.

스킬에 마력을 실을 수 없을지 여러모로 궁리하면서 에어스트 실드를 만들었다.

그리고 에어스트 실드를 찬찬히 살펴보니, 곳곳에 마력의 흐름이 약한 부분이 있음을 알 수 있었다.

"아트라."

"왜 그러세요?"

"내가 만든 마법 방패를 부숴 봐."

"네."

내가 명령하자, 아니나 다를까, 아트라는 마력이 약한 부분을 찔렀다.

쩍 하는 소리와 함께, 방패는 손쉽게 파괴된다.

역시 그랬었군.

그렇다면…… 몸속에 있는 마력과 기를 집중시켜서 스킬을 발동시켜 본다.

"에어스트 실드!"

그렇게 출현한 방패를 다시 아트라가 찔러서 파괴했다.

확인해 보니, 이번에도 힘의 흐름이 약한 부분을 찔렀음을 알 수 있었다.

역시 아트라는 어디를 찔러야 하는지 잘 알고 있군.

"별로 달라진 게 없네요."

"그러게 말야……. 실패군."

애초에 이 방법은 마법을 영창할 때 마력을 불어넣는 방법과 별 차이가 없었으니까.

『힘의 근원인 방패 용사가 명한다. 다시금 이치를 깨우쳐, 저자를 보호하라!』

"퍼스트 가드!"

마력을 가다듬어서, 통상적으로 필요한 분량을 소비했을 때, 한층 더 마력을 불어넣어서 내쏘아 본다.

……예상보다 마력 감소량이 크다. 게다가 SP까지 감소했다.

일단 성공하기는 했다.

효과는…… 자신의 스테이터스를 확인.

통상적인 퍼스트 가드보다 눈에 띄게 위력이 상승했다.

역시 그랬다.

통상적으로 마법을 사용할 때 불어넣는 마력을 조절함으로서 강약을 조절할 수 있다는 건, 마법서에 나와 있었기에 알고 있었다.

항상 가장 강하게 내쏜다고 생각하면서 사용해 왔는데, 그 이상으로도 더 강화할 수 있다는 것이리라.

으음, 마법을 습득할 때보다도 더 어려울 것 같은 예감이 든다.

세인이나 리시아의 얘기를 종합해 보면, 기와 SP가 서로 다른 요소라는 건 의심의 여지가 없다.

다만, SP와 유사한 면이 있는 건 사실이다.

이 감각을 이해하고 마력을 실을 수만 있게 된다면, 스킬을 지금보다 더 강화할 수도 있을 것 같다. 지금까지 해 온 것처럼 방패의 방어력만 가지고 상대방의 공격을 막아내는 건, 언젠가 한계가 찾아오고 말 것이다.

어쨌거나 마법의 위력을 향상시킬 수 있게 된 건 기뻐하도록 하자.

"이렇게——."

세인이 시범을 보이고 있다.

뭐지? 그냥 단순히 손을 뻗고 있는 것처럼만 보이는데…… 키르 봉제인형이 뭔가에 가로막힌 것처럼 팬터마임을 하고 있다.

"이렇게 하는 건가요?"

아트라가 그런 세인을 흉내 내서, 세인보다 더 높은 출력의…… 벽 같은 걸 출현시키고 있다.

"나오후미 님의 힘과 비슷해요! 해냈어요!"

그 말마따나, 얼핏 보면 에어스트 실드를 재현한 것처럼 보이기는 한다.

"세인 씨는 실력이 상당하신 것 같네요."

"알고 있——."

별 힘들이지 않고 쓰는 것 같은데, 왜 우리와 싸울 때는 안 썼지?

그런 생각이 들었지만…… 세인이 만들어낸 벽의 내구력으로 보아, 그렇게까지 튼튼한 벽은 만들어낼 수 없는 건지도 모르겠다.

"리시아 씨, 저는 언제쯤 돼야 배울 수 있죠?"

"조금만 더 참으세요."

우리의 대화를 지켜보며 뇌까리는 이츠키에게, 리시아가 대답한다.

"이 힘이 있으면 라프타리아 씨나 오라버니에게 밀릴 일은 없을지도 모르겠네요."

"어림없어요."

"맞아. 나를 막으려거든 막아 보시지! 아트라!"

어째 라프타리아와 포울이 아트라에 대한 투지를 불태우고 있다.

긍정적인 일 같기도 하지만…… 말려야 하려나?

"라프~."

라프짱이 라프타리아의 어깨에서 내 어깨로 옮겨 탄다.

"그러고 보니 세인, 주문한 건 완성됐어?"

"여기——."

그렇게 말하고, 세인은 내가 주문했던…… 라프짱용 무녀복을 꺼내서 건네준다.

"오오! 잘했어. 자, 자, 라프짱. 이걸 입는 거야."

"라프~?"

라프짱에게 무녀복을 입히고 새삼 확인해 본다.

응. 라프타리아가 잘 어울리는 것처럼, 라프짱에게도 딱 들어맞는군.

문제가 있다면, 평소에는 옷을 입지 않는 라프짱이 입으니 코스튬 플레이처럼 보인다는 점 정도다.

"라프~ 라프라프."

라프짱이 라프타리아를 흉내 내서 나무 막대기를 들고 포즈를 취하고 있다.

"오, 아주 좋아! 라프짱, 무녀복 라프타리아에게 지지 않도록 사람들을 매료시키는 거야."

"라프~!"

천명에 대한 신앙심이 강한 쿠텐로라면 라프짱의 매력을 이해해 주는 사람들이 있을지도 모른다. 나는 포교를 멈출 생각이 추호도 없다고.

보란 듯이 한껏 라프짱을 쓰다듬는다. 무녀복 라프타리아를 이렇게 쓰다듬었다가는 혼쭐이 날 것 같으니까 라프짱이라도 쓰다듬어야지.

"어머나어머나."

사디나가 그런 우리를 보며 미소 짓고 있다.

뭐가 그렇게 재미있는 거냐?

"큐아아아."

"필로도 그 옷 입어 보고 싶어~."

"가엘리온은 이미 금줄을 장비하고 있잖아. 필로는……
어울리려나?"

서양풍 미소녀인 필로에게 무녀복은 너무 잡탕인 것 같다.

적어도 지금 입고 있는 원피스보다는 안 어울릴 것이다.

"아마 인간 형태일 때는 안 어울릴걸."

"어…… 그럼 라프짱처럼 필로리알 모습으로 입을래~."

상상해 본다.

으음…… 어울릴지도 모르지만……. 필로리알 형태의 필
로가 쿠텐로의 도시를 걸을 때의 모습이 뇌리에 떠오른다.

"필로리알 형태일 때는 *케쇼마와시 같은 걸 걸치고 다니
잖아."

필로리알 형태일 때의 필로는 도사견 같은 화려한 케쇼마
와시를 착용한 채 도시를 돌아다니고 있다.

그런 의미에서는 가엘리온과도 잘 어울리는 한 쌍인 것
같기도 하다.

"그래도 입어 보고 싶어."

"그래, 알았어알았어. 나중에. 특이한 복장을 입고 싶다
면, 필로리알 형태로 훈도시 같은 걸 입어 보는 건 어때?"

"키르 군이 입는 거잖아? 좀 이상한 거 아냐?"

"무녀복보다는 잘 어울릴 것 같은데."

메르티가 보면 화낼 것 같은 차림이긴 하지만.

---

* 케쇼마와시 : 스모 선수들이 의식을 치를 때 허리에 두르는, 앞치마 형태의 옷.

그나저나 방금 그 말은 결국 키르가 이상하다는 뜻이 되는 것 같은데…….

"그런가?"

"잠깐만요! 어, 어째서 라프짱이 무녀복을 입은 거죠?!"

그 사실을 눈치챈 라프타리아가 소리쳤지만, 뭐, 굳이 신경 쓸 것 없겠지.

이윽고 날이 저물기 시작했다.

오늘은 밤의 퍼레이드는 하지 않는다. 낮에 한 거나 마찬가지니까.

"아아, 나오후미 님, 오늘은 기필코 함께하고 싶어요."

"아까 잔뜩 같이 훈련했잖아."

"아직 부족해요. 계속계~속 함께하고 싶어요."

"목욕까지 같이 하자는 건 좀 곤란한데. 포울, 이 정도 의미는 너도 알지?"

"아, 알고 말고!"

포울에게 고삐를 잡힌 아트라는 여전히 저항하려고 애썼지만, 상황이 여의치 못하다.

"그럼 목욕하러 갔다 올게."

"옛 도읍과 그 인근에는 저주에 잘 통하는 온천도 있다는 모양이에요. 여기 목욕탕도 온천이라고 했어요."

라프타리아의 말에 고개를 끄덕인다.

카르밀라 섬의 온천 같은 곳이 있는 모양이군.

그거 좋은데. 저주를 입은 지금의 우리한테 딱 안성맞춤이야!

"같이 목욕하고 싶어요."

"그런 짓을 하게 내버려둘 수는 없어! 아트라의 알몸을 보여줄 수는 없지!"

아트라의 말에 살짝 움찔한다.

라프타리아나 필로와는 같이 목욕한 적이 있었단 말이지.

뭐, 라프타리아는 딸 같은 아이니까 그렇게 신경 쓸 필요는 없겠지만.

"이 누나는 나오후미랑 목욕하는 것도 괜찮은데~."

"변태가 여기에도 있었군."

"어~? 이 누나랑 같이 목욕하는 건 싫으니?"

그러면서 사디나가 뒤에서 끌어안는다.

"미안하지만 관심 없어."

"쿠텐로는 혼욕탕이 많은데 말야."

그러고 보니 공중목욕탕이 있었지……. 에도에도 비슷한 공중목욕탕이 있었다고 들었다.

"키즈나 씨 세계에서도 장소에 따라서는 혼욕을 하는 곳이 있었어요. 라르크 씨가 들어가려다가 글래스 씨한테 혼나는 걸 봤어요."

"맛이 가기 전의 모토야스와 같이 훔쳐보려고 한 적도 있었지. 그때 녀석이 말하기는, 로망이라나 뭐라나."

라르크 정도의 지위가 있으면 여자는 얼마든지 골라잡을 수 있으련만. 본인은 테리스가 제일이라는 태도였지만.

"그건 그거고 이건 이거라고 하셨어요."

그 녀석답군. 그 광경이 눈에 선하게 떠오른다.

"어찌 됐건, 목욕탕에 변태들이 들어오지 못하도록 감시해 둬."

"알았어요."

여자가 남탕에 들어가려고 든다……. 뭔가 잘못된 것 같은 느낌이지만, 그냥 무시하기로 하자.

그렇게 해서 나는 온천욕을 하러 갔다.

"아아, 나오후미 님! 오라버니, 오늘은 절대로 용서 못 해요!"

"용서 안 해도 좋아. 나는 제 발로 사내놈과 같이 목욕을 하려는 아트라를 기필코 막아내야 해. 그런 천박한 여자는 못써. 동생을 근사한 여자로 키우기 위해서라도, 나는 마음을 독하게 먹기로 했어."

"저는 이미 근사하다구요!"

"아니…… 적어도 남탕으로 돌격하려 드는 여자를 보고 근사하다고 하지는 못할 것 같은데."

오늘도 우당쾅쾅 시끌벅적한 녀석들이군.

키즈나라…… 그 시절에 비하면 떠들썩해졌군……. 싫은 건 아니지만, 그래도 정도껏 좀 해 줬으면 좋겠다.

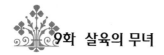# 9화 살육의 무녀

"후우……."

숙소 목욕탕에 들어가서 한숨을 쉰다.

물에서 김이 모락모락 짙게 피어오른다. 먼저 몸을 씻고 탕에 들어가야겠군.

"어머~?"

……엄청나게 불길한 목소리가 들려왔다.

목소리가 난 쪽을 돌아보니, 어째선지 조디아가 먼저 욕탕에 들어가서 이쪽을 쳐다보고 있다.

옷 입은 채로 욕탕에 들어가다니, 신선한 발상이군.

"안녕, 나오후미. 이런 곳에서 만나다니, 별일도 다 있네."

"……남탕에 우연히 들어온다는 게 말이 돼? 그리고 친하게 부르지 말라고 했을 텐데."

"여기가 남탕이야? 여기저기 헤매다 보니까 여기로 들어왔지 뭐야."

굉장한 녀석이네……. 방향치라는 건 알고 있었지만, 실수로 남탕으로 들어온다는 게 있을 수 있는 일인가?

다만 어제 일을 생각하면 그럴 가능성도 충분하게 느껴진다는 게 더 무섭다.

"그러고 보니 이거 온수였구나. 찬물인 줄 알았어."

"아직 술기운이 덜 빠진 거냐?"

"이젠 다 깼어……."

"아, 그러셔."

조디아가 욕조 밖으로 나와서 내게 다가온다.

"괜찮으면 등 밀어 줄까?"

"남탕에서 나가기나 해."

"어머~ 촉촉하게 젖은 내가 신경 안 쓰여?"

이 녀석은 또 무슨 뚱딴지같은 소리야?

다른 녀석들이 이 상황을 보기라도 하면, 어떤 야단법석이 벌어질지 상상도 안 갈 지경이다.

방향치라서 길을 헤매다 들어왔다는 건, 누가 봐도 말이 안 되는 상황이란 말이다.

신속하게 조디아를 여기서 쫓아내고 싶다.

"관심 없어."

"너무 고지식해. 좀 더 유연하게 사는 게 어때?"

"싫어."

"으응……. 목욕 끝나고 같이 안 놀래?"

"어제 한 약속 말야?"

내 질문에 조디아가 고개를 끄덕인다. 확인을 위해 경비 녀석들을 불러서 함정을 팔까?

"내가 지면 벗을게."

"벗지 마. 그냥 카드 게임이잖아. 그리고 화제를 엉뚱한 데로 끌고 가지 마."

"그럼 카드만 갖고 놀자. 더 가르쳐 줘서 즐기고 싶어."

나를 믿고 놀러 온 모양이다. 만약에 정말로 사디나의 여동생이기라도 하다면…… 배신자가 되는 셈인가?

가능하면 내 착각이었으면 좋겠지만…… 만약에 정말 사디나의 여동생이라면 계속 말을 걸어서 붙들어 둬야겠다.

"……그럼 일단, 탈의실 의자에 앉아 있어."

"네에."

"일단 확인해 보겠는데, 오늘은 뭐 하러 여기에 온 거지?"

"천명님을 보러."

"아직 못 봤어?"

방향치인 것도 정도가 있잖아.

내 예측이 들렸다면, 목욕 후에 게임도 할 겸 라프타리아와 동료들도 소개해 줘야겠다.

그렇게 생각하고 있으려니, 조디아는 탈의실 쪽으로 걸어갔다.

나 원 참…… 그렇게 생각한 직후, 바람이 분다.

벌써 나간 건가?

그렇게 생각하고 잽싸게 목욕을 마쳤는데.

"후우……. 어이, 나 나왔어. 놀아 줄 테니까……."

조디아 녀석이 없다.

"어이."

아무리 불러도 안 나온다. 혼자 여탕에라도 들어간 건가?

애초에 이 숙소는 우리가 전세를 냈으니, 이상한 곳에 낯선 녀석이 있으면 소란이 일어날 것이다.

"아, 주인님 목욕 다 했어~?"

"라프~."

필로와 라프짱이 나타났다.

그 외에도 시끌벅적한 소리가 들려온다. 아트라 남매의 공방이 계속되고 있는 모양이다.

"그래. 그런데 필로, 라프짱, 여탕을 좀 보고 와 줄래? 조디아라는 여자가 있을지도 몰라."

"응? 알았어~."

"라프~"

필로와 라프짱이 여탕을 보러 갔다가, 금방 돌아온다.

"없는데?"

"라프~?"

"으음……. 여탕에도 없으면, 어딜 간 거지?"

설마 아까 바람이 불었을 때 어딘가로 사라진 건가?

아마 또 어딘가에서 길을 잃고 헤매고 있겠지. 다음에 만났을 때는 분명히 주의를 줘야겠다.

신출귀몰한 방향치 여자를 조심해야겠다. 잘 때 튀어나올까 봐 무섭다.

"나오후미 니이이이이임!"

"아직도 떠들고 있는 거냐. 시끄러운 녀석들이네……."

"세인 언니한테 배운 기술로 라프타리아 언니네랑 놀고 있어."

흐음……. 아트라가 착실하게 강해져 가고 있다는 건 사실이겠지.

라프타리아나 포울도 지고만 있지는 않을 테지만.

"사디나 언니가 재미있을 것 같다면서 아트라를 도와주고 있어~. 주인님과 혼욕하는 게 재미있을 것 같다면서."

"그 술고래녀, 쓸데없는 짓을……."

결전이 코앞이건만, 이런 시시한 장난이나 치고 있으면 어쩌자는 거냐.

"어쨌든, 그딴 싸움은 후딱 뜯어말리러 가야겠군."

"응. 주인님이랑 같이 목욕하고 싶으면 그냥 울타리를 넘기만 하면 되는데 말야."

"라프~."

……이번에는 시도하지 않았지만, 필로는 손쉽게 돌파할 수 있는 방법을 알고 있었던 것이다.

이쪽도 나중에 단단히 주의를 줘야겠다.

이렇게 해서 아트라 일행에게로 돌아가니, 그제야 소란도 잦아들었다.

"오늘도 참 즐거운 하루였지, 나오후미?"

"뻔뻔하게 잘도 그런 소리를 하는군."

목욕을 마치고 나온 사디나가 부채질로 더위를 식히면서 정원을 보고 말했다.

라프타리아와 다른 동료들은 피곤했는지 일찍 잠들었다.

아트라는 결박당한 채 나뒹군 끝에, 포울의 감시하에 자는 신세가 되었다.

요즘 워낙 심하게 설쳤으니까 좋은 약이 될지도 모른다.

그리고 사디나는 유유자적하게 목욕 후의 술을 마시기 시작한다.

요 며칠 동안의 강행군과 훈련 때문에, 라프타리아와 동료들도 상당히 피로한 기색이 드러나기 시작했군…… 아니, 오히려 안 지치는 게 더 이상하겠지.

나는 어떠냐고? 나는 생각보다 안 피곤하다.

기 사용법도 이제 대강 감을 잡은 데다, 방어 전문이라서 크게 돌아다닐 필요가 없었던 덕분인지도 모른다. 다음에 라프타리아와 동료들에게 영양제라도 지급하는 게 좋을지도 모르겠다.

"그런데 나오후미, 이 누나는 무슨 용건으로 부른 거니?"

"뭐, 이것저것."

"그럼 이 누나는 옷을 벗고 스탠바이하면 되려나?"

"왜 그렇게 되는 건데?!"

나 참……. 어째 요즘 들어 이런 녀석들과 얽히는 일이 늘어난 것 같은 기분이 드는데.

나는 이 세계에서 처자식을 가질 생각 따윈 없다고.

"생각해 보면 라프타리아의 집안에 대해서는 어느 정도 들었지만, 그 외에도 모르는 게 잔뜩 있어. 이쯤 해서 물어보지 않으면 여러모로 말썽이 일어날 것 같아서 말이지."

"어머나, 그런 거였니? 혁명파 사람들에게 물어보면 어느 정도는 알 수 있을 텐데."

"그런다고 해도 너무 단편적이야. 사디나, 너만 해도 그래. 네 경력 자체에도 수수께끼가 많잖아. 여동생도 있다는 모양이고."

"나오후미, 미스터리어스한 여자는 남자들을 매혹시키는 법이라구."

"말장난은 작작 좀 해. 우리는 라프타리아 문제를 정리하려고 쿠텐로에까지 쳐들어온 거라고."

내 질문에, 사디나는 술을 한 잔 마시고는 내게 시선을 돌리며 쿵 하고 술병을 내려놓는다.

응? 술잔이 내 반대쪽에 있는데?

"알았어. 여기까지 왔으니 더 자세하게 설명해 두는 게 좋을지도 모르겠구나."

그 목소리는 평소의 익살스러운 분위기와는 다르게 느껴졌다.

쿠텐로의 습격자들이 덮치기 전에, 라프타리아에게 술을 먹여서 잠재우고 이야기를 나누던 때의 목소리와 비슷하다.

이제야 진지하게 이야기할 생각이 들었나 보군.

"그럼 먼저 뭐가 궁금하지? 라프타리아 부모님에 대한 건 이미 알고 있잖니?"

천명의 혈족이고, 후계자 분쟁에 넌덜머리가 나서 나라를 떠났다……. 거기까지는 알고 있다.

"그걸 네 입을 통해서 듣고 싶기도 하지만…… 사디나, 그 전에 먼저 너에 대한 것부터 물어보는 게 좋을 것 같다는 생각이 들어."

사디나는 여러모로 인맥이 넓고, 때때로 수룡의 무녀, 혹은 살육의 무녀 같은 호칭으로 불리곤 한다.

여러 가지 관직명을 갖고 있다는 것 정도는 알고 있지만, 그 이외에도 물어봐야 할 것들이 많다. 특히 동족들을 상대로 싸울 때도 인정사정 봐주지 않는 점에 대해서라든가.

최근에는 생포되는 경우도 늘었지만, 쿠텐로에 들어오기 전에는 자해하는 자들도 많았다.

"너는 동족들 중에서도 극단적으로 강하고, 너와 같은 마법을 쓰는 녀석은 본 적이 없어."

지금까지 사디나의 동족으로 보이는 녀석들과도 몇 번인가 교전했었지만, 사디나와 같은 번개 마법을 쓰는 녀석은 하나도 없었다.

사디나 수준의 녀석들이 널려 있을 줄 알았는데, 그 정도 수준까지는 찾아볼 수 없었다.

그래도 용사의 무기를 무력화시킨 상태에서 벌이는, 기술적 우위를 활용한 전법에는 제법 고전했지만 말이지.

"어머나, 그러고 보니 그럴지도 모르겠네……. 지금까지 열심히 애써 준 나오후미한테는 이 누나에 대해서 얘기해도 되려나?"

익살맞은 분위기를 완전히 지우고, 이윽고 사디나는 얘기를 시작했다.

"이 누나가 살던 마을, 아니 집락은 같은 종족 안에서도 여러모로 유난히 복잡한 곳이어서 말야."

"동족들 가운데서도 서로 차이가 있다는 거야?"

똑같이 범고래라 불리는 생물에도 하위분류가 존재한다. 비교해 보면 여러모로 다른 것이다.

물고기를 주식으로 삼는 레지던트(Resident)와 포유류도 먹는 트랜젠트(Transient), 그밖에 무슨 기준으로 분류된 건지 잘 이해가 안 되는 오프쇼어(Offshore) 등, 도합 네 종류가 관측된 상태다. 사디나의 종족에도 그렇게 비슷하면서도 다른 종족이 있다는 것이리라.

"아인과 수인의 모습에 유난히 집착할 때가 있지? 뭔가 이유라도 있는 거야?"

"최대한 유능하게 보이기 위해서 수인 형태로 지내는 경우가 있어. 아인 형태는 사람들의 이목을 피하고 싶을 때 말고는 웬만하면 안 쓰려고 하는 건, 실트벨트에서도 그랬었지?"

바르나르 같은 녀석들이 그런 점에 신경을 썼던 게 기억난다.

아인 형태라는 건, 상대에 대한 적의가 없음을 나타내는 것으로 여겨졌었다.

사디나는 평소에 수인 형태로 지내면서 그 모습을 사람들에게 각인시키고, 아인 형태는 잠복용으로 용도를 한정하는 것이리라.

"쿠텐로 안에서, 우리 *사카마타 종은 근린종(近隣種)과 같은 종족으로 취급되고 있지만."

아까 생각한 범고래 이야기와 비슷한 거겠지.

아인으로 변신하는 능력이 없는 자들은 루카 종이라 부른다고 한다. 그들은 가깝지만 다른 종족으로 취급되며, 사카마타 종과도 다른 종으로 여겨진다는 모양이다.

"……이 누나가 살던 곳은 조금 더 혈통에 대한 집착이 강한 곳이었어. 인간들 중에서도 혈통에 집착하는 곳이 있잖니?"

"그건 그래. 메르로마르크는 아주 노골적이었고."

여왕이나 메르티만 봐도 다들 좋은 집안 출신이고, 혈통

---

* 사카마타(鯱) : 일본어로 범고래.

에 관해서는 깐깐하게 구는 걸 접한 적이 있다.

윗치가 나에게 누명을 씌운 걸 안 여왕이, 용사의 혈통 운운하면서 화를 내기도 했었다.

방패 용사의 아이를 가진다면—— 이런 식의 이야기였지.

"이 누나는 말이지, 수룡님을 받드는 가문이면서, 천명님이 내린 처분의 대행자, 다시 말해 처형을 관장하는 가문이기도 해. 요컨대 더러운 일을 맡는 가문이지."

"바로 그 점이야."

사디나를 대신하겠다고 동생을 낳아서 그 자리를 채우다니, 완전히 막장 집안이잖아.

"어머나?"

"수룡을 받드는 가문이 라프타리아 가문의 대행자라는 게 뭔가 좀 안 맞는 것 같은데."

"뭐, 방금도 말했다시피, 고귀한 신분을 가진 사람들을 위해서 지저분한 일을 하는 역할이라는 거야. 명목상으로는, 신의 처분이라는 식으로 취급되지만."

으음? 어째 좀 복잡한 직책이군.

"한마디로 수룡과 천명의 잡일 담당?"

"어머나, 듣고 보니까 딱 들어맞는 표현인걸. 두 개의 신을 모시는 무녀라는 정도의 위치라고 생각하면 맞을 거야."

"그래서? 사디나 네가 번개 마법을 사용할 줄 아는 건, 뭔가 특별한 가호 같은 걸 받아서 그런 거야?"

사디나는 근접전과 마법, 양쪽 모두에 능통한 데다, 합창마법까지 영창할 수 있는, 그야말로 만능 전사 같은 느낌이다.

전투에 관해서는 원래부터 갖고 있었던 능력치 면을 제외하더라도, 스펙이 너무나도 높다.

"꺄아, 나오후미가 이 누나에 대해서 궁금해하다니~."

"말장난 마."

이렇게 말장난으로 논점을 흐리는 데 이골이 난 사디나지만, 누가 놓칠 줄 알고?

"……이 누나가 번개 마법을 사용할 줄 아는 건 타고난 거야. 희귀한 경우라는 모양이지만 말야. 우리 가문 조상들 중에는 쓸 줄 아는 사람도 있었다니까, 아마 가문의 영향 아닐까?"

"흐음……. 타고난 거란 말이지."

"사카마타 종이나 루카 종은 기본적으로 물 계열 마법의 자질을 타고나지만 말야. 이 누나의 가문은 다른 자질을 갖고 태어나는 경우가 꽤 많아."

"가문의 자질이라는 거야?"

"그럴지도 모르지. 하지만, 이 누나는 그 중에서도 유난히 희귀한 경우라나 봐. 나오후미가 술을 마셔도 안 취하는 거랑 똑같이."

그렇게 말하면 대꾸할 말이 없다.

루코르 열매를 먹고 있으면 다들 뜨악한 눈으로 쳐다본

다. 못 먹을 음식을 먹는 것으로 받아들여지는 모양이다.

"나는 이제 막 철이 들었을 때부터 나한테 번개 마법의 자질이 있다는 걸 알고 사용해 왔어."

……물속에서 고전압 번개를 마음대로 다룰 수 있다면, 그야 강한 게 당연하겠지.

그러고 보면 사디나가 위기에 내몰린 건, 우리와 싸웠을 때 이외에는 거의 없었다.

그때도 마음먹고 싸웠다면 우리가 이겼으리라는 보장이 없었고.

완전히 봉쇄당한 건, 마룡과의 전투 때 정도였던가?

"우리 집안 자체도 대대로 수룡님을 따르는 가문이었잖아? 꽤 어린 나이에 무녀 일을 맡기 시작해서, 이 누나는 어린 나이에 강제로 급성장을 하게 됐어."

아인과 수인은 레벨 상승을 통해 성장을 가속화할 수 있다.

라프타리아만 해도 외모와 실제 나이에 커다란 차이가 있고 말이지.

사디나는 어린 시절부터 영재 교육을 받아 왔었다는 건가?

"그래서 그 뒤로는 마을이나 국가의 일을 하게 됐어. 그러니까 이 누나는 또래 친구가 얼마 없어."

"아, 그래……."

"나 참, 나오후미는 반응이 너무 시원찮다니까~."

"그래, 그래. 그런 처지에서 어떻게 그런 성격이 된 거지?"

"글쎄? 이 누나는 자기 성격이 어떻다느니 하는 자각이 별로 없는걸."

……그 성격, 타고난 거냐?

"그리고 무술의 경우는, 익히고 싶은 게 있으면 옛 도읍에 있는 천명님의 성에 가서 거기 모여 있던 무인들에게서 얼마든지 지도를 받을 수 있었던 덕분일 거야. 꽤 많은 사람들한테서 지도를 받았거든."

"별일 아니라는 듯이 얘기하는군."

"이 누나도 아트라 같은 천재일지 모른다고 자만해도 되겠니?"

"자만을 굳이 허락받고 할 필요는 없을 것 같은데……."

확실히 전투 센스를 비롯한 여러 면에서 높은 스펙을 뽐내는 괴물로 보이는 것도 사실이다.

오히려 못 하는 게 뭔지를 물어보고 싶을 지경이다.

아트라처럼 보고 습득하는 능력을 가진 점으로 보아, 본인의 말마따나 사디나도 아트라 수준의 전투 센스를 갖고 있다고 봐도 좋을 것이다.

"확실히 전투 센스 하나는 압도적이긴 하지."

"나오후미한테 칭찬받았다! 에헷!"

"재수 없게 웃지 마!"

"뭐, 훈련 뒤에 나오는 술을 마시러 훈련하러 갔지만."

"결국은 술이군. 그나저나 그때부터 벌써 술고래였냐?"

"그랬었지……. 지금 돌이켜보면, 현실도피를 하고 싶었던 거였다고나 할까? 집안의 기대가 부담스럽기도 했고."

"그 시절의 너였더라면 지금보다는 말이 통할 것 같군."

내 말에 사디나가 쓴웃음을 짓는다.

"그 시절에 나오후미를 만났더라면, 아트라처럼 됐을지도 모르겠는걸."

지금도 별로 다를 거 없는데? 라고 생각했지만 꾹 참는다.

사디나가 마음먹고 덤벼들면 라프타리아나 포울의 힘만 가지고는 막기 힘들 것 같은 느낌이 든다.

"얘기가 곁길로 샜네. 이 누나가 하던 일은 세 가지. 우선 수룡님의 무녀로서 하는 일이야. 이건 수룡님의 목소리를 듣고, 가호를 받아서 신사의 행사를 주관하는 것. 뭐, 신사의 일은 부모님이 했으니까, 난 수룡님이랑 얘기한 게 전부였지만."

사디나가 무녀라. 불량 무녀 같은 이미지군.

신주(神酒)를 훔쳐 마시는 광경이 뇌리에 떠오른다.

"지금도 축문 같은 건 읊을 수 있다구~."

"호오."

"이 누나의 무녀 일에 대해서는 관심 없니?"

"솔직히 말해서, 경위만 들으면 돼."

"과거에 연연하지 않다니, 나오후미는 참 멋지다니까."

"뭐가 멋지다는 거야……."

방금 내가 한 말은 꽤 잔혹한 말이었던 것 같은데?

"다음은 천명님의 무녀 역할이야. 이쪽은 우리 말고도 여러 무녀들이나 신주들이 있어. 이 누나는 솔직히 말하자면 종족 대표라고나 할까? 여차하면 권위의 상징으로 이런저런 싸움에 나서는 역할이었어."

"무녀라기보다는 장군?"

"그 표현도 틀리지는 않아. 신을 섬기는 입장이니까 무녀나 신주로 취급하긴 했지만. 나오후미가 단골로 다니는 무기 상인의 스승 알지? 그 사람도 직책으로만 따지자면 신주야."

그 헌팅남이 신주라니.

다시 말해 무녀나 신주라는 건, 유능한 장군이나 장인에게 주는 작위 같은 건가. 으음. 역시 독자적인 문화 체계를 갖고 있군.

"그리고 그 연장선상에서 국가의 어두운 일을 담당하는 게, 수룡의 무녀를 맡는 사카마타 종 대표라는 얘기야."

"집행인 같은 거야? 죄인을 처형하는 역할 말야."

"그래. 이 누나의 역할 중에는 집행인도 있었어. 그래서 살육의 무녀라고 불리기도 하는 거구."

"그랬었군."

국내에 있었던 시절의 사디나가 상당히 뒤틀린 지위에 있었으리라는 걸 짐작할 수 있었다.

내가 모르는 이야기들도 이것저것 많을 것 같고.

"번개 마법으로 감전사시키거나, 칼로 참수하거나, 작살로 찔러 죽이거나…… 다양한 처형 방법을 써야만 했어."

"……"

"어떤 방식으로 처형할지는, 죄목에 따라서 세세하게 지정돼 있어서 말이지. 작은 나라라도 규정이 엄청나게 많아. 게다가 나라에 말썽이 있을 때마다 동원되기도 하고."

내가 가진 처형에 관한 지식은 기껏해야 잔혹한 묘사가 있는 만화나 게임, 그 외에 인터넷에서 본 옛날 처형 관련 자료 정도가 고작이다. 그렇기에 고문에 시달리던 라프타리아의 고통에 대해서도 추측밖에 할 수 없다.

"이 누나의 재량으로, 사형 대상자와 대결을 한 적도 있었어. 이 누나를 이기면 무죄 방면해 주는 식으로. 그러는 편이 상대방도 납득할 수 있었거든. 죽기 전에 결투로 정리할 수 있다면서."

사디나의 포지션은 원하지도 않는 처형 일을 직책 때문에 떠맡은 느낌이다. 그래서 승부를 벌여서 죄책감을 경감시켰던 것이리라.

그런 사고방식을 긍정할 생각은 없지만, 어차피 누군가는 해야 할 일이리라.

정의의 악행이라고 해야 할까.

어떤 의미에서는, 사디나는 인간으로서의 한 부분이 망가져 버린 건지도 모른다.

하지만 그것을 자각한 채로 극복해 온 것이다.

사디나는 나보다 연상이지만, 어쩐지 나약한 부분이 있는 것처럼 느껴졌다.

"그랬군."

안이하게 동정하고 이해하는 척을 하는 건 쉬운 일이다.

하지만 그런 식으로는 사디나에게 위로가 돼 줄 수 없다.

내가 할 수 있는 일이라고는 그저 곁에 앉아서 묵묵히 이야기를 들어주는 것밖에 없을 것이다.

"……."

사디나는 술이 든 병을 흔들어 보이고, 잔을 꺼내서 내게 따라준다.

동정 같은 건 원하지 않으니, 그저 들어주기만 하면 된다는 의미이리라.

나는 술이 든 잔을 받아 들고, 단번에 들이켰다.

깔깔 웃는 사디나는 허세를 부리는 게 아니라, 순수하게 이 시간을 즐기고 있는 것처럼 보였다. 어쩌면 사디나는 지금까지 내가 해 왔던 고생을 그대로 똑같이 겪었더라도, 지금처럼 웃고 있었을지도 모르겠다.

지금까지도 과거에 누명을 뒤집어쓴 기억에서 벗어나지 못하는 내가 어리석게 느껴지는군.

뭐, 그렇다고 해서 완전히 잊을 수는 없겠지만.

"꽤 고민이 많았을 것 같은 직장이군."

"그런가?"

"그래."

"이 누나의 고민은 신탁이 없었던 것 정도밖에 없었는데?"

"아아, 그 수상쩍은 자질 말이지?"

내가 그렇게 말하자 사디나는 깔깔대며 웃었다.

술에 취해서 웃을 때와는 약간 다른 느낌의 웃음이다.

"이 누나도 그 시절에는 연기 실력이 형편없어서, 진지하게 고민했거든."

지금은 아예 본심을 전혀 안 드러내잖아!

"천명님의 축복을 받으면, 더 굉장한 걸 할 수 있게 된대. 그게 바로 앵천명석이었을 테지. 이 누나가 있던 시절에는 이렇게 막 뿌려대지는 않았었지만."

천명에게 축복을 얼마 받지 못했다는 사실이, 그 시절의 사디나에게는 콤플렉스였던 걸까?

"그 탓에 이 누나는 부모님한테 꽤 심하게 타박을 받았지 뭐야. 부모다운 일은 하나도 안 해 줬으면서."

"부모님이 사디나에게 일을 모조리 떠넘긴 모양이지?"

"그래. 이 누나가 갓 철이 들었을 때부터 이미 힘으로는 이길 자신이 없었던 모양이라서."

"네 부모님이 약한 게 아니라 네가 강했던 거겠지. 신탁이라는 능력을 못 가졌던 건, 사디나가 술을 너무 잘 마셔서 마음이 폭주하지 못했던 것뿐이었을 거야."

"어머나."

내 말에 사디나가 웃는다.

"그래. 일하면서 딱히 실수한 적도 없었고, 신탁의 재능만 있었다면 역대 최고의 무녀가 됐을 거라는 소리를 들었어."

"술에 취하는 게 재능이라면, 나는 세상에서 제일 무능한 놈이 되는 셈이야."

"하긴 그렇겠네. 지금 생각해 보면 참 바보 같은 일이었어. 신탁 능력이 있다는 사람들이라는 건, 술에 잔뜩 취해서 조상님이 강림하셨다~ 라는 있지도 않은 소리를 하던 것뿐이었을 거야."

정신 나간 환경이군. 넓은 시야를 갖지 않으면 그게 이상하다는 걸 느끼기 힘들었을 것이다.

어째 사디나가 불쌍하게 느껴지기 시작하는데.

나도 부모님의 방임 속에서 자라 온 편이다.

뭐, 본인도 자각하고 있었으니 어쩔 수 없지만.

나도 이제 이 정도 나이를 먹어서 그럭저럭 세상 물정을 이해하게 됐기에 하는 말이지만, 부모 자식 간에도 상성이라는 게 있다.

어느 한쪽이 일방적으로 나쁜 건 아니지만, 상성이 맞지 않았던 경험은 다소 있었다.

하지만 사디나의 집안은 단순히 그런 식으로 치부하기에

는 지나치게 일그러져 있다.

……사디나는 아이의 즐거움도 모른 채 어른이 돼 버린 것일이 아닐까?

내가 라프타리아에게 한 짓도 결국은 그런 일이 아닐까 하는 생각이 든다.

라프타리아에게도 아이처럼 천진난만하게 즐길 시간이 좀 더 필요했던 것 아닐까?

"그 시절의 천명님은 라프타리아의 할아버지에 해당하는 분이었어. 자주 병으로 앓아눕는 분이었지. 신탁을 받지 못하는 더러운 무녀라면서, 마키나와 함께 나를 얼마나 욕했는지 몰라."

"재수 없는 놈이군."

"내 힘으로는 어떻게 할 수가 없었어. 결국 그런 날이 죽을 때까지 계속될 거라는 절망에 빠질 때쯤, 라프타리아의 아버지를 만난 거야."

사디나는 추억을 곱씹듯이 밤하늘을 올려다본다.

"당시에는 차기 천명 후보였겠지?"

"그래. 더없이 책임감이 강하고, 영리하고, 항상 사람을 끌어모으는 매력이 있는 사람이었어."

사디나는 그렇게 말하면서 나를 쳐다본다.

"왜 그래?"

"마을 아이들을 돌보던 나오후미의 모습과 비슷한 느낌

을 가진 분이었거든. 나오후미보다는 조금 더 부드러운 느낌이랄까. 그치만 다정한 면이 쏙 빼닮았어."

"무슨 소릴 하는 건지 원……."

뭐, 라프타리아의 부모 구실을 하고 있으니, 자연스럽게 겹쳐 보이는 건지도 모르지만.

나는 다정한 놈이 아니다. 독재자니까 말이지.

"욕을 먹은 이 누나를 격려해 주고, 무슨 일이 있을 때마다 말을 걸어 줬어. 많은 얘기를 나눴었지."

첫 만남이라.

어떤 일이든 척척 해내는 사디나도 고생하던 시절이 있었다는 거군.

"그리고 술도 엄청나게 잘 마셨어. 이 누나랑도 그럭저럭 맞상대할 수 있을 덩도로."

사디나는 어쩐지 흥이 나서 나를 보며 웃는다.

"나오후미랑 만날 때까지는 1등이었던 사람이야."

"아아, 넌 술 잘 마시는 사람을 좋아한댔지? 그렇다면 이성으로서 좋아했다는 거군."

"으음…… 그런 관계가 아니었어. 물론 좋아하는 감정이 있기는 했지. 그치만 나한테는 전혀 관심을 안 줬고, 이 누나도 그런 얘기는 거의 안 했거든."

뭐야? 틈만 나면 나를 유혹하려 드는 주제에, 라프타리아 아버지에게는 말도 못 붙였다고?

"라프타리아의 아버지는 천명님의 아이들 가운데 계승권 순위가 가장 높았던 사람이었는데, 배다른 형제자매들이 몇 명 더 있었어."

암살 등등 파란만장한 일들이 있었다던가……. 라르바가 그런 이야기를 했었다.

"뭐, 됐어. 하던 얘기 계속해."

"라프타리아의 아버지는, 남몰래 이 누나를 옛 도읍 여기저기에 안내해 줬어."

"호오……."

"센스가 있는 사람이었지만, 그만큼 여러모로 험한 일도 많이 겪은 느낌이었어. 이 누나한테 말을 건 것도 집행인이 어떤 일을 하는 건지 궁금해서 그런 거였다는 모양이야."

"'호기심은 고양이를 죽인다'는 속담도 있으니까. 괜히 여기저기서 귀찮은 일에 휘말리는 녀석이었나 보군."

"그럴지도 모르지. 그래서 이 누나를 도와준 걸 테고. 그 시절에 이 누나는 심적으로 많이 내몰려 있었거든."

상당히 험한 성장 환경이었으니까.

다소 성격이 틀어지는 것도 무리는 아닐 것이다.

"이 누나의 일에 대해서 듣고, 경솔하게 물어봐서 미안하다고 사과한 게 인상적이었어."

"그렇게 말한 사람은 라프타리아의 아버지가 처음이었다는 거군."

사디나는 평소의 장난스러운 분위기를 찾아볼 수 없는 얼굴로, 하늘을 우러러보고 있다.

"역시 좋아했었던 거 아냐?"

"으음……. 그거랑은 좀 다른 것 같아. 이렇게 나오후미를 만난 뒤에 비교해 보니까 말야."

　또 무슨 소리를……. 하지만, 사디나 본인이 그렇게 얘기하는 거니까, 그 말이 맞겠지.

"그리고 라프타리아의 아버지는 좋아하는 사람이 있었는걸."

"라프타리아 어머니 말야?"

　사디나는 가만히 고개를 끄덕였다. 뭔가 떠오르는 게 있었던 걸까?

"라쿤 종은 천명님의 먼 혈족에 해당하는 종이었다고 그랬지 아마? 그치만 라프타리아의 아버지는 그런 거랑 상관없이 라프타리아 어머니를 선택했겠지만."

"어떤 계기로 만나게 된 거지?"

"라프타리아의 어머니는 원래 성에서 시녀 일을 하고 있던 사람이었어. 요리 솜씨도 뛰어난 데다 다른 집안일도 잘했지. 머리도 좋고 다정하고…… 아주 가정적인 어머니였어. 라프타리아 아버지가 더 열성적으로 달려들었는데, 꼬드기는 데 꽤나 애를 먹었어."

　대답하는 사디나의 말투로 미루어 보아, 뭔가 훈훈한 광경이었음을 짐작할 수 있었다.

"그런 나날이 한참 이어졌을 때쯤이었어. 천명님의 병세가 악화돼 가는 가운데 누구를 차기 천명으로 삼을 것인가 하는 얘기가 나왔는데…… 직계인 라프타리아 아버지는 평소 행실 때문에 천명으로 적합하지 않다는 식으로 이런저런 트집을 잡히게 됐어."

알 것 같다. 에도 시대의 이미지로 따지면 후궁의 여자들 사이에서 암투 같은 다툼이 있었던 건지도 모르겠다.

나는 여자들의 추악한 권력 다툼의 집약체인 후궁이 싫다.

후궁이 싫다기보다, 긴 싸움이 끝나서 평화를 되찾은 세계를 갉아먹는 그런 자들이 싫다고 하는 편이 좋으려나?

그렇기에 권력 다툼으로부터 도망치려 한 라프타리아 아버지의 심정을 이해할 수 있었다.

"실제로는 딱히 못된 짓을 한 건 아닌데, 괜한 생트집을 잡혔던 거야. 라프타리아 아버지가 찾아갈 때만 천명님의 병세가 악화되기도 했고."

……뭔가 음모의 냄새가 풍기는데?

"라프타리아 아버지 얘기로는, 이대로 가면 자기는 천명 계승권 다툼 때문에 살해당할지도 모른다고 했어. 괜한 싸움에 휘말리느니, 차라리…… 라면서, 나라를 떠나는 일에 대해서 이 누나한테 의논해 온 거야."

"성가신 문제에 휘말렸군."

"그 시절에는 이 누나도 라프타리아 부모님 말고는 친한 사람이 없어서 파벌 다툼에 얽힐 일이 없었거든."

신탁인가 뭔가 하는 수상쩍은 재능이 없어서 지위가 낮았다는 모양이니까.

사디나를 보고 재능이 없다고 평가하다니, 눈은 장식으로 달고 다니는 건가.

"그리고 그 외에 다른 협력자들에게도 상담했다는 모양이야. 이 누나는 어떻게 하면 좋을지 수룡님에게도 얘기해 봤어. 그랬더니 이 누나도 호위를 맡아서 따라가는 게 좋을 거라는 수룡님의 목소리가 들려와서……."

"결국 나라를 떠났다는 거군."

"그래. 수룡님과 일부 협력자, 라르바 같은 혁명파에게서 레벨 리셋이라는 형식적인 처벌을 받고 라프타리아 부모님을 지키기 위해 쫓겨난 거야."

호위라는 포지션에는 변함이 없었다는 거군.

"도주 생활 중에 라프타리아 부모님이 이 누나의 부모 역할을 대신해서 이런저런 것들을 가르쳐줬어. 덕분에 평범한 가정이라는 게 어떤 건지를 느낄 수 있었으니까, 이 누나에게 라프타리아의 부모님은 양부모 같은 존재였지. 이 누나에게는 세상 그 무엇보다 소중한 추억이란다."

그랬군. 그래서 사디나는 라프타리아의 부모님과 라프타리아를 소중히 여기는 건가.

"그 뒤로는 흐름에 몸을 맡기듯이 여러 나라를 돌아다니다가, 아인을 배척하던 메르로마르크에 도착하게 된 거야. 그리고 마침 아인 국가와의 융화 정책을 펴고 있던 영주님을 알게 됐지."

"여러모로 고생이 많았겠군. 그나저나, 라프타리아는 너를 언니라고 부르는데, 그런 것치고는 관계가 좀 먼 거 아냐?"

자매처럼 자라 온 것과는 약간 다르게 느껴진다.

마을 모든 아이들의 언니 누나 같은 포지션이랄까.

"그야 당연히, 라프타리아 어머니가 임신했을 무렵부터는 이 누나도 자립해서 조금 거리를 두기 시작했으니까 그렇지. 라프타리아 아버지는 별 신경 안 썼지만, 이 누나랑 닮기라도 하면 큰일이잖니?"

"닮을 일이 없을 것 같은데."

"어머나."

그렇게 소중한 사람들이, 첫 번째 파도 때 세상을 떠나고만 건가.

라프타리아를 애지중지할 만도 하다.

친부모에게 제대로 된 애정을 받지 못하고, 라프타리아의 부모님이 여러모로 애정을 쏟아 주었다.

어떤 의미에서는, 사디나가 라프타리아의 언니라는 건 맞는 말일지도 모르겠다.

"사디나의 출신과 라프타리아의 부모님에 대해서는 이제 어느 정도 알겠어. 그럼 이제는…… 천명의 혈통에 관한 얘기를 할 차례군."

"그 부분에 대해서는, 이 누나도 보고받은 것 이상의 정보는 없다구."

"그야 그렇겠지."

라르바에게서 들은 얘기를 정리해 보면, 후계 분쟁 와중에 암살 등이 난무해서 쿠텐로에 남아 있는 천명의 혈통은 이제 한 명밖에 없다고 한다.

그것도 애라는 것이다.

필로리알을 좋아해서 살생금지령을 내리고, 부하들에게는 아낌없이 앵천명석의 축복을 내리고 있다.

실질적인 실권을 지고 있는 건 나라의 간부들이고, 천명은 그저 얼굴마담일 뿐이다.

짐작컨대, 배후에 있는 마키나라는 녀석이 흑막일 것이다.

"뭐, 다시 쿠텐로에 돌아와서 나라를 뒤엎으려는 시도를 하게 될 줄은 몰랐지만 말야."

사디나는 그렇게 말하면서 술을 마신다. 그 앞에는 아무도 없는 곳에 놓인 술잔이 있다.

이건 라프타리아 부모님에게 드리는 술일지도 모르겠다.

"어쩔 수 없잖아. 불만이 있으면 이 나라 녀석들한테 따져."

"불만 같은 건 없다구. 그치만 새삼 생각해 보면 참 별것도 아닌 지위에 집착했었구나 싶어서 웃음이 나오지 뭐야."

"흐음……."

나는 평소와는 달리 달변을 늘어놓는 사디나에게 다가가서, 끌어안고 그 등을 토닥인다.

"라프타리아 부모님도 널 칭찬할 거야. 지금껏 너무 무리했다 싶을 정도야. 이제 좀 힘을 빼도 돼."

항상 실실 웃고 다니지만, 상당히 마음을 써 가며 무리해 오고 있었던 것이리라.

"그치만 이 누나는 결국 못 지켜줬는걸. 마을 사람들과 라프타리아 부모님을."

"내가 얘기해 봤자 덧없는 위로밖에 안 되겠지. 하지만 그래도 얘기해야겠어. 너는 네가 무슨 전지전능한 신이라도 된 줄 알아? 물론 모두 다 구해줄 수 있다면 그건 굉장한 일이지만, 애석하게도 우리는 신이 아냐."

적어도, 혼을 볼 수 있는 라프짱을 머리 위에 얹었을 때, 마을에 망령 같은 건 보이지 않았다.

라프타리아도 한때 악몽에 시달리기는 했지만, 지금은 이렇게 이겨냈다.

"나는 무책임한 소리를 하는 건 싫어하는 놈이지만, '사디나, 꼭 구해줄 줄 알았는데! 이 거짓말쟁이!'라면서 남의 도움만 기대하는 녀석이 있다면, 그런 녀석은 그냥 버리는 게 나아."

그렇지 않은가?

남에게 기대는 것도 정도가 있지 않은가.

나는 방패 용사다.

내가 왜 이렇게 남의 도움에만 기대는 녀석들을 지켜 줘야 하는 건가, 하는 생각을 한두 번 한 게 아니다.

하지만 지켜야만 앞으로 나아갈 수 있기에 지키고 있다.

"라프타리아의 부모님은 너한테 그런 소리를 할 분들이었냐?"

"……안 할 거야. 앞장서서 조금이라도 다른 사람을 구하기 위해서 적들의 이목을 유인할 사람들인걸."

"거 봐. 사디나, 너는 라프타리아를 구하기 위해서 제르토블에서 르롤로나 마을 노예들을 찾고 있었잖아. 그것만 해도 할 만큼 한 거라고 생각하는데."

노예사냥 때의 이야기로 미루어 보아, 만약에 처음부터 메르로마르크에서 조사해 봤다고 해도, 아인이자 수인인 사디나가 쓰레기 통치하의 메르로마르크에서 라프타리아나 마을 녀석들을 되찾기는 힘들었을 것이다.

그래서 제르토블에서 간접적으로 구해냈던 것이다.

할 수 있는 최선을 다했다.

운이 나빴던 건, 내가 라프타리아를 구입했다는 거였다.

어쩌면 나는 라프타리아에게 불필요한 존재였는지도 모르겠다.

"뭐, 지금은 내가 라프타리아의 부모 역할을 하고 있으니까. 너한테 걱정 안 끼치도록, 지나치게 힘 주지 않는 선에서 노력하지."

안고 있던 손을 풀고, 나는 사디나를 쳐다본다.

"그럼 이 누나는 나오후미의 신부가 돼서 라프타리아의 새어머니가 되는 걸 노려야겠네."

"하아······."

지금껏 사디나에게 해 온 설교는 헛수고였던 건가.

"좋~아, 나오후미, 이 누나가 최선을 다해 볼게."

당장에라도 덤벼들 듯이 일어서려는 사디나를 억지로 찍어 누르고, 내가 먼저 자리에서 일어선다.

빨리 도망가지 않으면 위험하겠는데. 완전히 발정이 난 것처럼 보인다.

"아아앙, 나오후미, 도망치면 안 돼~!"

"왜 이렇게 시끄러운 거예요······. 사디나 언니! 지금 뭐 하시는 거예요!"

소란을 듣고 잠에서 깬 라프타리아와 한바탕 실랑이가 벌어졌지만, 그건 늘상 벌어지는 광경이었다.

그나저나 사디나의 동생일지도 모르는 조디아에 대해 이야기할 시간이 없었군.

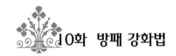

10화 방패 강화법

이튿날 아침, 우리는 옛 도읍을 향해 진군하면서 최종적인 계획을 짜고 있었다.

"오늘은 기필코 옛 도읍을 점거해야 해. 상대도 이제 본격적으로 맞서려고 들겠지?"

"선발대가 확인해 보니, 옛 도읍 앞에 군을 전개해서, 언제든지 전투를 시작할 수 있도록 배치했다고 합니다."

적들도 이번에는 작정하고 전력으로 맞설 작정이라는 거군.

"농성 같은 성가신 짓은 안 하겠지?"

"나오후미를 상대로 농성이 통하니?"

앵천명석 결계가 있으면 혹시……. 하지만 내가 적이었다면 어렵다고 생각했겠지.

용사란 건 이런 때 참 편리하다니까. 특히 내 경우는.

앵천명석 방패 덕분에 이제 손쉽게 파괴될 염려는 없어졌고, 라프타리아와 이츠키의 강력한 화력도 있다.

우리를 하나씩 각개격파 할 수 있는 뛰어난 장군이라도 있지 않은 이상은 힘들 것이다.

게다가 라프타리아가 내세운 방침, 즉 살생금지령 폐지에 찬동하는 국민들을 억누르는 건 보통 능력 가지고는 힘든 일이다.

"보고 드립니다! 우리 영지가 된 도시와 마을에 천명파 일당이 기습을 가하고 있다는 정보가 들어왔습니다!"

……한 방 먹었군.

방어가 허술한 곳에 대해 공격을 가해서 진격을 늦추려는 계산인가.

이쪽은 금기를 범한, 잘못된 천명을 물리친다는 명목으로 들고 일어선 것이니 어느 정도 국민들의 지지를 모아야 할 필요가 있다. 공격받은 도시나 마을을 무시했다가는 우두머리가 바뀌는 것뿐 그놈이 그놈이라고 생각할 수도 있다.

……어쩔 수 없지. 요즘 한도를 넘을 정도로 시끄럽게 구는 녀석들을 보내야겠다.

아트라와 가엘리온, 포울도 같이 보낼까.

"왜 부르셨나요, 나오후미 님?"

"뀨아?"

"엉?"

그 밖에 이츠키에게 부탁해 볼 수도 있겠지만…… 뭐, 그 정도까지 할 건 없겠지.

"우리가 거점으로 삼아 온 도시나 마을에서 설치고 있는 역적들을 붙잡아 와. 며칠 걸려도 좋으니까 내가 부를 때까지 치안 유지에 힘써 줘. 물론 후속부대로 보낼 실트벨트 녀석들과도 잘 연계해야 해."

아트라는 어쨌거나 실트벨트 사람들로부터 높은 평가를 받고 있다.

우리 혁명파 중에는 실트벨트에서 온 증원 병력도 꽤 많은 수를 차지하니까.

"알았어요!"

"큐아!"

"왜 우리가 네 명령을 들어야 하는데?!"

포울은 여전히 반항적이군.

그때 라프타리아가 포울에게 말을 건다.

"포울 군. 부탁 좀 드리면 안 될까요? 아트라 씨는 나오후미 님의 명령인 만큼 의욕을 보이고 있는데, 아트라 씨의 과도한 행동을 제지하는 건 포울 군의 책임이라고 생각해요. 그리고 최전선에서 멀어지니 조금은 안전하기도 할 테구요."

"아, 누님이 그러라고 한다면…… 알았어."

"큐아아아아아!"

그리고 가엘리온은 새끼 모드에서 성체 모드로 변신해서 아트라와 포울을 등에 태운다.

"그럼, 나오후미 님의 칙명을 완수하고 올게요!"

"큐아아아!"

"다녀오지."

그렇게 해서 아트라 남매는 가엘리온을 타고 날아올랐다.

"자, 후방 문제는 이 정도면 어느 정도는 대처할 수 있겠지. 어쨌거나 지금은 아주 좋은 거점이 눈앞에 있는 상황이야. 가자."

옛 도읍……. 제법 큰 성과 성 밑 도시가 눈에 들어오기 시작하는가 싶더니, 그 성 밑 도시 앞쪽에 군이 진을 친 채, 언제든지 전쟁을 벌일 수 있는 태세로 도사리고 있었다.

우리가 공격하기 전까지는 상대할 생각이 없는 듯 통제된 움직임을 보이고 있군.

우리 쪽도 싸우기 좋은 진형을 짜면서 접근해 가니, 상대방 부대가 적대 의사가 없음을 뜻하는 깃발을 들고 접근해 왔다.

"전령 부대입니다. 무익한 피를 흘리는 싸움이 아니라, 양쪽 대표가 앞으로 나서서 싸우는 것으로 모든 걸 해결하는 건 어떻겠느냐는 제안인 것 같습니다. 대표는 상대방 수룡의 무녀입니다."

"어머나?"

"자기들은 후방 도시와 마을을 습격하고 있으면서 무슨 개소리냐고 돌려보내."

내 지시를 전달하니, 멀리 있던 적병들이 놀란 표정을 지으며 일단 돌아간다.

혹시…… 상대방의 명령 체계가 흔들리고 있는 거 아냐?

잠시 후, 적군이 옛 도읍 방어를 포기하고 후퇴해 간다.

"다시 전령이 왔습니다. 수룡의 무녀는, 자신들의 실수가 있었으니 순순히 옛 도읍을 비워주겠다면서 물러갔다고 합니다."

수룡의 무녀가 지휘하는 군대는 질서정연하게 통솔되고 있는 모양이다.

의리를 지키는 녀석이군…….

한번 직접 만나서 확인해 보고 싶었는데 말이지. 설마 조디아라는 녀석은 아니겠지?

추격할 수도 있지만, 순순히 물러난 녀석을 추격했다가는 안 좋은 소문이 퍼질 테니 관두자.

그렇게 너무나도 허무하게 옛 도읍을 점거하는 데 성공했다.

옛 도읍에 다다른 우리는 뜨거운 환영을 받았다.

들자 하니 옛 도읍의 국민 쪽은 이미 환영 태세를 취하고 있었고, 병사들 중 일부도 혁명파에 가담했다고 한다.

이 환영은 혁명파의 공적보다 천명파 녀석들의 지나친 어리석음 때문이라고 지적하고 싶을 정도다.

그리고 우리는 그길로 옛 도읍의 성으로 향했다.

옛 도읍은 분명히 중요 거점이련만, 옛 도읍에 머물고 있던 적의 중진들은 이미 모두 동쪽으로 도망친 후였다.

정말 바보들이라는 생각밖에 안 드는데…….

"진정한 천명님께 경례!"

옛 도읍을 점거하자마자, 지방에 좌천되어 있던 국내의 우수한 장군들이 우리 산하로 가담해서 엄청난 속도로 지배 지역이 확대되어 가고 있다.

부자연스러울 정도로 인재가 모여드는군.

상대방 천명은 도대체 얼마나 멍청한 짓을 하고 있는 거냐.

그 후, 라프타리아는 천명 취임 의식을 치르기 위해 성역 이라는 곳으로 이동했다.

뭐랄까…… 성안에서부터 이어지는, 울창하게 우거진 아 름다운 거목들이 늘어선 숲으로 가서, 그 안에 있는 음양 각 인이 그려진 곳에 다다른다.

말끔하게 정비된 개울이 나무들 사이로 흘러가는…… 음, 굉장히 예술적인 구조다.

"천명님 취임 의식을 거행하겠습니다. 라프타리아 님…… 이쪽으로 오시지요."

라르바머 사디나, 혁명파 중진들이 둥글게 모여 서서 장 엄한 의식을 시작한다.

라프타리아는…… 분위기에 휩쓸려서 위축돼 있는 것처 럼 보이는군.

무녀복 아주 잘 어울려, 라프타리아.

축문 같은 주문을 영창하자, 거목…… 아, 앵광수였구나. 앵광수가 내뿜은 빛이 라프타리아를 향해 쏟아져 내린다.

"아…… 뭐라고 해야 할지…… 신기한 감각이 느껴져요."

빛을 쬔 라프타리아가 그렇게 중얼거렸다.

오오, 뭔가 꼬리가 빛나는 것처럼 보이는데.

수화인가? 라프짱으로 변하는 건가?

"나오후미 님, 초롱초롱 빛나는 눈으로 쳐다보지 마세요. 저는 그 눈 싫어요."

"의식에 집중해, 라프타리아."

"하아…… 알았다니까요……. 시야에 뭔가가 떠올라요…… 이건…… 축복인가요? 앵천명석을 기동시키는 능력?"

라프타리아는 손짓으로 나를 부른다.

"왜 그래?"

"저기, 나오후미 님, 손을 좀……."

나는 라프타리아의의 말대로 손을 내민다.

그러자 라프타리아는 양손으로 내 손을 붙잡고는, 기도하듯이 들어 올려서 이마에 댄다.

조정자의 축복을 받았습니다!

정령구속한정해제2, 봉인내성(중)을 습득!

그런 문자가 떠오른다.

"어라? 그거 이외에도 할 수 있을 줄 알았는데, 튕겨 나왔어요."

"상성적인 문제일지도 모르지. 그래서? 이제 앵천명석

결계 같은 것도 발동시킬 수 있게 된 거야?"

"네, 그런 것 같아요."

"어머나."

"일단, 협조해 주시는 분들께 걸어 드려야겠어요. 앞으로 꼭 필요한 거니까요."

"그러는 게 좋겠지."

그렇게 해서 우리는 라프타리아를 경유해서 천명의 축복을 받았다.

이제 상대방의 방해에 대한 대처 수단을 손에 넣은 셈이다.

적이 결계를 전개하더라도, 우리 쪽 결계로 무효화시킬 수 있다고 한다.

"그나저나 궁금한 게 있는데."

나는 의식을 거행하는 곳 안쪽에 있는 거목 바로 밑에 보이는 것을 가리키며 묻는다.

"저건…… 용각의 모래시계 아냐?"

"저도 그렇게 생각했어요."

거목의 뿌리 부분에 박힌 형태로, 용각의 모래시계가 들어앉아 있었다.

다만 구조가 좀 다른 것처럼 보이기도 한다.

모래시계로서의 기능은…… 하고 있는 건가?

"아마 그럴 거야. 이 누나도 쿠텐로에 있을 때는 여기서 의식을 했는걸."

"역시 그런가?"

"그래, 수룡님의 가호를 받은 특별한 클래스업을 했었단다. 나오후미 일행의 도움이 없었다면 그 시절만큼의 힘을 되찾을 수 없었을 거야."

그러고 보니 사디나는 이전에도 클래스업과 리셋을 경험한 모양이었다.

그걸 여기서 했었다는 건가.

"용각의 모래시계가 있다는 걸 알고 있었다면 빨리 알려줬어야지, 나 참."

이게 있으면, 라프타리아가 가진 능력인 귀로의 용맥을 이용해서 단번에 메르로마르크로 돌아갈 수 있을 것이다.

"오랫동안 마을을 비워 뒀으니까 조금 마음에 걸리던 참이었거든."

"하긴 그러네요. 이제 쿠텐로도 꽤 많이 점거했으니, 한번 돌아가서 상태를 확인해 보고 싶어요."

"어…… 라프타리아 님, 무슨 말씀을 하시는 겁니까?"

라르바를 비롯한 혁명파 중진들이 묻는다.

"아아, 저 용각의 모래시계는 클래스업에 사용하는 시설이잖아? 라프타리아는 저걸 이용해서 먼 나라로 순간이동하는 힘도 갖고 있거든."

"그, 그런 게 가능하단 말씀입니까?! 하, 하지만 혁명파의 기둥이신 라프타리아 님이 지금 나라를 떠나시면, 저희

입장에서는 상당히 곤란합니다만…….”

나는 날카로운 눈매로 라르바 패거리를 쏘아본다.

더불어 라프타리아도 무언의 압력을 내뿜는다.

우리는 이 나라 자체에 큰 관심이 있는 건 아니고, 혁명파 녀석들도 그 점은 알고 있을 터였다.

이제 와서 그런 소리를 하면 어쩌자는 거지?

“금방 돌아올 거야. 어찌 됐든 며칠 동안은 이 옛 도읍에서 치안 회복에 힘쓰는 모습을 보여줘야 할 필요가 있잖아?”

지금 당장 천명파에게 돌격하는 건 무리가 있다.

상대방의 비열한 전략 때문에, 치안 유지를 위해 아트라 등을 보낸 상태이기도 하고 말이지.

아트라 일행과 합류하려면 며칠은 걸릴 것이다.

그동안 추가 전력을 끌어오는 것도 한 방법이다.

“어라? 뭔가 비석이 세 개나 서 있군.”

“뭐죠? 뭔가 특별한 마법 같은 걸 익힐 수 있게 해 주는 걸까요?”

“글쎄.”

그렇게 생각하면서, 용각의 모래시계를 둘러싸듯이 배치되어 있는 각 비석의 문자들로 시선을 돌린다.

“용사 문자네요.”

“그렇군……. 마법문자로 적혀 있어서 특정 인물밖에 못 읽게 돼 있는 것 같은데?”

비석을 어루만지자 문자가 떠오른다. 오로치의 석실에 있던 것과 완전히 같은 문자다.

으음.

"방패 성무기의 강화 방법 첫 번째, 다른 성무기나 권속기의 강화방법을 공유……."

"어머나~? 그건 전에도 있었잖니?"

"그런──."

"그런가요? 라고 주인님이 말씀하십니다."

세인이 문자를 손가락으로 짚으며 대답한다.

"읽을 수 없다고 하십니다."

"방패 용사 이외에는 못 읽게 돼 있는 거겠지."

나는 비석을 후려친다.

"성가셔 죽겠네! 도대체 똑같은 게 몇 개나 굴러다니고 있는 거야?!"

"나오후미 님, 진정하세요."

"이츠키!"

동행하고 있는 이츠키를 부른다.

지난번에는 유적이 붕괴돼서 못 했었는데, 거기에도 이것과 같은 내용이 적혀 있다면 이츠키도 읽게 하는 게 좋겠지.

"이거 읽을 수 있어?"

"네……."

이츠키는 그렇게 말하고 비석의 문자를 읽는다.

마법도 다소 공부한 상태이니, 이제는 읽을 수 있겠지.

리시아가 착 달라붙어서 가르쳐 주고 있으니까.

"활 용사의 강화방법 첫 번째, 무기 자체의 성능과 희소성, 강력한 레어 무기······."

······그건 예전에 이츠키가 설명했었던 거잖아?

역시 이미 알고 있던 지식이잖아.

"이츠키 쪽은 이미 사용한 강화방법 같군."

"그런 것 같네요. 하지만 나오후미 씨, 강화방법의 공유에 대한 제대로 된 설명은 처음 아닌가요?"

그러고 보니 그렇군.

뭐랄까, 설명서가 굴러 다니고 있는 것 같은 기분이다.

"나머지 두 개도 살펴보지."

이츠키와 함께 다음 비석의 문자를 읽는다.

"방패 성무기의 강화방법 그 두 번째, 신뢰하고 신뢰받음으로써 능력 상승······?"

방패의 수정 부분이 빛난다.

이츠키 쪽은 광석 강화에 대한 설명이었다.

"이거 강화 방법 맞아?"

"나오후미 님, 뭐 짐작 가는 거 없으세요?"

"응?"

라프타리아의 지적에, 나는 뭔가 생각나는 게 없는지 되짚어 본다.

단서가 될 만한 게 있었던가?

신뢰……. 라프타리아와 동료들을 믿고 있긴 하지만, 그게 능력 상승으로 이어진다고?

"메르로마르크에 있던 시절, 삼용교 교황과 싸웠을 때부터 영귀와 싸웠을 무렵까지를 생각해 보세요. 나오후미 님은 그때 꽤 많이 강해지셨잖아요. 반대로 키즈나 씨 쪽 세계에 있을 때는 생각보다 성장 속도가 더뎠다고 말씀하셨구요."

"그러고 보니까…… 그랬었지."

생각보다 능력 향상 폭이 크다고 생각했을 때는, 혹시 이 강화가 저절로 발동됐던 건가?

"저도 이상할 정도로 힘이 났었던 걸 보면, 나오후미 님의 신뢰를 받은 덕분에 능력 상승 폭에 보너스가 더해진 게 아닐까 싶어요."

흐음, 일리 있는 얘기군.

그 시절의 라프타리아는 쑥쑥 강해져 갔다. 지금은 그때보다 더 강하지만.

"어쩌면 저나 렌 씨가 약했던 이유도 여기에 있었던 건지도 모르겠네요."

이츠키는 어눌한 투로 나를 향해 말했다.

이츠키와 다른 용사들은 반대로 국가나 국민들의 미움을 사기 시작했으니까.

생각보다 약하다는 낙인이 찍혀 있기도 했고.

하지만 이건 강화방법 공유를 믿지 않으면 처음부터 발동하지 않는 거 아닐까?

……으음.

"다음 걸 확인하지."

뭔가 제대로 이해하면 성장 배율이 달라지는 것 같은 느낌이 든다.

강화방법 공유의 효과는 여실하다.

오로치의 석실에서 확인한 후로 능력이 상승한 건 확실하다.

그렇게 생각하면서 세 번째 비석을 살펴본다.

"방패 성무기의 강화방법 세 번째, 에너지 부스트?"

설명문을 읽어 보니, 스테이터스 마법에도 EP라는 항목이 또렷하게 추가되어 있었다.

"용사에게는 무기의 힘에 의해 자동으로 유도되는 에너지가 있어, 항상 그 힘이 전개되어 있다. 그리고 스킬에 에너지를 배분하면 더 강력해진 스킬을 발동하는 것도 가능……하다고?"

이건 자동으로 무쌍 활성 기능이 발동한다는 뜻 아닌가?

전설 무기 소지자라는 이유만으로도, 무쌍 활성이 상시 완전한 상태로 작동하고 있다는 뜻이나 다름없다.

도움말에는 에너지 부스트라고 나와 있었다.

이미 무쌍 활성이 작동하고 있는 상태에서 한층 더 발동하는 2중 기동은 불가능하겠지.

"에너지 부스트 말인가요?"

이츠키가 뭔가를 눈으로 쫓아 읽기 시작하더니, 이윽고 기를 확 발산시킨다.

"후에에에에에에?! 왜 이츠키 님이 갑자기 기를 쓰실 수 있게 된 거예요오?!"

확인해 보니, 이츠키가 방출하는 기가 증가해 있다.

그건 나도 마찬가지다. 다만 약간 성질이 다르게 보이는 것 같기도 하다.

변환무쌍류는 이 힘을 유사하게 재현한 것이라고 생각하면 딱 들어맞을 것 같다.

"스킬이나 마법, 공격에도 섞어서 사용할 수 있는 EP가 생겨났네요. SP나 마력과 복합적으로 작동하는 것 같은데…… 의식만 해도 소모되는 것 같아요. 연습이 필요하겠는걸요."

이렇게 간단히 습득할 수 있다니……. 지금까지 해 온 노력들이 헛짓처럼 느껴지잖아!

넌덜머리가 난다.

하지만 결국 중요한 건 사용법인 것 같군. 잘못 운용하면 괜히 소모만 더 심해질 수도 있다.

어찌 됐건 간단하게 기를 쓸 수 있게 된 것뿐이지, 기에 대해 자세히 알 게 된 건 아니라는 걸로 납득하는 수밖에 없겠지.

"라프타리아는 다른 세계 권속기의 소지자니까 공유가 안 되는 게 탈이란 말이지."

"그러게 말이에요. 공유할 수 있으면 편리하겠지만, 이미 쓸 수 있는 거라 좀⋯⋯."

무쌍 활성은 못 쓰지만.

스킬에 싣는 건 예전부터 할 줄 알았던 것 같은데, 글래스한테 배운 건가?

세인도 할 수 있는 것 같으니, 누구나 다 할 수 있는 것 같아서 좀 김이 샌다.

강해진 것 같은 기분이 별로 안 든다.

"그런데 왜 방패의 강화방법이 기재돼 있는 거죠?"

"글래스 패거리한테서 들은 얘기⋯⋯ 파도에 의해 세계가 융합되는 현상과 관련이 있는 거 아닐까? 실트벨트나 쿠텐로는 아인들의 나라잖아?"

다시 말하면 방패 용사의 영역이다.

세계지도를 봐도 아인의 땅이 많다.

그 점들로 미루어 보아, 쿠텐로라는 나라에 방패 강화방법이 감춰져 있다 해도 이상할 건 없다.

정령구라는 특이한 이름으로 전해져 왔다는 모양이지만 말이지.

"뭐, 렌을 데려와서 이 비문을 읽혀 보면 알 수 있을지도 몰라."

세계가 융합된 순서 등, 이런저런 이유를 생각해 볼 수 있다.

지금은 판단의 재료를 수집하는 단계다.

"그럴지도…… 모르겠네요. 그럼 일단 메르로마르크에 가 볼까요?"

"그래."

용사가 렌 혼자 남았는데도 괜찮았을지 궁금하고 말이지.

쿠텐로를 점령한다 해도, 마을이 멸망하면 말짱 도루묵이다.

그래서 우리는 쿠텐로에서 발견한 용각의 모래시계를 이용해서 메르로마르크로 전이했다.

 **11화 일시귀환**

포털 실드를 이용해서 마을 쪽으로 이동한다.

"다녀왔어~!"

"라프~!"

필로와 라프짱이 기운찬 목소리로 인사한다.

"딱히 이상은 없는 것 같네요."

"아, 형이 돌아왔잖아!"

키르가 우리를 발견하고 달려온다.

"어서 와 형! 라프타리아를 죽이려고 드는 녀석들을 해치우고 온 거야?"

마지막으로 얘기한 게 실트벨트에서 배를 타고 떠나던 날 아침이었으니…… 꽤 오래전이다.

키르의 목소리를 듣고 렌이 나타났다.

"나오후미, 일은 어떻게 된……."

"그게 말이지, 중간에 용각의 모래시계를 발견해서 마을 상황을 살피러 와 본 거야."

"그랬군."

"그래도 꽤 많이 진격했어. 그쪽 상황은 좀 어떻지?"

"습격은 전혀 안 왔어. 아마 나오후미 일행이 쿠텐로에 쳐들어갔다는 게 판명됐기 때문이겠지."

흐음…… 녀석들도 그런 짓을 하고 있을 여유가 없어졌다는 건가.

애초에 언어 등 이런저런 문제들도 있고, 거리도 꽤 먼 만큼, 추가 병력을 보내기도 힘들다.

게다가 본토가 공격당한 상황이니만큼, 조금이라도 더 병력을 긁어모아야 하겠지.

"그런데 나오후미, 출발 전에 에클레르한테 무슨 말이라도 한 거냐?"

"무슨 소리지?"

"에클레르가 나오후미한테 무슨 말인가를 들었다면서 투덜대서 말이지……. 영주의 재능이 없다느니 하는……."

으……. 그러고 보니 메르티의 비위를 맞추기 위해서 에클레르를 깎아내리는 소리를 했었지.

뭐, 그래도 사실은 사실이니까.

서류 정리보다 훈련에 정신이 팔려 있던 건 사실 아닌가.

이 이야기는 무시하고, 본론으로 들어가자.

"마을 습격이 없었다면…… 렌, 너도 침공조에 집어넣을 테니까 따라와. 이제 배 탈 일도 없으니까 괜찮을 거야."

"그러지."

렌은 안도의 한숨을 내쉬었다. 헤엄치는 게 그렇게 무서운 거냐.

"나오후미와 이츠키가 없는 마을을 혼자 지키느라 불안했었어. 세인도 없어서 마을 사람들도 다들 걱정했었고."

그런 의미에서 생각하면 세인을 여기 남기는 것도 편리할 것 같다.

올 수는 없더라도 중계는 가능할 테니 말이다.

"적들은 용사를 상대하는 독자적인 기술을 갖고 있는 주제에, 하는 짓은 하나같이 바보 같아서 여러모로 황당할 지경이야."

"전혀 부정할 수 없다는 게 참으로 슬퍼지네요."

라프타리아도 기가 막힌다는 듯 뇌까린다.

우리는 쿠텐로에서 있었던 일을 렌에게 간략하게 설명했다.

물론 무기의 강화 방법이 발견됐다는 소식도 전달했다.

"이제 우리는 좀 더 강해질 수 있다는 건가……."

"나도 라프타리아 고향에 가 보고 싶은데!"

키르가 눈을 초롱초롱 빛내고, 꼬리를 붕붕 흔들면서 말한다.

"형, 형! 우리도 데려가 주면 안 돼?"

"아무리 그래도 언제 마을에 습격이 들어올지 모르니, 마을을 비워 두는 것도 좀 불안해서 말이지……."

"그럼 마을 사람들 다 같이 가는 건?"

아……. 여기 녀석들을 전부 다 쿠텐로로 데려가자고?

라프타리아 쪽을 쳐다보니 노골적으로 떨떠름한 표정을 짓고 있다.

"아무리 그래도 그건 너무 많아. 사태가 정리되면 데려가 줄 테니까 좀 참아."

"괜찮은 방안이라고 생각했는데……."

"전원이 출격해서 마을을 비웠다가 도둑이라도 들면 어쩔 건데?"

돈 될 만한 것들도 제법 많이 보관해 두고 있다고.

"메르한테 맡겨 두는 건?"

으음……. 그런 방법도 있긴 하군.

"나오후미 님."

하지만 라프타리아가 싫어하니 말이지.

"키르, 애초에 우리는 쿠텐로에서 전쟁 중이야. 나는 전쟁을 하려고 너희를 키우는 게 아니니까, 이번에는 참아."

목적을 오인해서는 안 된다.

우리의 본래 목적은 파도에 대비해 마을을 재건하는 것이니까.

"안 된다는 거구나……. 가고 싶었는데."

"귀찮은 일들이 정리되면 곧 데려다줄게."

관광에는 좋은 곳 같으니까 말이지. 고려해 봐야겠다.

"주인님~. 필로, 메르 만나러 가도 돼?"

"그래, 갔다 와도 돼. 마을에 있으면 나중에 데리러 올 테니까 놀고 와."

"만세~! 메르~!"

필로는 눈 깜짝할 사이에 떠나갔다.

"그러고 보니 쿠텐로에 저주에 잘 듣는 온천이 있댔어. 지금은 카르밀라 섬의 포털이 등록되어 있지 않으니까, 쿠텐로 쪽에 있는 온천을 치료에 쓰면 될 거야."

나를 비롯해서 용사들 가운데는 저주에 걸려 있는 자가 많으니 이제 슬슬 치료하고 싶다.

저주 탓에 약화되는 바람에 전투에서 불리한 상태니까.

"라프~."

라프짱이 마을 마물들과 인사하고 있다.

그러고 보니 실트벨트에 있는 라트와 윈디아도 데려와야

겠군.

"새삼 느끼는 거지만, 전이라는 건 참 편리하군."

필로나 가엘리온을 타고 가도 몇 주일 걸리는 거리를 순식간에 이동할 수 있으니까.

"원래는 어디서나 쓸 수 있어야 정상인데, 사용 불가능한 지역이 많아서 탈이야."

"그, 그렇군."

"그래서? 렌은 수영은 좀 배웠고?"

"렌 형도 이제 15미터 정도는 헤엄칠 수 있어! 내가 가르쳐준 거야!"

"호오……."

렌을 보니 시선을 회피한다.

이렇게 많은 날들을 연습하고, 이런저런 기능들을 이용했는데도, 이제 겨우 15미터 헤엄칠 수 있게 된 건가.

"나오후미 님, 그만하세요."

그렇게 해서 나는 렌을 쿠텐로로 데려가게 되었다.

라트와 윈디아는 실트벨트의 생태계에 관한 조사를 어느 정도 마친 상태였다.

그래서 마침 잘됐다 싶어서 데려가기로 했다.

앵광수 가지를 라트에게 보여주니, 초롱초롱한 눈으로 조사하기 시작했다.

쿠텐로에 대한 호기심이 더해진 모양이다.

"오! 재미있는 생태계를 갖고 있잖아! 자, 어서 가자구."

"가엘리온은?"

"아트라 일행을 태우고 따로 개별 행동 중이야. 금방 합류할 수 있어."

"알았어."

"그럼 백작, 우리는 인근 지역을 조사하고 올게."

"그래, 아직 적이 있을지도 모르니까 최대한 조심해."

"나도 안다구."

그렇게 두 사람은 떠나갔다.

명목상으로는 후방 지원 담당이 되겠지만, 이쪽으로 데려오는 편이 연구 진척에도 도움이 될 것 같다.

그리고 무기상을 지키는 이미아의 숙부에게도 말을 건다.

"혹시 스승님과 엘하르트가 있습니까?"

금방 돌아올 수 있기에 일단 가게 문을 닫게 하고, 쿠텐로에 있는 모토야스 2호의 공방으로 안내해 준다.

"아아, 이제 슬슬 녀석의 공방에 도착할 거야. 만나러 갈 테니까 따라와."

"네."

이미아의 숙부는 가정 사정 때문에 대장장이 수행을 중간에 중단했다고 들었다.

아저씨의 조수 노릇을 하면서 보완하고 있는 것 같았는

데, 정식으로 배울 수 있는 좋은 기회다.

그리고, 그 모토야스 2호의 감시자는 한 명이라도 더 늘리는 게 좋다.

그렇게 이미아의 숙부를 아저씨가 있는 곳으로 데려갔다.

"오? 토리가 왔잖아. 형씨, 어떻게 된 거유?"

모토야스 2호의 공방이라는 곳에 도착했는데…… 엄청나게 큰 대장간이었다.

말끔하게 손질이 되어 있고, 제철소도 겸하고 있다.

가마에는 항상 불이 피워져 있는 듯, 지붕의 굴뚝에서 쉴 새 없이 연기가 뿜어져 나온다.

마법적인 설비도 있어서…… 뭐랄까, 설비만 따지자면 아저씨의 가게는 발끝에도 미치지 못하는 게 아닐까 하는 생각이 들 정도다. 특히 마법 효과가 있어 보이는…… 빵 굽는 가마처럼 생긴 가마와 거기에 달려 있는 핸들이 은근히 신경 쓰인다.

"옛 도읍에 용각의 모래시계가 있거든. 아저씨가 힘들 것 같아서, 가게를 하루 닫도록 하고 데려온 거야."

"메르로마르크에 있는 가게가 좀 불안하긴 하지만…… 확실히 고맙기는 하군."

"켁! 토리! 이 자식…… 언제까지 나를 쫓아올 셈이냐!"

모토야스 2호가 이미아의 숙부를 쳐다보고, 곧이어 나를 쏘아본다.

"잔말 말고 일이나 제대로 해. 아저씨와 이미아 숙부한테 기술을 다 가르쳐 줄 때까지 놀 생각은 하지도 말고."

"시끄러워! 네놈 때문에 사흘이나 숙취에 시달려야 했단 말이다!"

"알 게 뭐냐. 네놈이 주문한 술이잖아."

뭐, 술에 손을 쓴 건 사실이지만.

"스승님이 도망치려는 걸 감시하느라 엄청나게 애를 먹었거든. 토리가 왔으니 이제 좀 살겠구려."

아저씨도 곤혹스러운 듯 팔짱을 낀 채 뇌까린다.

"으음……. 최선을 다해 보죠."

이미아의 숙부는 미안한 듯 그렇게 대답한다.

그거, 조카딸과 똑같은 반응이군.

"덤으로 아저씨가 고민하던 영귀의 소재도 저쪽에서 가져올 수 있으니까 언제든지 말만 해."

"오오! 그거 고맙구려. 스승님과 같이 조사해 보면 분명 좋은 걸 만들 수 있을 거유!"

"젠장! 할 수 없지. 토리! 네놈도 철두철미하게 가르칠 테니까 나중에 그 수익이나 내놔!"

뭐 그딴 조건이 다 있나.

한마디로 그런 거군. 제자 둘에게 기술을 가르칠 테니, 나중에 수익을 내놓아라?

애석하지만, 이미아 숙부가 번 돈은 내 수익이 된다고. 네놈한테 한 푼이라도 줄 줄 알고?

"아, 맞아. 검의 용사인 렌을 데려왔어."

"어? 여기서 나를 소개하는 거야?"

"그래. 제법 괜찮아 보이는 검이 있으니까, 렌이 그걸 복제하면 좋을 것 같아서."

"아직 정화가 안 끝났어. 네깐 놈이 건드렸다가는 무슨 일이 생길지 모른단 말이다."

모토야스 2호가 방 한쪽에 묶인 검을 가리키며 대꾸한다.

"이 공방에서도 좀 더 시간이 걸린다 이거야."

"그나저나…… 검이라……. 확실히, 저기 있는 검에서는 굉장한 기운이 느껴져……. 뭐랄까, 검이 술렁거리는 걸 알 수 있을 정도야."

렌은 그렇게 말하며 자기 검의 칼자루에 손을 가져갔다.

"엉? 너도 무기 제작에 관심이 있냐?"

"아, 아니…… 뭐, 좋은 무기를 모으는 걸 좋아해서."

"흐음……. 방패 놈보다 비인기 아우라가 진한 걸 보니 네놈에게는 호감이 느껴지는군. 좋아. 나중에 다소 가르쳐 줄 테니까, 내가 도망치는 데 협조해."

내 눈앞에서 뻔뻔하게도 그런 헛소리를 지껄이다니.

"자, 잘 부탁해. 내 이름은 아마키 렌이다."

렌도 어색하게 웃지 마. 비인기 아우라라느니 하면서 널 얕잡아 보는 거라고.

"뭐, 됐어. 렌, 그 바보를 똑똑히 감시해."

"알았어."

그렇게 해서 렌을 공방에 맡기고 공방을 나섰는데…….

"내가 만든 검이이이이이이이이이이!"

"미, 미안! 물건에 손대면 저주 때문에 물건이 열화된다는 걸 깜박 잊고 있었어!"

우리가 공방을 나서기가 무섭게 모토야스 2호의 절규가 울려 퍼졌다.

손해는 앵천명석의 검 한 자루.

렌에게 무기를 복제하게 하려면 꽤 고생할 것 같군.

조금이라도 빨리 저주를 완치시키기 위해, 온천욕을 할 것을 명령해 두었다.

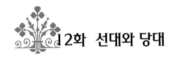

12화 선대와 당대

그리고 옛 도읍을 점령한 지도 며칠이 경과했다.

라프타리아는 다양한 방면으로 국민들의 환심을 사기 위해, 무녀복 차림으로 옛 도읍에서 가두선전을 하고 있다.

이미 쿠텐로의 3분의 2를 점거한 우리는 실질적으로 쿠텐로를 지배하게 된 거나 다름없다.

각 방면의 종족 대표들이 동쪽 수도에 있는 천명을 등지고 우리 산하에 가담하는 것은 자연의 섭리라 할 수 있다.

아트라 등이 성공적으로 불을 꺼 준 덕분에, 천명파 녀석들의 소동은 상당히 진화된 상태다.

일단 적측 수룡의 무녀가 비열한 테러 행위를 중단하도록 지시를 내린 것 같지만, 지시를 무시하고 행동하는 녀석들이 많다고 한다.

들리는 말에 따르면, 소동을 일으킨 주범은 악녀의 부하라고 한다.

그런 식으로 승리할 수 있을 거라 생각하고 있는 걸 보면 상당히 멍청한 놈인 것 같군.

그냥 수룡의 무녀가 빨리 우리 쪽으로 넘어오기를 기원할 따름이다.

현재 비열한 책모를 쓰는 건 천명파 측이라서, 피해가 늘어나면 늘어날수록 라프타리아에 대한 신앙이 강해지는 도식이 형성된 상태다.

그 외의 전장 상황을 보자면, 옛 도읍 점거 후에는 렌과 이츠키 등을 선봉으로 삼아서 동쪽 수도를 향해 진격하고 있는데…… 도중에 있는 마을이나 도시는 매일같이 무혈입성 상태.

우리를 앞에 두고 후퇴한 당대 수룡의 무녀는 동쪽 수도로 송환됐다나 뭐라나.

저항하는 녀석들이 전개한 앵천결계는 계승 의식을 치른 라프타리아가 건 앵천결계에 손쉽게 상쇄된다고 한다.

그렇다면 천명파는 렌이나 이츠키, 사디나에게 전혀 상대가 되지 않는다.

아트라 등은 후방에서 비열한 저항을 계속하는 자들을 진압하는 임무를 맡고 있다.

렌이 말하기로는 이 나라 사람들의 기술에 특출한 면이 있다고 하지만, 스테이터스에서 압도하기에 그냥 밀어붙일 수 있는 상태다.

내란이라는 게 있었던가? 하는 생각이 들 수밖에 없는 상태로 전황이 변해 가고 있다.

이제 그냥 쿠텐로 침공을 정리하고 귀환해도 별문제는 없을 것 같지만, 정신 나간 짓거리를 한 자들에게 죗값을 치르게 하겠다는 목표를 아직 달성하지 못한 상태다.

"나오후미 님."

"응?"

작전회의 중 휴식 시간에 라프타리아가 찾아왔다.

사디나나 필로 등, 활동 가능한 인재들은 전선으로 보낸 상태다.

나도 내일이면 출발할 예정이다.

세인은 휴식 중인 내 방 앞에서 대기하고 있다. 완전히 보디가드다.

일단 내일은 대기 중인 필로를 타고 이동할 예정이다.

필로의 이동속도라면 적병과 조우하지 않는 한, 하루면 동쪽 수도에 도달할 수 있을 것이다.

이제 정말 코앞까지 다 온 기분이다.

"앞으로의 작전은 어떤 방침으로 갈 생각이에요?"

"일단 상대방 천명을 제압해야겠지. 죗값을 치르게 해 두기도 해야 하고, 어떤 의미에서는 고름을 짜내리지 않으면 똑같은 짓을 또 벌일지도 모르니까."

들어오는 정보에 의하면 현재의 천명은 단순히 이용당하고 있는 것에 불과하다고 한다.

자기도 모르는 사이에 책임자 자리에 올랐을 뿐, 실제 흑막은 주위에 있는 자들이다.

"일단 하기로 한 이상은 철저하게 하자는 거군요."

"그래. 어찌 됐건, 이번 사건 덕분에 라프타리아의 출생 배경을 알게 된 건 반가운 일이야."

"저는…… 그 정도까지는……. 아버지 어머니에 대해 알게 된 건 기쁘긴 하지만, 저는 저예요. 르롤로나 마을 출신의 라프타리아면 충분하다구요."

나는 라프타리아의 얼굴을 봤다.

여왕의 자리를 짊어진 사실에 심경이 복잡한 건가…….

세계를 구하고, 내가 돌아가고 나면 라프타리아는 어떤 길을 선택할까?

결과는 이미 나와 있는 것처럼 보이는 것도 사실이다.

"하지만 라프타리아, 적어도 쿠텐로라는 나라의 정세가 불안정한 건 사실이야. 자립할 수 있을 때까지 관리해 주지 않으면 수많은 사람들이 길거리에 나앉을 거야."

"⋯⋯네."

"라프타리아가 천명 자리를 이어받을 마음이 없다는 건 나도 알아. 그때까지 얼마나 정세를 안정시킬지, 혹은 누구에게 맡길지 생각해야겠지."

"그렇⋯⋯겠죠."

납득이 가지는 않지만, 일단 수긍하는 수밖에 없다──. 라프타리아는 그런 식으로 고개를 끄덕인다.

방법은 얼마든지 있다. 개국시켜서 실트벨트에 흡수 합병시키거나 하는 식으로.

그 점은 별로 걱정할 필요 없을 것이다.

"라프~."

"주인님~, 회의 끝났어~?"

그때 라프짱과 필로가 찾아온다.

"아직 안 끝났어. 각 부족과의 조정이 난항을 겪고 있어서. 별 볼일 없는 놈들은 그냥 버려 버려야지, 안 그러면 우리가 고생하게 된다고."

워낙 귀찮아서 실트벨트 녀석들에게 다 떠맡기고 싶어질 만큼 위쪽이 썩어 문드러져 있다.

메르로마르크도 그렇지만 여기는 썩어도 너무 썩었다.

하지만 반면에 유능한 인재도 그럭저럭 있으니까, 그걸 알아보는 안목이 중요하다.

우리 쪽으로 전향한 자들에 대한 감시의 시선도 늦추면 안 된다.

뭐, 어찌 됐건 실트벨트의 압력은 의외로 무시할 수 없는 수준이니까.

방패 용사의 권력이라는 것도 제법 편리한 물건이다.

그 외에도, 귀로의 용맥을 이용해서 용각의 모래시계를 통해 실트벨트의 강자들을 데려오고 있는 것도 큰 보탬이 된다.

돌아온 천명님은 그야말로 신처럼, 병사들을 무한대로 불러낸다는 소문까지 퍼지고 있는 모양이다.

이렇게 시급히 인원을 보충할 수 있었기에, 우리가 동쪽 수도에 도달하는 데에는…… 그렇게 오랜 시간이 걸리지 않았다.

그리고 동쪽 수도가 눈에 들어오기 시작했을 무렵.

옛 도읍 때와 마찬가지로 전령이 찾아왔다.

"이번에도 대표를 뽑아 결투할 것을 제안하고 있습니다."

"상대할 필요가 있냐?"

이제 상대는 완전히 외통수에 걸리든 상태가 아닌가?

일단 동쪽 수도 이외에도 북쪽에 집락이나 큰 도시가 있긴 하다는 모양인데, 거기로 도망칠 꿍꿍이일까?

뭐, 상대측 수룡의 무녀는 의리가 있는 녀석 같으니, 응하는 것도 조금은 고려하고 있다.

"이번에 천명파가 승리했을 경우, 일시적으로 후퇴해 주시면 추격은 하지 않겠다고 합니다. 쿠텐로의 장군…… 무녀로서 그것만은 준수하겠다면서, 각서까지 써서 보냈습니다."

뭔가 그런 느낌의 문자와 기호가 적혀 있다.

어째 낮이 익은 문자 같은데……?

"어머나, 저쪽은 진심으로 제안하는 모양인걸. 시간이라도 벌려고 그러는 걸까?"

"그런 것 같습니다."

사디나의 말에 라르바가 동의한다.

"무슨 뜻이지?"

"이 인장은 종족 대표로서, 도시의 수호자로서 하는 약속 같은 거란다. 만약에 그 약속을 어기기라도 하면, 무엇보다 중요한 신뢰에 먹칠을 하는 셈이 되는 거지. 가족만이 아니라 일족 전체가 쿠텐로에서 발붙이고 살 수 없을 정도로 무거운 약속이야."

절대적인 약속 같은 건가…….

노예문 못지않게 무거운 약속인가 보군.

하지만 그렇다 해도, 천명파는 옛날부터 봉인돼 있던 봉인을 풀 정도로 정신 나간 놈들이니까 신뢰하기는 힘들지 않을까?

"대전 상대는 선대 수룡의 무녀로 지정했습니다. 어떻게 하시겠습니까?"

나는 사디나 쪽으로 눈길을 돌린다.

"어머나? 이 누나 말야?"

"네. 저쪽의 얘기로는 당대 수룡의 무녀가 꼭 싸우기를 원한다는 모양이라, 그 싸움만 할 수 있다면 나머지 일은 후일로 미뤄도 상관없다고 할 정도라고 합니다."

"그건 그쪽 입장이고, 우리가 굳이 받아 줄 의무는 없잖아. 적 대장을 맥없이 놔 주는 작전에 응할 필요는 없어."

"그럼 제안을 거부하고 공격해 볼까요?"

"글쎄…… 이걸 어쩐다……."

좀처럼 결정하지 못하고 고민에 빠졌을 때――.

"으응~?!"

필로가 고개를 높이 들어 하늘을 올려다본다.

갑작스러운 돌풍으로 인해 회오리가 발생하고, 우리 군 앞을 통과해 갔다.

상당한 고밀도의 회오리였던 것 같은데?

"엄청난 마법이었어. 저릿저릿할 정도로 강한 힘이 왔어~."

"의식마법 '대회오리'야. 이렇게까지 밀도가 높은 마법이라면, 상당한 실력의 술사가 지휘하고 있을 거야. 급조한 부대로 대항하기는 힘들걸."

"나라면 돌파하지 못할 건 없을 것 같지만⋯⋯."

이건 경고인가?

흐음⋯⋯. 솔직히 말해 상대의 말에 따라야 할 이유는 없다. 어디까지나 지금까지의 분위기를 바탕으로 상대할지 말지 고민했을 뿐이다. 그러나 이 회오리가 상당히 호전적으로 느껴지는 바람에 인상이 부정적으로 기운다.

하지만 쓸데없는 싸움을 하는 것보다 낫다는 말도 수긍이 가긴 한다.

"우리가 승리할 경우에는 어떻게 되지?"

"수룡의 무녀가 순순히 투항하겠다고 합니다."

"천명과 같이 투항할 생각은 없는 건가?"

내 물음에 전령들은 고개를 끄덕인다.

논의할 가치도 없는 제안이다. 하지만 이 녀석은 한 번 의리를 지킨 바가 있었다.

멍청한 우두머리 때문에 고통 받는 장군 같은 느낌이니, 제안에 응해 주는 것도 괜찮을지도 모르겠군.

"나오후미, 이 누나는 싸울 수 있다구."

"네 동생이라는 모양인데, 괜찮겠어?"

"이 누나가 뛰어넘어야 할 상대인 것 같기도 하고, 선대 무녀로서 당대 무녀에게 이 누나가 얼마나 강한지 보여줘야 하지 않겠니?"

"그렇군."

사디나가 정말 싸우기를 원하는 것 같으니 상대의 제안을 받아들여 줄까.

"알았어. 다만 입회인 정도는 가도 되겠지?"

"네. 하지만……."

전령이 라프타리아에게로 눈길을 돌린다.

하긴. 안전을 위해서라도 라프타리아는 안 가는 편이 좋을지도 모른다.

"나오후미 님……."

라프타리아의 얼굴에는 가고 싶은 기색이 역력하다.

내 곁에 있는 게 더 안전하다는 것도 사실이고.

유성방패를 전개해 두면 갑작스러운 자객의 공격에도 대처할 수 있을 것이다.

"괜찮아. 방패 용사인 내가 호위할 테니까."

"고맙습니다!"

갈 수 있다는 말에 라프타리아가 기뻐한다.

뭐, 내 생각에는 떨어져 있는 게 오히려 무섭다는 게 본심이긴 하지만.

"라프~."

"필로도 볼래~."

"음———."

세인도 손을 든다. 내 곁에서 떨어질 생각은 없다는 태도
다.

이러다가는 우르르 떼로 몰려가게 되겠군.

"할 수 없지. 최대한 조심해야 해."

이렇게 해서 우리는 현임 수룡의 무녀가 기다리고 있는
전장으로 발걸음을 옮겼다.

전국시대의 전장도 이런 느낌이었을까?

그렇게 생각하면서, 혁명군의 대표 자격으로 걸어간다.

바보 천명파 무녀들도 이쪽으로 오고 있는 모양이다.

양 진영의 한가운데에 사람들…… 아니, 병사 몇 명과 범
고래 모양의 수인이 도를 들고 도사리고 있다.

도를 사용하는 자들인가?

사디나도 상대의 방식에 맞춰서 수인화하고 다가간다.

나는 상대 무녀의 모습을 응시했다.

신장은 사디나보다 약간 작은 편이고, 곳곳이 둥글둥글하
게 보인다.

비교해 보면 색이 좀 다르군. 물론 의상도 다르다.

사디나는 조끼에 훈도시 같은 차림을 애용하는데 반해,
상대는 두툼한 베스트에 홀더, 헐렁한 바지 차림이다.

조끼와 베스트는 사실 비슷한 의미지만…… 분위기의 차
이라고나 할까?

2P 컬러……라고 생각하는 건 너무 게임적인 사고방식이군.

그리고, 뭔가 빨간 문신 같은 게 온몸에 새겨져 있는 게 보인다.

뭐랄까. 사디나에 비하면 샤먼 같은 느낌이랄까?

조디아와는 분위기가 다르지만…… 확실하게는 분간이 안 간다.

어디 한번 말을 걸어 볼까 싶었을 때, 사디나가 한 발짝 앞으로 나섰다.

애초에 가까이 있는 내 얼굴을 못 알아본 걸 보면, 조디아는 아닌 모양이다.

그리고 그런 우연이 몇 번이나 이어질 리가 없을 테니까.

"네가 이 언니의 동생이니?"

"……."

범고래 수인이 말없이 고개를 끄덕이고는, 베스트 주머니에서 병을 꺼내 마신다.

능력을 끌어올리는 약물 같은 건가?

한 병을 다 들이켜고는, 같은 걸 하나 더 꺼내서 사디나에게 던져준다.

사디나는 병뚜껑을 따서 냄새를 맡는다.

"어머나, 그리운 냄새가 나는걸. 토속주잖아."

술을 선물한 건가……. 설마 그런 건 아니겠지.

"이제 서로 같은 조건이야, 사디나…… 내가 분명히 더 유능하다는 걸 증명하고 말 거야."

"신탁이 있으니 이 언니보다 더 유능하잖아?"

"말장난 작작 하시지…… 내가 얼마나 너와 비교당하며 살아왔는지 알기는 해?!"

찌릿찌릿하게 적의가 전해져 온다.

"하~나도 모르겠는걸. 이 언니는 평판이 형편없었으니까."

"네가 사라지는 바람에 나라가 얼마나 어지러워졌는지! 자기가 얼마나 절대적인 두려움을 사던 괴물이었는지 모르고 있었다는 거야?!"

이 말은 사디나가 떠난 탓에 국가의 치안이 곤두박질쳤다는 뜻이리라.

후방에 있는 이 나라 녀석들에게 시선을 돌렸더니, 다들 고개를 끄덕였다.

역시 그랬군…… 곰곰이 생각해 보면, 적들은 사디나를 대할 때는 제법 신중했었다.

그럭저럭 머릿수도 모아서 덤벼들었고 말이지.

"소문은 다 뜬소문이잖니?"

"억지로 네 뒤를 잇고 그런 뜬소문에 휘둘려야 했던 사람 처지도 생각해 보시지!"

우와 엄청나게 미움 받고 있잖아. 세상에는 그런 일도 있었던 모양이다.

내 경우, 동생 쪽이 평판이 더 좋았으니, 공감하기가 힘들지만.

"이 언니도 미안하게 생각해. 설마 이 언니의 뒤를 잇기 위해서 그 사람들이 그런 식으로 애를 쓸 줄은 생각도 못 했으니까."

"나는…… 나는 지옥을 봤어! 너에 필적하는 자가 되기 위해서…… 얼마나 고생했는지 알기는 하는 거야?!"

"이 언니가 벌리고 뚫어 놓은 구멍을, 이 언니와 똑같은 능력을 가진 사람을 만들어내서 메우려고 하다니, 미친 생각 아니니?"

언니가 우수하니까 다음에 태어난 동생도 우수한 게 당연하다, 그런 식으로 생각한 건가?

썩어 빠진 악질 부모로군.

그나저나 사디나, 역시 넌 강하다고 평가받고 있었잖아.

신탁이 없다는 이유로 무시당했다던 건 그저 유일한 약점을 지적당했던 것뿐이었으리라.

"분명히 그러지 말라고 당부했는데도 그런 짓을 하니 수룡님이 버릴 만도 하지. 이 언니도 그 사람들한테 따끔한 맛을 보여주러 가야겠는걸……."

사디나는 파직 하고 전기를 몸에 두르고, 깔보지도 동정하지도 않고 그렇게 대답했다.

"기왕 이 언니를 지명해 줬으니, 수룡님의 무녀였던 자로서 제대로 상대해 줘야겠구나."

"게다가…… 수룡님이 부탁한 상대는 애초에 너였어. 그런 마당에 내가 인정을 받을 수 있었을 것 같아?!"

현직 수룡의 무녀가 살기를 내뿜으며 도를 겨눈다.

사디나도 언제든 상대할 수 있도록 작살을 움켜쥐고 있다.

정신적인 여유는 사디나 쪽이 우세한 것처럼 보인다.

으음……? 뭐지? 상대가 바람을 휘감고 있는 것처럼 보이잖아?

"사디나……. 너는 정령구의 축복을 받은 상태라고 들었어. 전력을 다해서 덤벼!"

"어머나? 이 언니는 나라를 떠나기 전보다 훨~씬 더 강해졌는데, 그래도 괜찮겠니?"

"그래. 이쪽 역시 천명님에게서 받은 힘이 있으니, 그걸로 상대해 주지. 그리고 나 자신의 힘을…… 신탁의 힘을 똑똑히 보도록!"

상대방 무녀는 주머니 속에서 술을 꺼내서 들이킨다.

응? 몸에 새겨진 문양이 빛난 것처럼 보이는데…….

"……이름도 말 안 하고 싸우는 건 좀 아닌 것 같으니까 가르쳐 주지. 내 이름은 실다나. 현직 수룡의 무녀이자 살육의 무녀. 사디나…… 너를 뛰어넘은 자의 이름. 지금 내 주력 마법은 바람…… 신탁의 힘이 얼마나 무서운지, 똑똑히 가르쳐 줄게."

분노에 가득 차 있던 목소리가, 평소의 사디나 같은 말투로 바뀐 것 같은데?

"어머나? 신탁이라는 게 정말 있는 거야?"

"지금부터 보여주겠어……. 영웅들과 조상들의 목소리가 가진 힘을!"

실디나는 그렇게 말하고 허리춤에 찬 홀더에서…… 네모난 카드 같은 걸 꺼내서 공중에 내던진다.

카드는 아름다운 궤적을 그리며 떨어진다.

마치 카드가 땅바닥에 떨어지는 것이 바로 전투 개시의 신호이기라도 한 듯이.

"하아아아아아아아아아아앗!"

카드가 땅바닥에 떨어지는 동시에 실디나가 몸을 낮추어 돌격, 도를 한껏 휘둘러서 벤다.

사디나는 그 돌격을 작살로 가볍게 흘려보내는 동시에 쳐내는 힘을 이용해서 1회전, 작살 자루로 후려친다.

"공격하는 동작이 너무 큰걸? 날카로운 맛이 없잖니?"

실디나의 등에 작살 자루가 닿는가 싶었던, 바로 그 순간.

"어설퍼!"

실디나의 등에 전개된 바람이 사디나의 일격을 막아내고, 커다란 돌풍을 불러일으킨다.

"어머나어머나, 잔재주를 좀 쓸 줄 아는걸? 그치만 그 정도는 이 언니도 쓸 줄 안단다."

사디나의 온몸에서 파직파직 번개가 발생해서, 바람을 힘으로 밀어내려 한다.

"하앗!"

그 틈에 실디나가 손을 앞으로 내뻗어서, 사디나의 배를 향해 바람 덩어리 같은 걸 찍어 누른다.

"쓸데없는 집착은 전투력을 무디게 만드는 법이라구."

그 공방의 허를 찌르듯이, 사디나의 꼬리가 실디나의 허리 부근에 명중, 그에 그치지 않고 발차기가 들어간다.

"으……."

첫 공방은 사디나 쪽에 손을 들어줄 수 있겠군.

하지만 실디나도 그 공격을 쳐내듯이 꼬리를 휘둘러서 사디나의 허벅지를 힘껏 후려친다.

"이런, 이 언니도 한 방 먹었는걸."

"나를 너무 얕보면 곤란하다구. 오랫동안 계승돼 온 마법에는, 이런 사용법도 있어!"

『힘의 근원인 내가 명한다. 다시금 이치를 깨우쳐──.』

"이 언니한테 그런 게 통할 줄 알았니?"

사디나는 용맥법을 사용할 수 있다.

여차하면 쯔바이트 레벨의 마법까지도 저지할 수 있다.

『용맥이여, 대지여──.』

"어, 어머나? 영창 방해가 어렵잖아. 제법인걸."

보아하니 사디나도 방해하기 힘든 모양이다.

이런 건 사용자의 실력이 영향을 미치니까, 실디나의 실력은 사디나와 동등한 수준이라는 뜻이 될 것이다.

나라면 중단시킬 수 있을까 싶은 생각에 상대방의 마법을 해독해 보았다.

뭐야, 저건?

실디나가 영창한 마법── 마법처럼 보이기도 하고 용맥법처럼 보이기도 할 만큼 복잡하고, 합창마법의 영역에 도달했다고 해도 과언일 아닐 정도다.

『신풍이여, 나를 보호하고 적을 물리치는 힘이 되어라!』

"드라이파 신풍(神風) 아머!"

실디나는 도에서 손을 떼고, 온몸을 이용해서 사디나에게 돌격한다.

물론 바람을 휘감은 상태다.

저건── 필로의 스파이럴 스트라이크와 비슷한 움직임이잖아.

아니, 사디나가 썼던 수룡멸파(水龍滅破)라는 것과도 비슷하다.

"오오!"

사디나는 작살을 능숙하게 틀어서 도약, 돌격을 회피한다.

"각오하라구~!"

사디나는 공격 탓에 발생한 빈틈을 놓치지 않고 실디나의 작살로 등을 찌르려 했다가, 갑자기 공격을 중단하고 재빨리 뒷걸음질 쳤다.

왜 공격을 안 하는 거지?

"주인님, 저 사람, 바람 마법 무지 잘 써. 그대로 공격했었다면 사디나 언니가 베였을 거야."

실디나는 보이지 않는 칼날을 다루고 있다는 건가.

나는 시선을 집중해서 확인한다.

음……. 용맥법과 기를 사용해서 해석하는 데 성공했다.

뭐야, 저건? 마법처럼 보이기도 하는데, 지속적으로 바람을 발생시키는 공격인가?

"어머나어머나, 재미있는 걸 하는구나."

실디나는 여전히 휘휘 바람을 휘감고 있다.

마치 바람으로 만든 갑옷 같군.

바람 마법을 손처럼 이용해서, 아까 던졌던 도를 공중에 띄우고 있었다.

플로트 계열의 마법인가 보군.

그러고 보니 렌 녀석…… 플로트 계열 스킬이 나왔는데도, 통 쓸 생각을 안 한단 말이지.

아무래도 검을 다루는 쪽으로 의식이 집중되기 때문이라고 그랬었다.

라프타리아도 비슷한 스킬을 갖고 있을까?

있으면 편리할 텐데 말이지.

그렇게 생각하면서, 나는 플로트 실드를 빙글빙글 돌린다.

"나오후미 님, 혹시 지금 딴생각 하시는 거 아니에요?"

라프타리아에게 들켰다. 전투에 집중한다.

"어림없어! 나는 이 정도로 멈추지 않아!"

사디나가 작살을 회전시키자, 파직파직 불꽃이 튄다.

바람 칼날이 여러 개 날아다니고 있는 건가.

그뿐만이 아니라 본체, 그리고 공중에 떠 있는 도의 공격까지 조합되어 사디나를 몰아붙인다.

"어머나…… 재미있는 걸 할 줄 아는구나. 조금 즐길 수 있을 것 같네."

상대의 속도에 완벽하게 대처하는 사디나의 실력도 무시무시하다.

"라프타리아나 아트라의 공격에 익숙해지면 이 정도는 손쉽게 요리할 수 있다구."

굉장한데.

뭐, 나였다면 유성방패를 전개해서 전부 다 막았겠지만.

바람 마법을 파악하는 건 버거운 일이지만, 그렇다고 대처하지 못할 정도는 아니다.

"우우……. 뭔가 굉장해~. 필로도 따라 하고 싶어."

"노력하면 할 수 있지 않을까?"

"으응……. 두 가지 목소리를 동시에 내는 방법을 모르겠어."

그러고 보니 실디나의 마법 영창이 뭔가 좀 이상하다.

입은 하나이건만, 목소리가 2중으로 겹쳐져서, 각기 다른 목소리를 내고 있었던 것이다.

저게 신탁에 의한 마법영창이라는 건가?

"좋아, 재미있는 마술도 구경했으니까 이 언니도 힘 좀 써 볼게."

그렇게 말하면서, 사디나는 퍼스트 클래스의 마법을 재빨리 영창한다.

"퍼스트 라이트닝볼트! 퍼스트 체인라이트닝!"

파직파직 하고 사디나 주위에 번개가 발생한다.

"소용없어. 그 정도 마법은 내 바람으로 날려버릴 테니까!"

실디나가 그렇게 대답하고, 바람이 사디나의 마법들 사이를 순회하며 날려 버린다.

"그 번개의 힘, 내가 역으로 이용해 주겠어!"

실디나가 바람으로 사디나의 번개를 긁어모아서, 도와 바람 칼날에 섞어 사디나를 향해 내쏘았다.

유도된 번개와 두 개의 칼날…… 그리고 실디나 본인에 의한 돌격이 사디나에게로 덮쳐든다.

"후훗, 이 언니가 그 정도 마법밖에 못 쓸 줄 알았니? 다음은 이거란다~."

사디나는 하늘을 올려다본다.

"너만 바람 마법을 쓸 줄 아는 거라고 생각했다면, 아주 큰 오산이라구."

사디나는 번개와 공기로부터 힘을 끌어 모은다.

『나, 사디나가 대기의 힘을 끌어내고, 구현하고자 하노라. 용맥이여, 나를 지키고, 적을 쳐내라!』

"윈드 실!"

사디나 앞에 바람 내성 효과가 걸린 마법이 발생, 쩍 하고 실디나의 공격을 막아선다.

"그 정도 방어벽을 돌파하는 것쯤은 식은 죽 먹기야!"

"어머나, 이 언니가 그냥 네 공격을 막으려서 이런 마법을 썼다고 생각하는 거니? 마법에는 말이지, 이런 활용법도 있단다."

사디나는 실디나의 공격을 막아내는 동시에…… 바람의 방벽으로 상대의 바람을 받아들인다.

하지만 결국은 언 발에 오줌 누기, 방벽이 순식간에 벗겨져 나가는 것이 보인다.

물론 그만큼 실디나의 바람 갑옷의 밀도가 순간적으로 줄어든 것처럼 보이긴 했다.

하지만 그게 전부다. 저지하기에는 한없이 부족하다.

"고작 그 정도야? 기대에 못 미쳐도 한참 못 미치는걸?"

실디나는 웃음을 머금은 채, 바람과 번개가 뒤섞인 일격을 사디나에게 날린다.

"그렇게 생각하니? 안됐는걸. 애초에 이 언니의 번개를 이용하겠다는 발상 자체가 너무 안이했다구."

"뭐야?!"

사디나가 딱 하고 손가락을 튕기자, 실디나가 이용하고 있던 번개의 출력이 급상승해서 커다랗게 터져 나간다.

"네가 바람으로 이용하도록 의도적으로 유도한 거니까, 당연히 이런 것도 할 수 있지."

"그게 어쨌다는 거야?"

"어머나? 모르겠니? 주위 상황이 어떤지, 안 보이는 모양이지?"

사디나의 말을 듣고, 실디나가 퍼뜩 놀라서 주위를 둘러본다.

파직파직 하고 주위에 정전기가 발생하고, 지면에 불꽃이 튀기 시작한다.

마치…… 여기에 번개가 떨어진 것 같은 상태다.

용맥법을 영창하는 동안 사디나가 의도적으로 그렇게 만든 건지, 구름이 모여들어서 뇌운을 형성하고 있었다.

그렇다, 어느 틈엔가 하늘에 뇌운이 모여들어 있었던 것이다.

"거대한 바람을 일으켜서 뇌운을 흩어 버리면 돼!"

"소용없어. 이 언니의 번개는 바람 속에도 충분히 넘치고 있으니까."

사디나는 경멸이 담긴 목소리로 대답하고 작살을 휘둘러 내린다.

"영창 방해에 당하지 않도록 준비하느라고 꽤 애를 먹었지 뭐니. 그럼 짤막하게 영창할게. 얼마나 버티는지 한번 해 보자구. 드라이파…… 선더 버스트!"

거리를 벌리려는 실디나를 추격하듯이, 사디나는 교묘하게 작살을 자기 쪽으로 끌어당겨서, 자기 자신과 실디나가 속한 영역 전체에 번개를 퍼붓는다.

순간적인 섬광과 함께, 상공의 뇌운으로부터 굵직한 번개가 쏟아져서, 두 사람에게 명중한다.

"끄으으으으으……."

실디나의 바람 갑옷이 번개를 가까스로 비껴내긴 했으나, 동시에 산산이 흩어지며 조금씩 벗겨져 나간다.

바람 칼날은 이미 흩어졌고, 도가 피뢰침 역할을 해서 번개가 바닥으로 빨려 들어간다.

"하아…… 하아……."

"어머나, 꽤 잘 견디는걸. 그치만…… 이 언니의 다음 공격은 못 막을걸?"

그렇게 격렬한 마법이 퍼부어졌건만, 두 사람 모두 이렇다 할 대미지를 입지 않은 상태다.

실디나는 조금 숨이 가빠진 것 같긴 하지만.

"드라이파 라이트닝 스피드와 선더 가드. 자, 자, 이 언니랑 좀 더 재미있게 놀자구. 더 빠르게…… 마법을 영창해 줄게!"

번개를 깃들인 사디나는, 자신이 공격마법을 얻어맞아도 그걸 이용할 수 있는 수단을 갖고 있다.

적에게는 성가신 상대다. 군더더기 없는 움직임으로 몰아붙인다.

"어림없어! 내 힘은 아직 제대로 발휘도 안 했다구!"

"그럼, 어디 한번 해 볼까?"

사디나와 실디나는 거리를 벌리고 눈싸움을 시작한다.

쌍방이 내쏜 번개와 바람이 충돌하고 있지만, 이건 본인들이 의도적으로 내쏜 것이 아니다.

어디까지나 예비동작에 의한 부차작용이라 해야 할까.

"뭐, 뭔가 대단해요."

전투를 보며, 리시아가 중얼거린다.

그러게 말야. 이렇게까지 격렬한 자매 대결이 있었던가?

똑같은 범고래 수인들끼리 이런 걸 쏴대는 걸 보니 감회가 깊다.

정말이지, 사디나는 저력을 알 수 없는 녀석이라니까.

다만…… 이 싸움을 보자면,

사디나, 번개술사.

실디나, 바람술사.

이건 마치 풍신과 뇌신의 싸움처럼 보이기도 한다.

원래 사디나와 같이 합창마법을 쓸 때 사용하는 뇌신강림 때문에 그런 생각이 드는 거겠지.

그리고 아마 두 사람 모두 용맥법을 습득한 상태고, 물 계열 마법의 자질도 갖고 있을 것이다.

의지를 가진 번개가 실디나에게 덮쳐들고, 실디나는 작살의 일격을 회피하면서, 바람에 깃들어 있는 물의 흐름을 이용해서 번개를 흘려보낸다.

"왜일까요. 이 싸움이 어쩐지 점점…… 아름답게 느껴지기 시작했어요."

"그러게 말야."

탁월한 기술들이 충돌하는 모습에 홀리기라도 한 듯이, 양쪽 세력 모두 싸움을 지켜보기만 할 수밖에 없었다.

"이것도 견딜 수 있을까? 뇌격섬(雷擊銛)!"

사디나가 실디나를 향해서 번개를 휘감은 작살을 내던진다.

실디나는 바람을 휘감은 도로 그 작살을 쳐냈다.

사디나가 손을 앞으로 뻗자, 방금 던졌던 작살이 원을 그리며 사디나의 손으로 돌아온다.

자력 조작까지 할 수 있다니…… 번개 속성도 제법 만능이군.

"더 공격해 볼까."

작살에 파직 하고 한층 더 강력한 전기가 깃들고, 삼지창 모양의 거대한 작살으로 변해 간다.

한층 더 위력을 보충하겠다는 듯, 번개가 사디나에게 쏟아져 내린다.

"으응…… 조금 더 마력을 보충해야겠는걸."

사디나는 그렇게 말하고 허리춤에서 술병을 꺼내서 들이켜기 시작했다.

이런 상황에도 여유만만하군.

그런데, 실디나도 지지 않고 술을 마신다.

"꿀꺽…… 꿀꺽…… 푸하아!"

"어머나, 제법 마시는걸? 차라리 술 대결로 종목을 바꿀까?"

"어느 쪽이든 나는 안 져! 신탁의 위력을 똑똑히 보여줄…… 거라규."

아, 취하기 시작한 것 같은데?

"너 말야…… 아까부터 궁금했었는데, 혹시 이미 취해 있는 거 아니니?"

사디나가 어리둥절한 얼굴로 실디나에게 묻는다.

너는 평소에도 항상 취해 있는 것 같은 성격이지만 말이지.

"안 취했어……. 멀쩡해."

실디나가 배후에 있는 자기편 병사에게 시선을 보내자, 병사가 그녀의 발치로 작살 하나를 던진다.

녹슨…… 작살인가?

"어머나? 그건…… 옛날 생각나는걸. 이 언니의 작살이잖니."

"그래. 네가 쿠텐로에 두고 간 작살이지."

실디나는 그렇게 말하면서 녹슨 작살을 움켜쥔다.

"……라프?"

라프짱이 뭔가 시선을 집중하기 시작한다.

"왜 그래?"

"라프라프."

뭔가 열심히 설명해 줬지만, 애석하게도 못 알아듣겠다.

필로에게로 시선을 보낸다.

"있잖아, 저 작살에서 뭔가가 나와서, 저 언니 몸속으로 들어갔대."

신탁이니 뭐니 하는 그건가?

"이렇게까지 궁지에 몰린 건 처음이야……. 보여주지. 수룡의 무녀가 가진 진정한 힘을!"

그렇게 말하고…… 실디나가 작살을 내던지고 사디나를 향해 불길한 웃음을 짓는다.

뭐지? 실디나가 휘감고 있는 공기가 달라진 것 같다.

"드라이파 라이트닝 스피드, 선더 가드!"

실디나가 사디나와 같은 번개 계통 지원마법을 발동시켰다?!

"물론…… 이쪽도 쓸 수 있다구."

동시에 바람 갑옷도 두르고 있다.

실디나가 풍뢰(風雷)의 갑옷으로 변한 마법을 휘감고 웃는다.

"어머나? 번개 마법까지 쓸 줄 아니? 그런데, 이상한걸. 이 언니와 같은 마력이 느껴져."

"이것이 신탁의 힘…… 신탁의 자질이 없는 무녀, 너 자신이 버린 마음이 승패를 가르는 거야."

……버린 마음?

"한 번 추출하기만 하면…… 이렇게 카드에 담을 수 있지!"

이번에는 내 눈에도 보였다. 백지 카드를 꺼내서, 뭔가 마법적인 힘을 불어넣었다.

그러자 카드에 무늬가 생겨났다. 번개와 범고래를 그린 일러스트인가?

……조디아에게 받았던 카드와 비슷하게 보이는데…….

"아하, 신탁이라는 건 원래 그런 거였구나. 물건 같은 것에 깃든 의지를 카드에 담아서 휴대하고, 필요한 상황이 되면 자기 몸에 깃들이고, 재현하는 힘…… 굉장한걸~."

합창마법의 영역에 달했던 그 마법을 사용할 수 있었던 것도, 어쩌면 신탁이라는 능력을 응용한 것 아니었을까?

실디나는 바람 마법 사용자다. 공기의 진동을 이용해서 영창과 유사한 기능을 구현할 수 있게 만드는 것이다.

의식으로는 신탁의 힘을 빌리고, 영창은 마법으로 분담한다.

그렇게 하면 실질적으로 혼자서 합창마법을 영창할 수 있게 될지도 모른다.

필로도 따라 하면 혼자서 합창마법을 쓸 수 있으려나?

"필로도 바람 마법을 쓸 줄 알잖아? 바람 마법으로 영창을 만들어서 한 번에 두 개의 마법을 영창해 보는 건 어때?"

"어? 으~음⋯⋯."

필로가 팔짱을 끼고 고민에 잠겼다가, 마법을 영창하려다 고개를 갸웃거린다.

"마법 하나로 마법 두 개를 만들어 보려고 했는데 안 됐어~. 마력이 빙빙 돌아~."

그렇군. 필로의 설명이 어설프기 짝이 없긴 하지만, 하여간 엄청난 고도의 기술이라는 거겠지.

손쉽게 따라 할 수 있는 건 아닌가 보군.

사디나가 쿠텐로에 두고 간 작살에 남아 있던 사념을 수습해서 얻은 힘에⋯⋯ 뭐랄까.

지금까지 모은 위인과 용사들의 유품들 수만큼 강해진다.

그런 재능을 신탁이라 부르는 거라면, 귀중한 직책을 맡기는 이유도 이해가 간다.

"감탄이나 하고 있을 수 있는 것도 지금뿐일걸?"

다만 인격에도 제법 영향을 미치는 모양이다.

실디나의 말투가 아까보다 더 사디나와 비슷해진 것 같은 느낌이다.

"근래 최강이라 불리던 무녀와 내 힘을 합치면, 당해내지 못할 적은 없다구. 게다가⋯⋯."

쑥 하고 땅속에서 뭔가 흉악한 느낌이 드는 도가 출현하고, 실디나가 그것을 움켜쥔다.

저건…… 틀림없다. 상당히 위험한, 저주받은 물건이다.

저런 걸 들어도 괜찮은 건가?

"큭…… 자아! 간다!"

실디나에게 휘감긴 기가 흉흉한 것으로 변색됐다.

썩 좋게 보이지는 않는 행동인데.

우리가 상대하는 게 나으려나?

그렇게 생각하고 있으려니, 사디나가 우리 쪽으로 시선을 보내서 가로막는다.

"어떤 것에 담겨 있는 의지든 다 읽어낼 수 있는 건 굉장한걸. 술에 취한 덕분에 할 수 있는 건 아닌 것 같고."

사디나는 정말이지 맥 빠지는 목소리로 말한다.

"좋아…… 그럼 이 언니가, 최근에 습득한 제일 큰 기술을 보여줄 때가 된 것 같네."

콰쾅 하는 느낌으로, 사디나 쪽에서 굉음이 울려 퍼진다.

"자매의 정을 봐서, 일격에 해치워주마!"

순간, 여자라고는 믿기 힘든 목소리가 들려왔다.

"우~."

"라프~."

필로와 라프짱이 겁에 질린 얼굴로 실디나를 보고 있다.

"빨리 막는 게 좋을 것 같아. 저 언니, 보고 있으니까 어쩐지 슬퍼져."

"라프~."

"슬프단 말이지……."

뒤틀린 환경에서 자라난 사디나의 분신 같은 녀석이라는 모양이니까 말이지.

최대한 빨리 막아야 할 거라는 생각은 나도 마찬가지이긴 한데…….

사디나와 실디나가 각각 필살기를 쓰려고 한다.

먼저 쓴 것은 실디나였다.

검은 두 자루의 도에 번개와 바람을 휘감은 채, 사디나를 향해 휘두른다.

그러자 두 마리의 용이 사디나를 향해 날아간다.

"받아라! 살육의 무녀 중 최강은, 바로 나다!"

뒤이어 검은색과 흰색으로 이루어진 범고래 모습으로 변신…… 아니, 마법으로 모습을 변형시켜서, 사디나를 물어뜯을 기세로 동시에 도를 휘두른다.

두 마리의 용과 범고래 모양의 파상공격이 사디나를 향해 덮쳐든다.

하지만 사디나는 작살을 앞으로 겨눈 채 의식을 집중해서 마법 영창을 반복하고 있었다.

그리고 공격이 명중하는 순간.

"간다! 명신(鳴神)!"

천공에서 수없이 쏟아져 내리는 뇌광이 용과 범고래를 모조리 날려 버린다.

아니, 명신이라고?!

그건 수화 보조를 통해 변화했을 때만 쓸 수 있던 전용마법이었는데, 사디나는 이제 아무런 보조 없이도 쓸 수 있게 된 건가? 아니면 감각을 파악한 덕분에 언제든지 영창할 수 있게 된 건가?

"사디나 언니, 나오후미 님의 힘이 없이도 저 마법을 영창할 수 있게 된 건가요?!"

파직파직. 무슨 배틀물 만화 같은 방전이 이어지고 있다.

"끄아아아아아아아아아아아아아악?!"

실디나가 고밀도의 번개를 맞고 나가떨어졌다.

"생긴 건 확실히 강해 보이지만 밀도가 부족한걸. 굳이 표현하자면 이것저것 너무 많이 섞어서 일격이 가벼워졌다고나 할까?"

"끅…… 끄으으…….

"포울은 수화했을 때라고 해서 딱히 뭔가 기술 같은 걸 쓴 게 아니었으니까……. 감각적으로 사용한 걸까?"

"어떨까요?"

사디나에게 시선을 보내니, 엉뚱하게 윙크나 하고 있다.

대답이나 하라고!

수화 보조는, 방법에 따라서는 커다란 성장 효과를 기대할 수 있게 될 것 같다.

실디나는 도를 지면에 꽂고 일어선다.

원래 튼튼한 건지, 아니면 천명의 축복이 가진 힘 때문인지.

아스트랄 인첸트가 걸린 것처럼 보이지는 않는데 말이지.

시선을 집중해서 확인해 본다……. 하지만 역시 잘 모르겠다.

독자적 기준의 보조마법 같은 거니까, 눈으로 판단하는 건 불가능하겠지.

"그리고 말야, 이 언니의 마음을 재현한 것 같지만, 과거의 이 언니보다 지금의 이 언니가 더 강한 게 당연한 것 아니니? 보고도 모르겠어?"

뭐, 하긴 그렇지.

사디나가 갖고 있던 무언가를 통해서 예전 사디나의 의식을 복제하는 건 가능하겠지만, 본인을 상대로 그런 걸 써 봤자, 경험 등 모든 면에 있어서 지금의 사디나가 더 뛰어난 것이다.

더불어 저주받은 도와 또 다른 무언가로 힘을 끌어올린 것 같았지만, 그 반작용으로 통일성이 없다.

"여러 가지 속성을 가진 아이들이 그런 것처럼, 너무 중구난방이란 얘기야. 더 효율적으로 써야지."

내가 아는 다속성 소유자라면 리시아가 있다.

엘레멘틀…… 불과 물과 바람과 땅의 합성 만능 속성.

사용이 까다로운 데다 자질 보유자도 적어서 사용자가 얼마 안 된다.

뭐, 요령 없는 리시아에게 딱 들어맞는 마법이다.

"확실히 굉장한 재능과 노력이 느껴지긴 해. 하지만 그렇기 때문에 남의 힘을 빌리면 빌릴수록 빈틈이 생겨나는 거야."

"남의 힘?! ……이 힘은 내 힘이야!"

사디나는 고개를 가로젓고, 한탄하듯이 대꾸한다.

"신탁이라는 게 이런 거라면 이 언니는 그 재능이 없었던 게 다행이라고 생각해. 너는 그 힘으로 이 언니보다 더 높은 자리에 앉았잖니? 그거면 되는 거 아냐?"

"인정…… 못 해! 내가 진짜 무녀라는 걸 증명해야 하니까……."

"그리고 마법은 감정에 좌우되는 경우가 많아. 그런 엉망진창인 정신 상태로 마법을 써 봤자 이 언니를 당해낼 수는 없을걸? 좀 더 여유를 가져야지."

실디나는 척 하고, 다시 홀더에서 카드를 꺼내서 움켜쥔다.

그러자 실디나의 상처가 아물어 간다.

회복계 마법을 쓸 수 있게 해 주는 카드인가?

편리하군. 한 명만 있어도 다양한 국면에서 활용할 수 있는 만능 전사잖아.

사디나도 괴물처럼 강하지만, 상대방 역시 만만치 않은 능력을 갖고 있는 모양이다.

실디나는 루코르 열매 같은 것을 꺼내더니 손으로 으깨어서 핥았다.

"어머나……."

아, 사디나가 부러움 섞인 얼굴로 실디나를 쳐다보잖아.

"딸꾹……."

오? 안 쓰러지고 버틸 수 있는 건가?

역시 나 이외에도 먹을 수 있는 녀석이 있었잖아.

"……이렇게 된 이상 수단 방법이나 가리고 있을 쑨 없지. 이 방법만은 쓰고 싶지 않았는데……."

방금 혀가 제대로 안 돌아가는 것 같았는데?

그리고 실디나가 카드를 꺼내서 움켜쥔다.

해머와 음양 마크가 그려진 카드다.

"라프?!"

라프짱이 뭔가 이상한 목소리를 낸다.

어렴풋이…… 카드로부터 연분홍색의 무언가가 나오고 있는 것처럼 보이는군.

저건 뭐지?

"어라? 뭐죠? 뭔가 축복과도 다른 것 같은데요?"

"라프타리아 눈에는 보여?"

"네."

"이 히뮨, 내 비쟝의 카듀…… 똑똑히 보라구."

카드로부터 뭔가 힘을 받았는지 실디나의 몸에 새겨진 문양이 빛난다. 어렴풋하게…… 마력으로 구성된 꼬리 같은 게 돋아나는 동시에…… 실디나가 아인 형태로 변했는데, 아까보다 움직임이 더 빨라지는 바람에 순간적으로 시야에서 놓치고 만다.

고밀도의 바람 사이를 누비고 다니는 그림자로만 보이는데…….

술에 취해서 비틀거리던 걸음이 재빠른 스텝으로 변화해 간다.

지금까지보다 눈에 띄게 움직임이 좋아졌다.

그리고 실디나로 보이는 그림자가 여러 개 생겨나서 사디나를 둘러싸고, 덮쳐들었다.

저 꼬리…… 어디서 본 것 같은데.

나는 천천히 라프타리아 쪽을 쳐다본다.

라프타리아와 라프짱이 눈으로 하나의 그림자를 쫓고 있었다.

"어라? 환각? 이 정도로 이 언니를 속일 수 있을 것 같니?"

사디나가 작살로 사디나의 분신 가운데 하나를 찍는다.

그건 라프타리아가 쳐다보던 그림자가 아니었다.

"어림없는 짓……. 음파로 감지하는 건 좋지만, 일부러 간파당하도록 환각을 만들었다는 걸 알아채지 못했구나? 더 주의 깊게 생각해야 하노라."

하노라?

말투가 바뀌었잖아. 이게 비장의 카드인가?

실디나는 자신에게 박힌 사디나의 작살을 움켜쥐고, 바람 덩어리로 변해 그 작살을 날려버린다. 동시에 다른 분신이 사디나에게 덤벼들었다.

"어머나? 아까보다 밀도가 높아졌는걸. 마법도 제법 교묘하고…… 마치……."

물론 사디나는 번개 마법과 정교한 체술(體術)로 이 공격을 회피했지만, 서서히 밀리고 있는 것처럼 보이는 것 같기도 하다.

"사디나 언니!"

"라프~!"

라프타리아와 라프짱이 그렇게 외친 것은, 아인 형태의 실디나가…… 커다란 바람을 휘감아 해머처럼 변한 도를 사디나에게 후려치려 한 순간이었다.

하지만 그것 역시 바람으로 구성된 분신이었고, 실디나가 내쏜 음양 문양 같은 것이 사디나에게 엉겨 붙더니, 이내 기하학적 문양으로 변해서 옭아맨다.

"어머나, 꽤 특이한 마법이구나. 이 언니의 마법이 조금씩 흩어져 가는 게 느껴지는걸."

사디나는 파직파직 번개 마법을 휘감아서 실디나의 공격을 흩어 놓고 있지만, 그 기세를 따라잡지 못한다.

그리고 바람을 휘감은 실디나는 주위를 둘러보고, 라프타리아와 나를 쳐다본 후 뇌까렸다.

"흐음……."

사디나가 퍽 하고 결박을 풀어낸 후, 실디나를 향해 돌격한다.

물론 번개를 휘감은 뇌격섬을 동반한 공격이다.

실디나는 바람을 휘감은 해머를 허리 높이로 늘어뜨리고, 재빠르게, 그러면서도 크게 내디뎠다.

"오행천명(五行天鳴) 쪼개기!"

해머 끝에 음양 무늬가 떠올라서, 돌격해 오는 사디나에게 적중한다.

물론 사디나는 그것을 비껴내며 작살로 찌르려 했지만──.

"어, 어라?"

음양의 힘이 유도된 듯이 퍽 하고 사디나에게 명중해서 번개를 날려버리는가 싶더니, 마법진이 떠올라서 다섯 개의 구슬이 사디나 주위를 돌기 시작한다.

"토극수(土剋水)인 것이야."

실디나가 그렇게 뇌까리는 동시에, 사디나가 쓰러진다.

"어, 어떻게 된 거지? 제법…… 움직임이 빨라졌는걸."

"호오…… 이걸 맞고도 말할 수 있다니 합격점. 다음에는 이길 수 있을지도 모르겠구나."

저항하고 있긴 하지만, 사디나는 뭔가에 결박당한 것처럼 일어서지 못하고 있었다.

"이 녀석도 아주 궁지에 몰려 있구나. 선대 무녀여, 이건 실질적으로 네 승리이니라. 이건 반칙이노라."

시간제한이 걸린 변신 같은 건가?

신탁…… 신 같은 것을 빙의시켜서 자기 대신 싸우게 하는 공격으로, 지금까지처럼 과거에 사디나가 남긴 잔류 사념 같은 걸 사용한 게 아니라 더 강력한 무언가의 의식을 빙의시킨 것이리라.

그리고 바람을 휘감은 실디나는, 어째선지 라프타리아를 가리킨다.

"현 정권을 타도하는 것도 재미있겠지. 이 기회를 놓칠 생각은 없노라."

그렇게 말하는 동시에 바람이 흩어지고, 아인 형태의 실디나가 모습을 드러낸다.

"어?"

그리고 나는 실디나의 모습을 재차 확인한다.

역시 그랬잖아. 우연이란 참 무섭다니까.

"역시 조디아였군."

내가 가만히 뇌까린 순간, 실디나…… 아니, 조디아가 내쪽을 보며 눈을 커다랗게 부릅떴다.

"웃! 갑자기 불안정해졌구나──."

실디나의 부자연스러운 꼬리가 갑자기 소멸한다.

뭔가 수상한 힘에 손을 담그고 있는 것처럼 보이는군.

방향성은 다르겠지만, 커스 시리즈를 사용하는 용사와 비슷한 느낌이 엿보인다.

"어머나……."

사디나도 수인화를 풀고 쓰러졌다.

그럼에도 일어서려 애쓰고 있지만, 좀처럼 일어서기 힘든 모양이다. 상당히 강력한 속박 공격인가 보군.

하지만 실디나는 이미 사디나와의 전투도 안중에 없는 듯 나만 쳐다보고 있다.

"나오후미……. 왜, 여기 있는 거야?"

"그야 물론 내가 방패 용사니까 그렇지. 아까부터 계속 사디나랑 라프타리아 곁에 있었는데 모르고 있었냐?"

도대체 얼마나 집중하고 있었던 거냐.

곰곰이 생각해 보면, 조디아라는 이름은 사디나가 제르토블에서 쓰던 링네임과 비슷하잖아.

사디나와 이름도 한 글자 차이고, 이름 이외에도 여기저기 닮은 구석이 많다.

술에 취하기 전의 '어머~'하는 말버릇 같은 것도 사디나와 비슷하고, 술 좋아하는 것도, 내가 루코르 열매를 먹었을 때의 반응도 쏙 빼닮았다.

"말도 안 돼……."

술이 깬 건지, 조디아는 졸음에 겨운 표정으로 나를 쳐다본다.

"아는 분이세요?"

"그래, 모토야스 2호와 같이 술을 마셨을 때 알게 된 방향치 여자야. 이상한 의미가 아니라, 그냥 같이 놀 상대를 찾고 있었던 모양이더군."

"적 세력인 줄 모르고 친해졌다는 건가요? 사디나 언니와 싸웠을 때랑 똑같잖아요."

아, 라프타리아도 눈치가 좋군.

"나도 그렇게까지 둔한 놈은 아냐. 의심은 하고 있었어."

"저기, 나오후미…… 저기……."

"뭐지? 싸우고 싶다면 상대해 줄게. 본명은 실디나 맞지?"

사디나를 제압하다니, 제법 괴물 같은 실력을 가진 녀석이잖아.

아직 승부는 판가름 나지 않았지만, 충분히 경이적인 공격인 건 틀림없다.

"거짓말이지? 나오후미, 혁명군 천명과 같이 다니는 정령구 소지자라니."

"거짓말 아냐. 이 저주받은 방패가 안 보여?"

내 입으로 말하고도 슬퍼지는군.

"그럼 사디나의 애인?"

"아냐. 애인은 무슨."

"어머나? 뭐가 어떻게 된 거야?"

사디나도 갑자기 확 식어 버린 싸움의 분위기에 고개를

갸웃거린다.

"어머……."

"실디나, 혹시 나오후미가 마음에 들었니? 그럼 이 언니랑 같이 나오후미랑 놀래?"

"무슨 소리 하는 거야! 대결은 어쩌고?!"

"지금 그게 중요한 게 아닌 것 같지 않니?"

내키지는 않았지만, 사디나의 말에 동의할 수밖에 없었다.

실디나의 상태가 상당히 이상하다.

"나오후미는 이미 사디나 거야?"

"아까부터 무슨 얘길 하는 거야? 그럴 리가 없잖아."

그렇게 대답하자 실디나의 표정이 밝아진다.

"그럼……."

그 직후—— 몸에 문양이 나타나고, 실디나가 어깨를 움켜쥐면서 신음했다.

"끄으으으으……."

"왜 그래?!"

"라프!"

라프짱이 실디나의 허리춤에 찬 홀더를 가리킨다.

하지만 우리 눈에는 아무것도 안 보이니까 어떻게 해 볼수가 없잖아.

"하아…… 하아……."

"괜찮아?!"

실디나를 끌어안고 몸 상태를 확인한다.

이 문양이 원인이라는 걸 한눈에 알 수 있다.

"라프, 라프라프!"

"있잖아, 라프짱이 얘기하길, 이 언니 혼에 구멍이 뚫려 있어서, 모양이 되게 이상하대. 혼에 난 그 구멍에 뭔가 힘 같은 걸 넣어서 싸우고 있는 거래."

필로가 라프짱의 말을 번역해서 전달한다. 라프짱은 유령을 볼 수 있으니까.

그 말인즉슨, 그것이 신탁이라는 것의 실체인가?

혼에 구멍을 뚫고, 거기에 조상의 혼령 같은 걸 빙의시키는 기술.

"그래서?"

"라프라프."

"아까는 뭔가 굉장한 걸 혼에 집어넣었었는데, 지금은 뭔가 나쁜 게 문양을 통해 들어와서 지배하려고 하고 있대."

혼 같은 것에 의한 간섭?

"알았어요. 물러나 계세요."

라프타리아가 도를 영도(靈刀)로 변화시켜서 발도술 자세를 취한다.

"지금부터 그 흐름을 끊을게요. 그렇게 하면 어떻게든 해결할 수 있을 거예요."

"라프~."

라프짱이 라프타리아의 머리 위에 올라타서, 손가락으로 한쪽을 가리킨다.

베어야 할 위치를 알고 있는 것이리라.

"수룡의 무녀님에게 무슨 짓을 하는 거냐! 얘들아! 가짜 천명의 목숨을 빼앗아라!"

그렇게 선동하는 병사들이 나타난다.

처음부터 약속 따위 지킬 생각도 없었던 녀석들 같군.

하지만 그건 극히 일부에 불과하고, 적 천명파들 가운데 3분의 2는 어쩔 줄 몰라서 머뭇거리고만 있다.

상대 쪽도 망설이고 있는 녀석들이 꽤 많은 모양이다.

어찌 됐건 병사들은 화살과 창, 검, 도, 마법 등으로 우리를 공격해 온다.

"앵천결계, 유성방패, 에어스트 실드! 다들 들어! 선제공격을 한 녀석들에게 대가를 치르게 해 주도록!"

내 선언에 응한 혁명파 병사들이 함성을 지르고, 우리를 향해 돌격해 오는 자들을 향해 우르르 몰려간다.

"……여기예요!"

라프타리아가 실디나의 어깨 근처를 쓰윽 베어낸다.

그러자 파직 하고 문자 일부가 잘려나갔다.

문양의 점멸이 약해지긴 했지만, 그래도 점멸이 완전히 그친 건 아니다.

"끄으윽…… 그, 그만…… 우우우우."

"라프."

"침식은 어느 정도 억제하긴 했지만…… 이 문양은 대체 뭐죠?"

"노예문처럼 생기긴 했지만 배색이 좀 다른걸. 그치만…… 이렇게 하면 될까?"

사디나가 술을 마시고, 문양에 마력을 불어넣으며 어루만진다.

점멸이 한층 더 약해졌지만, 그래도 완전히 멈추지는 않는다.

"이거 놔!"

실디나는 비틀거리는 걸음걸이로 나와 사디나를 날려 버리고, 우리를 쏘아본다.

어쩐지 이성을 빼앗긴 상태처럼 보이는데?

"어차피 아무도 나 같은 건 원하지 않아…… 원하지…… 우우우…… 그 사람은, 나를 인정해 줬어……. 이게 바로 그 증거, 방해하지 마!"

실디나는 문양을 보호하듯 하며 일어선다.

"그 사람?"

사디나가 미간을 찌푸린다.

"하지만 마키나 님의 명령은 절대적이야! 사디나를 죽이고 가짜 천명의 목숨을 빼앗아야 해! 끄윽…… 안 돼—— 떨어져!"

고통에 몸부림치면서, 사디나는 고함쳤다.

그리고 문양 일부가 확 번쩍인다.

"라프?"

"어라?"

"어머나?"

"어떻게 된 거지?"

"아뇨── 라프짱의 도움 덕분에, 아까 보이던 나쁜 힘의 흐름이 산산이 흩어지고, 커다란 빛이 실디나 씨 속으로 들어갔어요."

"이 언니의 눈에는, 주위의 용맥에서 깨끗한 힘의 흐름이 들어가는 걸로 보였어."

팔을 축 늘어뜨리고 있던 실디나가 가만히 우리를 쳐다본다.

"흐음. 급조한 상태에서는 이게 낫군. 장하구나."

이건…… 아까 사디나를 제압했던 인격으로 보인다.

그 녀석은 나를 보고 몇 번 고개를 끄덕인다.

"정령구 소지자, 수고가 많았다. 이 몸은 할 일이 있노라."

"엉?"

"지금 당장 싸움을 멈추어라! 우리 군은 혁명파에 투항하겠노라! 따르지 않는 자는 역적이다! 혁명파와 협력해서 제압하도록 하여라! 이상!"

"""네!"""

혼란에 빠져 있던 방어군이 우리를 덮쳐드는 녀석들을 뒤에서 공격해서 제압한다.

상당히 잘 통솔된 움직임이었다.

"그럼, 최대한 빨리 끝내고 오겠노라."

그렇게 말하고…… 실디나는 바람을 휘감은 채 모습을 감추었다.

"어? 방금 그건 뭐지?"

라프타리아와 라프짱이 하늘을 쳐다보고 있다.

뭐지?

"모습을 감추는 마법을 사용한 후, 바람 마법으로 하늘을 날아서 수도의 성으로 갔어요."

"바람 마법으로 그런 것도 할 수 있는 거야?"

"날 수도 있어?! 필로도 해 보고 싶어."

"글쎄요. 적어도 지금까지는 본 적이 없는 마법이네요."

합창마법을 혼자서 영창할 수 있는 녀석이 쓰는 마법이니, 아무나 따라 할 수 있는 건 아니겠지.

"그런데 싸움은 어떻게 된 거지? 이 누나의 울분을 풀러 가도 될까?"

하긴, 싸우는 도중에 훼방이 들어온 셈이니까.

주위를 둘러보니 전투가 시작되어 있었다.

그나저나 뭐야, 이 급전개는?

방어하고 있던 자들은 서로 싸우기 시작하질 않나…….

도대체 뭐가 어떻게 돌아가고 있는 거야?

"라프?"

"으~응?"

라프짱과 필로가 어째선지 내 쪽을 쳐다보고 있다.

"왜들 그래?"

"있잖아, 라프짱이 그러는데, 주인님 주머니 근처에서 뭔가 빛나고 있대."

"주머니?"

나는 라프짱이 가리키는 주머니를 쳐다본다.

그랬더니, 실디나가 내게 주었던 카드가 나온다.

이건 또 대체 뭐지?

실디나가 뭔가 능력을 사용할 때 이걸 사용하던 건 확인했지만…….

키즈나 쪽 세계에 있던 카드와도 다르다. 일본식보다는 서양식 카드에 가깝고.

"라프~"

"응? 있잖아~, 라프짱이 얘기하길 말야, 거기서 도와달라는 목소리가 들린대. 그거, 그 언니의 혼 일부가 들어 있는 것 같다고 그랬어."

"그랬군……."

왜 일면식도 없던 나에게 이런 걸 줬는지 이해는 잘 안 가지만, 적어도 중요한 물건인 건 확실한 것 같군.

그러고 보면 엄청나게 신이 나서 술을 마시고 카드 게임을 했었다.

전장에서의 표정과는 전혀 달랐던 것 같다.

"도와주고 싶은데…… 쫓아갈까요?"

"그러지."

우리는 동쪽 수도로 눈길을 돌린다.

에도에 비하면 작지만, 마을이라 부르기에는 큰…… 그 정도의 성 밑 도시가 보인다.

"저기로 쳐들어가서 우두머리인 천명을 붙잡으면 우리의 승리가 되니까. 녀석들이 적 앞에서 도망친 셈이니까, 우리가 간다고 해도 불만은 없겠지."

성 여기저기에서 연기가 치솟기 시작했다.

실디나 녀석, 무슨 짓을 벌이고 있는 거지?

그냥 놔두면 알아서 자멸할 것 같긴 하지만, 그래도 가 봐야겠지.

렌과 이츠키가 다가온다.

"어찌 됐건, 이 기회를 놓칠 수는 없어. 곧바로 쳐들어간다."

"네!"

"출바~알!"

"라프~!"

이렇게 우리는 군을 움직여서 동쪽 수도로 진격하기 시작했다.

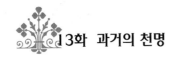

13화 과거의 천명

"뭐지?"

성 밑 도시로 침입해서 성 쪽으로 다가가니, 연기가 자욱하게 깔려 있었다.

성 밑 도시의 혼란을 진정시키는 일은 아군 병력에게 맡기고, 우리는 사건 현장인 성으로 향한다.

성문이 열려 있다. 마음대로 드나들 수 있게 돼 있다.

연기가 나고 있는데…… 화재라도 일어난 걸까?

"물 계열 마법을 쓸 줄 아는 녀석들은 진화를 맡아 줘. 공격해 오는 놈들한테는 인정사정 봐주지 말고!"

지시를 내리고, 나는 유성방패를 전개한 채 앞장서서 나아간다.

내부 겨냥도는 사전에 입수한 상태다.

목적은 상대편 천명 포박이다.

우두머리만 제압하면 나머지는 알아서 처리되는 법이다.

다만, 이런 소동이 벌어진 마당에 상대방 천명이 고지식하게 *천수각에 틀어박혀 있을 리는 없을 것이다.

나라면 내뺐으리라.

---

* 천수각(天守閣) : 일본식 성의 중심 방어 시설. 망루 형태에서 발전한 누각 형태를 가진다.

일단 도망치고 나서 타개책을 생각했겠지. 그러니까 성에는 없을 가능성이 높다.

그렇게 생각하면서 성안을 탐색해 나가다 보니, 병사들과 고급스러운 옷차림의 시체들이 보였다.

근처에서 떨고 있는 귀족도 발견한다.

"사, 살려줘!"

귀족은 목숨을 구걸하면서 고개를 조아린다.

너무나도 한심한 소리에 나도 모르게 맥이 빠질 지경이다.

하지만 이런 녀석일수록 정보를 술술 불어 준단 말이지.

"무슨 일이 있었던 거지?"

"난 죽기 싫어! 시, 싫어! 그런 공포는 두 번 다시 맛보기 싫어!"

"알았으니까 사정이나 얘기하란 말야. 혹시 여기서 죽고 싶어서 그래?"

"가, 갑자기 성안에 그, 그분이 나타나셔서, 강력한 힘으로 잇따라서! 한시라도 빨리 안 도망치면 죽을 거야! 그러니까── 히이이이이익!"

겁에 질린 얼굴의 그 귀족은, 라프타리아의 얼굴을 보고는 소스라치게 놀라서 실신했다.

"어, 어떻게 된 거예요? 제 얼굴을 보고 실신하다니……."

투항한 녀석 주제에 라프타리아 얼굴을 보고 실신하다니.

"그렇게 무시무시한 얼굴로 노려본 거야? 내가 세인에게 라프짱 봉제인형을 주문할 때 같은 얼굴로?"

"나오후미 님은 저를 뭐라고 생각하시는 거예요?"

"딸 같은──."

"됐어요. 듣기 싫어요."

어라? 라프타리아 기분이 더 언짢아졌잖아.

내가 부모처럼 구는 게 그렇게 싫은가? 한창 예민할 나이라 그렇겠지.

이번에는 시체 쪽을 확인해 보자.

"뭔가 날카로운 걸로 목이 잘려 있고…… 뭐지, 이건?"

병사의 목은 날카로운 검 같은 것에 의해 잘린 듯 말끔하게 잘려 있지만, 고급스러운 옷차림을 한 시체는 몸통 상반부를 뭔가로 짓부순 것처럼 끔찍한 방식으로 살해당한 상태다.

아마 실디나가 저지른 짓으로 보이는데, 도대체 어떻게 죽였기에 이 지경이 된 거야?

"둔기를 쓴 걸까요?"

"으~응?"

필로가 깃털 속에서 모닝스타를 꺼내서 휘둘러 보인다.

하지 마. 그거 아냐. 더 큰 둔기라고.

"적어도 필로가 갖고 있는 모닝스타보다는 큰 무기일 거야. 그리고 이 짓눌린 형태로 봐서, 해머가 아닐까?"

렌이 시체를 꼼꼼하게 확인하고 뇌까린다.

"확실해 보이는군."

"그래, 어찌 됐건 경계하면서 가는 게 좋겠어."

"알았어요."

그렇게 우리는 경계하면서 성안을 나아갔다.

시체가 나뒹굴고 있는 모퉁이를 돌아서…… 성 뒤뜰로 나왔다.

그곳은 훈련장으로, 방패며 검, 활 같은 무기를 장착한 지푸라기 허수아비들이 놓여 있다.

그 밖에 라프타리아로 보이는 그림이 그려진 허수아비도 있군.

아마 훈련용 인형이겠지.

그 이외에 있는 것이라고는 우물 정도일까?

"끝인 것이야아아아아아아아아아아아아아!"

그런 목소리와 함께, 지축이 뒤흔들린다.

훈련장 한가운데에 거대한 구멍과 균열이 형성되었고, 원형으로 피가 튄 흔적이 있었다.

"나 참, 너무나도 어리석은 것이구나. 윗사람 된 자로서, 아니, 이 녀석은 첨병이었을 뿐이니까, 인간으로서 글러먹은 것이구나."

거기에 있던 것은…… 거대한 해머를 든, 무녀복 차림의 여자아이였다.

라프타리아와 비슷하게 생겼다.

빛을 내며 부풀어 오른 꼬리. 긴 머리와 단정한 이목구비. 자매라고 해도 이상할 게 없을 만큼 쏙 빼닮은 소녀다.

"사디나 동생을 봤을 때도 놀랐는데, 혹시 라프타리아도 언니나 동생이 있었던 거야?"

"없는 걸로 아는데? 우리가 찾고 있는 천명 아니니?"

사디나는 그렇게 말했지만…… 모토야스 2호는 분명히 꼬맹이라고 했고, 라르바 등 혁명파에게 들은 이야기에서도 상대측 천명은 소년이라고 했다.

지금까지 들었던 정보와 일치하지 않는다.

"설마 여장 남자 같은 건가?"

"그런 소리가 자연스럽게 튀어나오는 걸 보면, 나오후미 는 빼도 박도 못할 오타쿠였군."

"시끄러워."

렌을 째려본다.

그래, 나 오타쿠 맞아. 틀림없이 말이지.

"아뇨, 이 사람은 천명이 아닐 거예요."

라프타리아는 칼자루를 움켜쥐고 언제든 뽑을 수 있도록 자세를 잡으며 대답한다.

"그런 것이야. 그 말대로, 여기 있는 나는 더 이상 천명이 아니노라."

라프타리아와 쏙 빼닮은 눈앞의 소녀는 해머를 가볍게 들어 올려 어깨에 걸머진 채 이쪽을 쳐다본다.

이 말투…… 귀에 익은데?

"당신은 실디나 씨일 텐데요. 왜 이런 짓을 하는 거죠?"

역시 그랬었군.

도망칠 당시의 실디나와 말투가 똑같았다.

"나라를 좀먹는 고름…… 마키나를 해치우기 위함이니라. 뭐, 몸의 주인이 끈질기게 저항하고 있긴 하지만. 정령구 소지자나 후예도 이해할 것이야."

"이해?"

"거기까지는 모르는 것이더냐?"

우리가 고개를 갸웃거리고 있으려니, 그 녀석은 알겠다는 듯이 고개를 끄덕인다.

"라, 라프?!"

그때, 어째선지 라프짱이 경악에 찬 목소리를 토해낸다.

뭐지? 뭘 보고 놀란 거야?

그렇게 생각하고 있으려니, 라프짱이 재빨리 내게로 옮겨타더니, 머리 위에 올라가서 그 녀석을 가리킨다.

라프짱의 지원을 받으며 그 녀석을 보니, 그 녀석은 실디나였다.

실디나에게 빙의한…… 신탁의 효과로 영체 같은 존재가 비쳐 보이고 있다.

지금까지 보였던, 라프타리아와 쏙 빼닮은 소녀는 환각이었고, 실제로는 실디나였던 건가.

"라프! 라프라프라프!"

그쪽이 아니라는 듯이 울어대는 라프짱.

그래서 다시 시선을 집중해 보니, 실디나 뒤쪽······ 뭔가를 짓부순 흔적으로부터 어렴풋이······ 흉악한, 소울 이터 같은, 쿄 같은 망령이 일렁일렁 모습을 드러내는 광경이 보였다.

모습은 여자······? 막연한 느낌이지만, 보기만 해도 불쾌해지는 얼굴을 하고 있다.

뭐지? 쿄와는 비교가 되지 않을 만큼 사악한 기운.

저주에 오염된 부분에서 찌릿찌릿 고통이 몰려온다.

그런 사악한 녀석이 실디나를 향해 달려들려 하고 있는 것이다.

"어, 어이!"

내가 주의를 주기도 전에, 실디나의 몸에 새겨진 문양이 괴이쩍게 번뜩인다.

"우움······ 술사를 해치웠는데도 이러다니 끈질긴······ 것이구나."

실디나가 신음하면서, 등 뒤에 달라붙은 망령을 향해 쏘아붙인다.

망령은 가슴을 향해 집요하게 손을 뻗고 있다.

"으윽······. 아직 문양이 남아 있는······ 것이구나."

"설마 문양을 거역하고 나를 죽일 줄은 생각도 못 했어. 하지만 그 정도로 나를 없앨 수 있다고 생각했다면 오산이야. 이런 일이 있을 줄 알고 준비해 둔 예비용 몸이 있으니까."

예비용 몸? 설마 그럴 리가.

"악녀 주제에 끈질기게……. 아까까지 실디나를 욕했으면서, 이제는 몸까지 빼앗으려는 것이구나."

"어라? 당신도 그런 소리 할 자격은 없을 텐데?"

조금 전 대화의 분위기로 미루어 보아, 실디나가 짓뭉갠 건 마키나라는 악녀이리라.

그 마키나가 유령이 돼서 실디나에게 빙의하려 하고 있는 것 같다.

"신탁이니 뭐니 하면서 그럴싸하게 포장하고 있지만, 그건 혼이나 잔류 사념이 깃들기 쉬운 편리한 체질로 변한다는 것뿐이잖아. 이제 나이도 먹을 만큼 먹어서 미모를 유지하기도 힘들어지기도 했고, 그 지린내 나는 꼬맹이와도 친하니까 차지하기 딱 좋은 몸이라 생각하고 만약에 대비해서 의식을 해 두기를 잘했지 뭐야."

"큭…… 실디나의 몸은 너 같은 녀석에게 넘겨줄 수 없노라."

"반항하면 죽이려고 했었는데, 마침 잘됐네. 그 몸은 내 거야! 당장 돌려줘!"

처음부터 실디나의 몸을 노렸다니, 완전히 쓰레기잖아.

옮겨가기 쉽다느니 남의 몸에 옮겨간다느니, 호문쿨루스

를 만들던 쿄를 연상케 하는 발상이라서 부아가 치민다. 나 참, 비슷한 생각을 가진 녀석은 어디에나 있는 법이군.

늙어서 미모를 유지하기 힘드니까 남의 몸을 빼앗아서 인생을 강탈하려 하다니, 그야말로 정신 나간 생각이다.

"돌려달라는 건 또 무슨 개소리야. 처음부터 네 것도 아니었잖아."

마치 실디나가 이 녀석에게 몸을 비워주기 위해서 태어나기라도 했다는 것 같은 말투다.

그런 용도를 위해 태어난 건 아니겠지만, 실디나가 어떤 인생을 살아왔을지는 짐작할 수 있었다.

사디나를 대신하기 위해 태어나서, 원하지도 않았던 일을 떠맡고, 나와 같이 놀 때는 정말로 즐거워 보였다. 고작 몇 시간에 불과했지만 말이다.

"왜 그렇게 화를 내는 거야?"

지금까지 묵묵히 상황을 지켜보던 렌이 내게 묻는다.

"실디나가 죽인 녀석들 중에 한 명이 망령이 돼서 몸을 빼앗으려 하고 있어."

"뭐라고?! 그런 게 가능한 거야?"

"그래, 게다가 그 쓰레기녀와 비슷해. 도와주고 싶지만…… 나한테는 공격 수단이 없어."

소울 이터 실드로 공격할 수 있으면 좋겠지만, 카운터밖에 노릴 수 없는 나로서는 결국 효율이 너무 떨어진다.

카운터밖에 쓸 수 없다는 게 들통이 나면 속수무책일 테고 말이지.

렌도 그 쓰레기녀, 즉 윗치를 떠올리고 불쾌한 표정을 떠올린다.

보아하니 그건 이츠키 역시 마찬가지인 모양이다.

"큰일인걸! 이 누나도 힘이 되고 싶은데 어쩌면 좋지?"

"유령을 공격할 수 있겠어?"

"성수가 효과적이려나?"

"나오후미 님, 제가 할게요! 유령에겐 이게 제일이에요!"

라프타리아가 자신의 도를, 대 유령용 무기인 소울 이터 소재에서 나온 도로 변화시키고 대답한다.

렌과 이츠키도 거기에 맞춰서 각자의 무기를 변화시킨다.

"부탁할게, 나오후미!"

"그래, 어림짐작이지만, 저 애 등 뒤 부근이야?"

"그래, 틀림없어!"

"알았어요!"

라프타리아가 내달리고, 렌이 뒤를 따르고, 이츠키가 화살을 내쏜다.

하지만 그들은 유령류를 육안으로 볼 수 없다.

나와 라프짱이 가리키는 곳을 향해 저마다 자신의 무기를 휘두른다.

"아하하하! 방해 안 하는 편이 신상에 이로울걸!"

그러자 어째선지 마키나는 수상쩍은 방어막 같은 걸 전개해서 라프타리아와 렌과 이츠키의 공격을 회피했고, 그 방어막에서 뻗어 나온 촉수 같은 것이 셋에게 달라붙었다.

"윽……. 몸이 무거워. 유령계 적의 상태이상인가! 안 보여…… 보이면 해치울 수 있을 텐데."

망령인데도 육안으로 보이지 않는 건, 유령으로 취급되기 때문일까?

쿄 때는 중간부터 보였었는데. 게다가 유령 상태인데도 은근히 강하잖아.

이미 원령이 된 상태인데, 왜 안 보이는 거지?

"소용없어! 이 정도 공격으로 나를 막을 수 있을 거라고 생각하면 오산이라구! 아하하하하하하!"

이 웃음소리, 윗치가 떠올라서 울화가 치민다. 어떻게든 해치울 방법이 없을까?

"라프!"

"좋아, 라프짱! 가라!"

라프짱이 내달려서 라프타리아 쪽을 지원하고 나선다.

안 보인다는 건 제법 성가신 일이니까. 게다가 실디나의 몸 절반 정도가 지배당하고 만 건지, 달려든 셋에게 바람 마법을 써서 날려버리고 있다.

"라프~!"

라프짱이 지원할 거라고 알아챈 듯, 이번에는 라프짱을

집중적으로 겨냥한다.

"그걸로는…… 안 되노라……. 혼을 사냥하는 무기라면…… 정령구의 힘을 더 끌어낼 수 있을 것이야……."

라프타리아와 닮은, 실디나에 빙의해 있는 녀석이 조언해 준다.

혼을 사냥하는 무기의 성능을 이끌어낸다.

소울 이터 실드로 변형시키고 시선을 집중한다.

전용효과 중에 소울 이트라는 게 있긴 한데…….

그렇게 생각하면서 의식과 기를 담으니, 어렴풋이 원령의 모습이 보이기 시작했다.

"라프타리아, 렌, 이츠키! 소울 이터 계열 무기에 힘을 담아! 그러면 녀석의 모습이 보일 거야!"

아무래도 소울 이터 계열 무기에는 유령을 육안으로 볼 수 있게 해 주는 효과가 내재되어 있는 모양이다.

"무기의 힘을…… 끌어낸다……. 보여요!"

"좋아! 저기다!"

"꿰뚫을게요."

라프타리아와 렌은 마키나가 내쏜 속박 마법을 끊어내고, 나란히 망령을 향해 공격을 날렸다.

선두는 라프타리아, 그리고 렌이 뒤를 잇고, 그 틈새로 이츠키가 내쏜 화살이 명중.

"거기라구? 그럼 이 누나도 갈게."

사디나가 성수를 꺼내 들고, 이츠키가 내쏜 화살을 향해 용맥법을 영창한다.

『나, 사디나가 성수의 힘을 끌어내서 구현하고자 하노라. 용맥이여 내 적을 해치우라!』

"세인트으으 블러스트!"

"끄아아아아아아아아아아아아! 이것들이이이이이이이이!"

사디나가 만들어낸 성수의 탄환이 명중, 격노한 마키나가 마귀 같은 얼굴로 덮쳐들려 한다.

하지만 너는 이제 우리 상대가 안 된다고.

"너 같은 오만방자한 녀석은 냉큼 사라져 버려!"

라프타리아 일행 앞으로 나서서, 방패로 막아낸다.

소울 이터 실드의 카운터 효과가 작동해서 마키나의 힘을 앗아간다.

"잘했노라……!"

우리의 공격 덕분에 결박에서 풀려난 실디나가, 해머를 옆으로 휘둘러서 망령 마키나에게 후려친다.

그리고…… 뭔가 인을 맺는 것처럼 보였다.

"끄아아아아아! 용서 못해! 나를 방해한 걸 온몸으로 후회하게 해 주마!"

"이 자리에서 네가 살아남을 방법은 없노라."

실디나가 쿵 하고 발을 힘차게 구르자, 해머가 한층 더 빛나며 쾅 하는 충격이 몰아친다.

"끄아아아아아아아아아아아아아아아아!"

마키나는 흔적도 없이 사라지고, 검붉은 잔해가 흩어진다.

재생은…… 더 이상은 안 하는 것 같군.

실디나에게 들러붙어 있던 문양이 팟 하고 완전히 사라졌다.

"이제 해치운 건가……."

방금 그 녀석이 바로 마키나라는 악녀였던가.

죽은 뒤에 남의 몸으로 옮겨가겠다는 발상에는 혐오감밖에 들지 않는다.

어찌 됐건 처형은 면할 수 없었을 테니, 빨리 끝내서 다행이라고 생각하는 게 좋겠지.

"녀석을 죽이지 않으면 쿠텐로의 상황은 호전될 수 없어. 이제야 해치운 것이구나."

흡족한 목소리로 말하는 실디나.

"자, 그럼…… 이대로 녹아 버리면 다음에는 또 언제 나올 수 있을지 모르는 것이겠구나."

아까도 비슷한 소리를 했더랬지. 이대로 실디나를 점거할 꿍꿍이라면 마키나와 다를 바가 없잖아.

"싸울 생각이냐? 이 인원을 상대로 이길 수 있을까?"

막연한 짐작일 뿐이지만, 아까 나눈 대화로 미루어 보아 적은 아닌 것 같은 느낌이 든다.

"마음만 먹으면 못할 것도 없는 숫자로구나. 정령구도

목소리로 보아 상태가 썩 좋지는 않은 것 같으니…… 하지만."

실디나는 척 하고 나를 삿대질했다가, 라프타리아에게 고개를 돌린다.

"정령구 소지자, 너는 실디나에게서 카드를 받았을 것이야."

"그, 그래……. 이거 말야?"

나는 실디나가 준 특이한 카드를 꺼낸다.

그러자 실디나는 엉뚱하게도 라프타리아를 가리켰다.

"정령구의 사자를 따를 천명을 지정하겠노라. 네가 1대1 대결에 응하면 실디나를 해방해 줄 것이고, 물론 쇠약해진 것도 확실하게 도와줄 것이야."

"뭐라고?!"

"방패 정령구의 소지자여. 그건 실디나가 도려낸 마음의 결정인 것이야."

엄청나게 귀중한 물건을 무심결에 넘겨받았다는 거야?

실디나 녀석, 그런 무거운 걸 넘겨주면 어쩌자는 건지. 게다가 자기는 계속 뭔가에 조종만 당하고 있고.

마키나와 라프타리아를 닮은 정체불명의 녀석, 둘 중에서 골라야 한다면── 어느 쪽이 나을까.

"철없게도 낯모르는 사람에게 그런 걸 건네주다니, 이해가 안 되는구나── 아니, 그런 건 필요 없다고 생각했으니까, 하다못해 처음 마음에 든 이성에게 소중한 걸 넘겨주기로 한 거겠지."

"어머나⋯⋯."

"선대 수룡의 무녀, 빈틈을 봐서 공격하려고 해 봤자 소용없는 것이야."

사디나가 움직이기도 전에 주의를 줘서 제지한다.

빈틈이 없군⋯⋯.

"거절하면 어쩔 거지?"

"그러면 실디나의 목숨은 없는 것이니라."

큭⋯⋯. 실디나가 어찌 되든 알 바 아니라는 식으로 굴지 못할 것도 없지만, 그래도 안면이 있는 사이다. 사디나의 여동생이라는 이유도 있지만 미워할 수가 없다.

그동안의 마음고생도 이해가 가고, 나에게 그런 거창한 물건을 맡긴 것에 대해서도 여러모로 따져 주고 싶다.

"태도가 그 모양이면 마키나와 별 차이가 없는데?"

"마음대로 말하거라. 그런 악녀를 믿은 응보인 것이야."

"나오후미 님."

라프타리아가 나를 똑바로 응시하며 말한다.

"제게 도전할 기회를 주세요."

"하지만⋯⋯."

이건 어떤 의미에서는, 실디나의 목숨을 인질로 삼아서 라프타리아를 죽이려는 거나 매한가지다.

그런 정신 나간 조건을 이 상황에서 받아들이는 건 말이 안 된다.

사악하다고 욕을 먹어도 좋다. 라프타리아가 싸울 필요는…….

"부탁이에요. 이건 괴로워하는 실디나 씨의 속박을 제가 풀어주지 못한 탓이니까요."

"하지만…… 그 속박은……."

아까 본 바로는, 문양은 파괴된 것처럼 보였었다.

"그리고 여기서 도망치면 더 큰 피해가 생길 것 같아요."

"그렇지. 그런 정신머리로 천명 자리를 맡을 생각이라면, 조정자로서 여기서 해치워야겠다고 생각했노라."

조정자…… 그건 쿠텐로 녀석들이 소지하고 있던 무기 이름이잖아.

"넌 대체 정체가 뭐지?"

그러자 실디나의 몸을 지배하고 있는 무언가가 내게로 시선을 돌리고 대답한다.

"신탁의 의미를 이해해야 하는 것이야. 뭐, 나는 잔류 사념 같은 것이지만, 어쨌거나 잡담은 그만하도록 하지. 받아들일지 안 받아들일지, 지금은 그것만이 중요한 것이니까."

"나오후미 님."

받아들이지 않으면 라프타리아와 실디나를 둘 다 죽이겠다는 것이다.

라프타리아 혼자 싸우게 하는 건…… 하지만 고민하고 있을 시간이 없군.

"알았어."

만약에 라프타리아가 질 것 같은 상황이 되면, 싸움에 개입해서라도 막을 것이다.

나는 비열한 인간이다. 실디나에게 달라붙어 있는 무언가가 라프타리아와의 싸움에서 심하게 전력이 소모된 게 느껴지면, 기습이든 뭐든 해서 막고 말 것이다.

승낙하자, 라프타리아는 꾸벅 고개를 숙였다.

"감사합니다."

실디나에게 빙의되어 있는 무언가는 카드를 가리킨다.

"그걸 내 가슴에 대면, 마음의 구멍이 메워져서 결박이 풀릴 것이야. 빈틈이 보이거든 노리도록 하려무나."

아니…… 실디나의 몸을 지배하고 있는 녀석이 한 그 설명보다 더 효과가 클 것 같은 느낌이 든다.

이 카드는 혼의 조각이잖아? 쇠약해져서 불안정해져 있던 정서까지 치료할 수 있지 않을까?

"라프~!"

라프짱이 연신 고개를 끄덕인다. 내 생각이 옳다는 건가?

나는 라프타리아에게 카드를 건넨다.

"부탁할게."

"네, 반드시 이기고 말겠어요. 저를 여기까지 데려다주신 나오후미 님을 비롯한 모든 분들을 위해서라도!"

라프타리아는 도를 힘껏 쥐고 카드를 품속에 감춘다.

빈틈이 보이면 언제든 꺼낼 수 있는 위치다.

"그나저나…… 특이한 파장의 무기구나. 정령구의 권속…… 아니, 다른 세계 정령구의 권속인 것이구나."

라프타리아가 가진 도가 이세계의 권속기라는 걸 용케도 알아챘군.

"그럼 갑니다……."

"언제든지 덤벼라."

실디나에게 빙의돼 있는 무언가와 라프타리아. 이렇게 마주한 두 사람이, 내 눈에는 서로 닮아 보인다.

"나오후미도 알고 있지 않니? 이 언니의 동생이 신탁으로 뭘 강령시킨 건지."

"그래."

본인 입으로 잔류 사념이라고 말했었고, 실디나는 혼에 뭔가를 집어넣음으로써 원래는 사용할 수 없었던 복잡한 마법을 사용할 수 있게 하는 능력이 있다는 건 알고 있다.

쿠텐로를 떠나기 전의 사디나 역할을 하고 있었다는 모양이니, 굳이 혼을 강령시킬 필요는 없었을 것이다.

또한 마법으로 구성된 꼬리와 외모의 대폭적인 변화.

라프타리아는 원래 모습을 알 수 있었던 걸 보면 환술의 일종일 것이다.

그리고 잔류 사념을 수습해서 인격을 이루었다는 점을 고려하면, 현재 실디나를 지배하고 있는 사념은 과거의 천명일 가능성이 높다.

그래서 변신한 모습이 라프타리아와 비슷한 것이다.

실디나에게 빙의한 무언가, 즉 과거의 천명이 나를 쳐다본다.

"핸디캡을 주지. 방패 정령구 소지자, 최대한 지원마법을 걸어도 좋다."

"우습게 보지 마시지……."

얼마나 여유를 보이는 거냐.

하지만 우리에게 유리한 제안을 활용하지 않을 이유는 없다.

"사디나."

"알았어."

사디나와 합창마법을 영창하는 것도 제법 익숙해졌다.

익숙해진 나 자신의 모습이 서글프다.

""뇌신강림!""

라프타리아에게 뇌신강림을 걸어 준다.

"당신은 준비 안 해도 되나요?"

"문제없어. 나는 나 나름대로 천명으로서 가진 힘을 전개하면 되는 것이야."

쿵 하고 해머 손잡이 부분을 땅바닥에 내리꽂는다.

그렇게 했을 뿐인데도, 주위에 앵광수가 돋아나서 급속도로 자라더니…… 앵천명석이 생성돼서 결계를 만들어낸다.

그렇다면 우리 쪽에서도 앵천명석으로 결계를 만들어내서 무력화——.

"방금, 정령구 고유의 마법을 영창해 봤자 무의미할 거라고 생각한 것이렷다? 애석하지만 어느 정도 설정을 조절해서, 무효화되지는 않도록 해 줄 테니 안심해도 좋을 것이야."

"그 말을 믿으라고?"

"의심 많은 정령구 소지자구나. 어쨌거나 거기 그 천명의 힘으로는 내가 전개한 결계를 상쇄할 수 없노라."

라프타리아가 뺨에 땀을 흘리면서 고개를 끄덕인다.

"네, 그렇겠죠. 하지만 손바닥 위에서 놀아나는 것 같아서 불쾌한 건 사실이에요."

"질 것 같으니까 설정을 바꾸겠다고? 그건 나라를 짊어질 조정자에 대한 모독이노라. 그런 짓을 하느니 차라리 순순히 패배를 인정하는 길을 선택하는 게 나을 것이야."

"나오후미 님 같은 소리 같아서 좀 마음에 걸리지만, 거짓말이라면 용서 안 할 거예요."

나 같은 소리 같아서 마음에 걸린다는 대목이 거슬리지만, 뭐, 그냥 넘어가기로 하자.

"그럼…… 승부, 개시인 것이야!"

과거의 천명은 순식간에 라프타리아의 눈앞으로 이동해서, 거대한 해머로 측면에서 후려친다.

"하아아아아앗!"

라프타리아는 그 해머를 막아내는 대신 옆으로 몸을 날려서…… 빠져나갔다?!

뭐, 뭐지? 내 눈이 맛이 간 건가?

주위를 확인해 보니, 모두 하나같이 눈을 부릅뜨고 있다.

"받아 보거라!"

"지지 않겠어요!"

과거의 천명이 해머를 휘두르자, 화염과 얼음, 심지어는 운석까지 날아들었고…… 더불어 과거의 천명이 여러 명으로 늘어난 것처럼 보인다.

라프타리아 역시 여럿으로 늘어나 그 모두를 막아낸다.

이건 혹시 환각 마법에 의한 속임수 대결인가?

실체 없는 환상이 관객인 우리의 눈을 농락한다.

이런, 똑똑히 확인하고 싶은데, 뭐가 뭔지 알 수가 없게 돼 버렸잖아.

"나오후미, 눈으로 보는 게 아니라 다른 감각으로 보면 되지 않을까?"

사디나가 그렇게 말하며 한쪽을 가리킨다.

나는 기를 볼 수 있도록 시선을 집중해서 확인한다.

그러자 거기에는 라프타리아와 과거의 천명이 치고받는

모습이 보인다.

"오오, 감각까지 속이는 환각을 용케 간파하는구나. 그러면 되는 것이야."

"마법으로 속이려고 해 봤자 저한테는 안 통해요!"

라프타리아는 칼집에서 도를 뽑아 유사 가속상태에 들어가서 발도술을 구사했지만, 맞지 않았는지 곧바로 다시 휘둘러서 스킬을 내쏜다.

"스타더스트 블레이드!"

라프타리아가 휘두른 칼날에서 별이 쏟아져 나와서 상대를 벤다.

칼날 자체의 공격력이 증가하는 것도 있지만, 광범위하게 공격이 명중하는 것이 가장 큰 장점이다.

빈틈도 거의 없는, 렌이 즐겨 쓰는 유성검과 거의 같은 효과를 가진 만능 스킬.

과거의 천명을 향해 별들이 날아가서, 명중한다.

좋아! 저게 본체군!

"거기군요! 강도(剛刀)·하십자(霞十字)!"

또 한 자루의 도를 뽑아서 과거의 천명에게 휘두른다.

약화시킨 후에 카드를 대서 숨통을 끊을 생각인가 보군.

그렇게 생각하며 주먹을 움켜쥐고 라프타리아를 응원하려 한 순간.

"어림없는 짓이야."

본체인 줄 알았던 과거의 천명이 연기처럼 사르르 흩어졌다가, 라프타리아의 등 뒤에 나타나서 해머로 후려친다.

"윽……."

라프타리아는 재빨리 낙법을 취하며 착지…… 곧바로 상대에게 달려든다.

하지만 상대는 종이 한 장 차이로 회피한다.

"환각에 대한 내성이 있구나. 하지만 약간의 응용에 걸려들어서는 안 되는 것이야. 함정에는 함정으로 시험해 본 뒤에 실제로 공격해야 하는 것이야."

"내가 간파당하다니……."

"당대 천명은 환술 지식이 부족하구나. 내성이 충분하고, 다소는 소양이 있는 것이라고 해도, 그것만 가지고는 아직 기술이 부족한 것이야."

……음. 아마 그건 내 탓일 것이다.

라프타리아에게 마법을 가르쳐 주지 않은 건 아니다.

그 시절에는 할 수 있는 건 다 해 보자는 생각이었기에, 마법으로 모습을 숨겨서 배후로부터 상대를 공격하는 등의 기습 임무를 라프타리아에게 맡겼었다.

하지만 키즈나 쪽 세계에 갔을 무렵부터는 도의 권속기가 가진 힘에만 의지해서, 마법을 소홀히 하기 시작했다. 용맥법은 도의 권속기 때문에 습득이 힘들다는 말을 들었으니까.

하지만 그게 잘못된 방식이었다고는 생각하지 않는다.

지금까지 겪어 온 싸움들을 돌이켜보더라도, 권속기 정도의 힘을 가진 인물을 기습에만 활용하는 건 최선의 작전이라 하기는 힘들 것이다.

그 결과 마법에 소홀해진 건 패착이었다고 할 수도 있겠지만 말이지.

이 문제는 다음 과제로 남겨 둬야겠다.

"아직 안 끝났어요!"

라프타리아가 꼬리를 부풀리고 마법을 영창한다.

"하이드 미라주!"

문득 모습이 사라지고 주위가 환각으로 가득한 가운데, 라프타리아는 과거 천명의 배후로 파고들어 도를 휘둘렀다.

하지만 과거 천명은 해머의 자루로 그것을 막아냈다.

"모습을 감추는 것만으로는 부족하다는 것이야. 실체를 착각시켜서 거리를 벌리면, 더 확실하게 상대를 속일 수 있다는 것이야."

"큭……."

아주 잠깐 동안의 충돌이었지만, 상대의 실력이 두드러지고 있는 것 같다.

실디나는 대체 얼마나 괴물 같은 패를 갖고 있었던 거냐.

"무기 간의 맞대결이라면, 이쪽도 응해 주겠노라."

해머 끝이 빛을 내뿜기 시작하고, 과거 천명이 라프타리아를 향해 해머를 휘두른다.

"대격진!"

"하앗!"

라프타리아가 그 공격을 종이 한 장 차이로 회피하고, 해머가 땅바닥을 후려친다.

그러자 땅바닥에서는 흙먼지와 함께 충격파가 발생했고, 라프타리아는 그 충격에 나가떨어진다.

"어쩜 이렇게 강력할 수가……."

라프타리아는 착지해서 거리를 벌리고, 거칠게 숨을 몰아쉬면서 중얼거린다.

"정령구나 권속기 소지자라고 해서 상대를 너무 얕보면 안 되는 것이야."

과거 천명은 도발적으로 해머를 어깨에 척 하고 걸머진 채 내뱉는다.

저 해머…… 엄청 강한 무기 아냐?

어렴풋하게나마 권속기에 박혀 있는 것 같은 보석도 보이는 것 같은데…….

저것도 생전에 쓰던 무기를 환각으로 재현해 냈다거나 하는 식일까?

"일격도 못 가하다니……."

"소질은 있구나."

여유가 있어 보인다.

전보다 상당히 강해진 라프타리아를 애를 데리고 놀듯이

다루고 있잖아.

이 대결, 이길 수 있을까?

"하앗!"

라프타리아가 재빠른 발놀림으로 과거 천명에게로 다가들어서, 아무도 없는 공간에 도를 휘두른다.

"세설(細雪)!"

"오오! 용케 알아챘구나."

챙 하고 불꽃이 튀고, 아무것도 없는 줄 알았던 공간에서 과거 천명이 모습을 드러냈다.

어? 잡담하는 사이에 우리 눈을 속였던 건가?

기를 이용해서 보고 있는데도 속아 넘어가다니, 저 녀석, 완전히 괴물이잖아.

지금 상황을 제대로 파악하고 있는 건 라프타리아와 라프짱밖에 없지 않을까?

"오? 이건 성가신 스킬이구나."

막아낸 부분에서 구름 같은 힘이 흩어지고, 과거 천명은 그 부분에 손을 대서 손상된 부분을 회복하는 것처럼 보였다.

효과적인 공격……이었던 건가?

"자, 이제 몸도 꽤 달아오른 것 같구나. 슬슬 천명의 진짜 실력으로 상대해 줄 것이야."

그렇게 말하더니, 과거 천명은 해머를 치켜들고…… 동시에 꼬리가 부풀어 오른다.

순간, 라프타리아 눈앞에 과거 천명이 출현했다. 라프타리아는 그 공격을 회피하려 했지만, 과거 천명은 가벼운 몸놀림으로 해머를 옆으로 휘두르는 공격으로 전환한다.

그 스윙만으로도 거센 바람이 발생했다.

"오행천명 쪼개기!"

"끄윽……."

공격을 종이 한 장 차이로 회피…… 아니, 약간 스쳤지만, 라프타리아는 스킬을 내쏘았다.

"앵신락(櫻神樂) 제1형태 · 개화!"

"어림없는 것이야!"

주위에 다섯 종류의 구슬이 떠오른다.

저건…… 사디나를 일격에 처치했을 때 쓴 공격!

스치기만 해도 효과가 작동하는 건가?!

"화극금(火剋金)."

라프타리아가 입고 있던 무녀복이 크게 찢어진다.

그리고 도에 빨간 줄이 발생했다.

"이런…… 상태이상?!"

"지금의 무기를 일시적으로 사용 불가 상태로 만든 것이야."

뭐 그런 만능 공격이 다 있어?

그러자 라프타리아는 도를 다른 형태로…… 마룡 소재의 도로 변화시킨다.

"아까 그 스킬, 천명의 기술을 유사하게 재현할 수 있는

것 같더구나. 하지만 실전에서 쓰려면 좀 더 가다듬어야지,
안 그러면 지금처럼 막히는 법이야."

라프타리아는 칼집에 도를 집어넣고 발도술 자세에 들어
갔다.

"저 자세, 도 사용법은!"

리시아가 반응한다.

또 해설 캐릭터 노릇이냐? 렌 때도 그랬었지.

"맞아!"

렌, 너도냐.

"변환무쌍류 응용기, 월파(月波)!"

재빠른 발도술로 도를 휘두르자 초승달 형태의 참격이 날
아간다.

"오오? 스킬이 아닌 기술 공격인 거구나. 하지만──."

해머로 그 초승달 참격을 막아내는 과거 천명.

"으음?"

그 순간, 라프타리아는 희미한 웃음을 머금는다.

공격이 들어갔다는 확신이 있었던 것이리라.

그러나…….

"변환무쌍류…… 그 땅의 유파를 습득했을 줄이야, 놀랍
구나."

살짝 해머를 휘두르기만 했을 뿐인데도, 라프타리아가 공
격에 실은 무언가가 상쇄된 모양이다.

"발상은 높이 평가할 만하구나. 그럼 이쪽도 가도록 하겠노라."

쿵 하고 해머로 땅바닥을 후려치자, 기로 구축된 수많은 구슬들이 땅바닥을 스치듯이 라프타리아를 향해 날아간다.

뭐야, 저건? 혹시 저거 하나하나가 기를 가진 일격인가?

내가 이번에야 간신히 몸속에서 튕겨내는 데 성공한, 방어 비례 공격인가?

그나저나 도대체 기술을 몇 개를 갖고 있는 거야?

"맞을 수는——."

그리고 과거 천명은 도약하는 라프타리아의 착지 지점으로 앞질러 가서 해머를 휘두른다.

위험해!

그런 생각에 한 발짝 앞으로 나서려 한 순간, 라프타리아의 모습이 연기가 되어 사라진다.

시선을 집중해 보니, 라프타리아는 반대 방향으로 몸을 날려서 피한 상태였다.

"이번에는 제대로 피한 거구나……. 이쯤 해서 죽이려고 생각했던 것이었는데."

역시 위험한 사고방식을 가진 녀석이군.

라프타리아에게 훈련을 시켜준다거나 하는 의도가 아니었던 거냐.

그나저나 변환무쌍류마저 안 통한다면 어떻게 공격해야

하지?

결정타를 먹일 방법이 안 보인다.

"아직 안 끝났어요. 아직…….."

라프타리아는 그렇게 말하며 도를 앞으로 뻗어서, 팔극진 천명검의 자세를 취한다.

의식을 집중하기 시작한 바로 그때.

"빈틈투성이인 것이구나!"

접근해 온 과거 천명을 경계하느라 준비 자세를 중단한다.

역시 누군가가 적의 발을 묶어줄 수 있는 상태가 아니면 쓰기 힘든 기술이었군.

이러면 태극진 천명참도 쓸 수 없다.

그건 앵진결계와 앵력광의 지원이 있어야 간신히 쓸 수 있는 기술이니까.

어찌 됐건 스킬에 의지하지 않는 공격은 시간이 너무 많이 걸린다.

방법이 안 떠오르잖아.

그냥 아예 신무기를 투입해서 새로운 스킬에 기대는 수밖에…… 없으려나?

그렇게 생각하고 있으려니, 과거 천명이 어처구니없어하며 해머에 힘을 불어넣어서 라프타리아를 향해 찍어 내린다.

"나를 실망시켜도 여간 실망시키는 게 아니구나. 천명의 진한 혈통도 이제 대가 끊어진 것이야."

"크으…… 으, 하앗!"

라프타리아는 필사적으로 흘려 넘기거나 회피하거나 하고 있지만, 이제 완전히 어른과 아이의 싸움처럼 일방적으로 내몰리기 시작한 상태다.

젠장, 이쯤 해서 내가 개입해서 라프타리아를 지켜주는 수밖에 없겠어.

한 발짝 앞으로 나서려 했을 때, 라프타리아가 과거 천명을 응시하면서…… 꼬리를 부풀리고 있는 것을 발견했다.

순간적이지만, 머리카락까지 빛난 것처럼 보였다.

"하아앗!!"

"웃차!"

라프타리아의 반격에 과거 천명이 펄쩍 뛰어 물러난다.

"그렇게 여러 번 보여주는데 못 알아볼 수가 없죠!"

그리고 칼날에 손을 얹고 자세를 가다듬는다.

어쩐지 칼날이 빛나는 것 같은데? 기도 아니고 마력도 아니도 SP도 아닌 무언가인가?

과거 천명도 지지 않고 해머를 휘둘러서 라프타리아를 후려치려 든다.

"오행천명 쪼개기!"

"오행천명돌(五行天命突)!"

라프타리아의 도와 과거 천명의 해머가 충돌한다.

그 뒤로도 도와 해머의 힘겨루기가 잇따라 발생했다.

마력이 충돌하고 있는 건지, 마력으로 생성된 꽃잎이 흩날리면서, 주위에 갖가지 환각들이 발생한다.

"화극금(火剋金)."

과거 천명이 그렇게 말하자, 라프타리아가 그에 맞서듯이 받아친다.

"금모화(金侮火)!"

그러자 아까 그 무기 파괴 공격이 튕겨나가서 흩어진다.

무력화시킨 건가?

"오오, 천명의 힘을 본능적으로 알아챈 것이냐?"

과거 천명이 휘파람이라도 불듯이 말했다.

"그럼.이렇게 가 줄 것이야. 수극화(水剋火)!"

"화모──!"

라프타리아는 미처 상쇄시키지 못하고 힘겨루기에 밀려 나가떨어지고, 칼날에 깃들었던 마력도 한참 깎여나갔다.

저건…… 혹시 부여 효과나 기 같은 걸 무력화시킨 건가?

"변화가……."

말문이 막힌 라프타리아.

설마 무기 변화 방해인가?!

나도 몇 번인가 당한 적이 있었는데, 이런 곳에도 그런 게 기술로 존재했던 거냐!

"아뇨……. 목생화(木生火)!"

라프타리아의 도에 불이 확 깃들고, 칼날이 번쩍인다.

"흐음, 어설픈 기술이지만 나쁘지 않구나. 하나, 그렇게 빈틈이 많으면 어떻게 되는지 알 터인데?"

과거 천명의 모습이 일렁거리며 사라지고, 조금 떨어진 곳에서 한껏 힘을 모으는 모습이 나타난다!

저 힘의 태동은?!

"보아라! 이것이 천명의 기술이노라!"

분신을 만들어서 라프타리아를 향해 일제히 달려든다.

그런 가운데, 라프타리아는 시선을 집중해서 실체를 찾아내려 하고 있었다.

"거기군요!"

두 자루의 도를 칼집에 집어넣고 발도술 자세를 취하면서, 손을 앞으로 내뻗으며 소리친다.

"저는 아직 당신처럼 힘을 빠르게, 묵직하게 가다듬을 수는 없어요. 그러니까 제가 할 수 있는 최대한의 기술을 활용해서…… 갑니다!"

라프타리아가 탓 하고 힘차게 땅을 딛자, 커다란 음양 마크가 전개된다.

"앵신락(櫻神樂) 제2형태 · 1할 개화!"

해머를 높이 세우고, 과거의 천명이 라프타리아를 향해 세게 내리쳤다.

"음양팔극진(陰陽八極陳) 천명 쪼개기!"

힘과 힘이 충돌하듯이, 막대한 중압이 주위로 흩어진다.

너무나도 격렬한 충돌에, 공기마저 저릿저릿하게 진동하고 있었다.

"오행천명——"

라프타리아와 과거 천명은 잇따라 치고받는다.

과거 천명 주위에는 다섯 개의 구슬이 떠다니다가, 공격 시에는 과거 천명에게 깃들어서 지원하고 있는 것 같다.

그에 맞서듯이 라프타리아 주위에도 다섯 개의 구슬이 떠 있다.

그리고…… 뭐지?

성 밑 도시 근처에 피어 있던 앵광수가 순간적으로 빛을 내뿜더니, 아직 밝은 대낮이건만, 하늘을 향해 스포트라이트처럼 선명한 빛을 내뿜는다.

"춘앵수(春櫻樹)!"

"앵신락 제2형태·3할 개화!"

쌍방의 치고받는 싸움에 주위에는 빛과 어둠이 감돌다가, 꽃잎처럼 흩어져 간다.

나는 라프타리아가 보유하고 있는 마법 자질, 빛과 어둠의 자질이 의미하는 바를 이제야 알 것 같은 기분이었다.

빛을 굴절시키거나, 어둠 속에 숨어들기 위한 것…… 단순히 그것뿐만이 아니다.

음양처럼 빛과 어둠을 함께 갖고 있는 자질로, 서로 상반된 속성을 활용하고 있는 것이다.

치고받고, 속임수를 주고받으며, 쌍방의 무기가 맞부딪치는 소리가 무한대에 가깝게 수도 없이 울려 퍼진다.

"목극토(木剋土)! 토극수(土剋水)! 수극화(水剋火)! 화극금(火剋金)! 금극목(金剋木)!"

"앵신락 제4형태 · 5할 개화! 6할…… 개화…… 크윽……."

라프타리아가 약간 밀리고 있는 건가?

아니…… 과거 천명도 초조한 기색을 보이고 있다.

"용케 여기까지 따라온 것이구나. 그 강력한 연격계 스킬은 쏘면 쏠수록 위력이 증가하는 거겠지만, 짧은 시간에 힘을 물 쓰듯 소모하는 것이구나."

"그 정도는 이해하고 있어요! 하지만…… 물러설 수 없어요! 하아아아아아아아아아아앗!"

"그럼 나도 필살기로 갈 것이야! 천명오행상극(天命五行相剋)!"

다섯 개의 구슬이 한데 모여들어서 해머 속으로 사라지고…… 막대한 힘이 담긴 일격이 라프타리아를 향해 휘둘러진다.

지면에 내달리던 마법진에 오망성이 깃들고, 라프타리아를 중압으로 짓누르는 것 같았다.

그에 맞서서 도로 막아내던 라프타리아 주위에 걸리던 중압이 흩어지고, 지문에 다른 문양이 떠오른다.

하지만 라프타리아도 지지 않고 힘을 해방시킨다.

라프타리아 주위를 감돌던 구슬이 고속으로 회전하기 시작했다.

"드디어 성공했어요! 억누르는 음의 힘에 양의 힘으로 대항해서, 상쇄해 보이겠어요!"

"공격하면서 그걸 준비하는 걸 다 보았노라. 지금부터는 찰나…… 자, 죽고 싶지 않으면 덤벼야 할 것이야!"

"하아아아아아아아아아앗! 천명오행…… 상생(相生)!"

파직 하는 소리와 함께, 두 사람 주위에 전개되어 있던 마법진이 깨져 나간다.

공격이 상쇄된 걸 깨달은 과거 천명이 거리를 벌리려 한 바로 그때, 라프타리아가 힘차게 내디뎌서 거리를 좁히며 도를 치켜든다.

"아직 더 남았어요! 농월(朧月)!"

미세한 빈틈을 찔러서 과거 천명의 해머 자루를 싹둑 베어내고, 과거 천명의 어깨에 라프타리아의 공격이 들어갔다.

"조금만 더…… 잠깐이라도 좋아요! 하아아아아아앗!"

칼집에 꽂았던 다른 도를 뽑는다.

액세서리의 특수효과인 유사 하이퀵은 이 세계에서는 사용할 수 없다.

현재 라프타리아가 사용하고 있는 건, 지금까지의 속도를 조금 향상시켜 주는 정도의 물건이다.

하지만 그 미세한 속도 차이가 명암을 가르는 경우도 있다.

"어림없는 것이야!"

과거 천명은 포기하지 않았다. 자루가 짧아진 해머를 한 손에 쥐고 라프타리아를 후려친다.

하지만…… 라프타리아에게 적중하기 직전, 라프타리아의 모습이 사라졌다.

"으음? 이렇게 짧은 순간에, 용케도 이 몸을 속였구나."

과거 천명은 감탄 어린 목소리를 토해낸다.

"환영검!"

그것은…… 가장 먼저 익힌 기술이자, 마력도 SP도 기도 모조리 소모한 라프타리아가 마지막으로 남은 힘을 쥐어짜서 내쏜 일격이었다.

팟 하고 라프타리아가 과거 천명의 등 뒤에 나타나서, 있는 힘껏 도를 휘둘렀다.

"이제…… 끝이에요!"

라프타리아는 품속에서 카드를 꺼내 들었고, 천명은 반격할 여력이 있어 보였지만, 아무것도 하지 않고 받아들인다.

"큭…… 뭐, 이만하면 합격점인 것이구나."

카드가 가슴에 닿자, 카드는 빛과 함께 과거 천명의 가슴 속으로 사라져 간다.

"여러모로 부족한 점도 많지만 기백은 인정해 줄 것이야. 특별히 다른 처분 없이, 뒷일을 맡겨도 될지도 모르겠……

는 것이야."

머리를 벅벅 긁적인 후, 과거의 천명은 라프타리아에게 박수를 보낸다.

라프타리아는 여전히 도를 움켜쥔 채 그런 과거 천명을 쏘아봤다.

"잠깐만요. 당신은…… 전력을 다한 게 아니었죠?"

"아니? 이 몸으로 쓸 수 있는 최대한의 힘을 실어서 상대했노라. 나조차도 넘지 못해서는 조정자의 자격도 없는 것이야. 하물며 정령구 소지자와 결탁했다면 더더욱 그런 것이지."

"조정자…… 용사를 막는 자리라는 건가요?"

"이 정도의 힘을 이겨내는 것도 할 수 없다면, 앞으로 찾아올 날에 나타날 어리석은 자들에게 죗값을 치르게 해줄 수 없으니. 자만하지 않고, 쿠텐로 천명의 혈통을 잇기 위해 노력해 주기를 기도하는 것이야."

과거 천명은 가슴에 손을 대고 고통스러운 목소리로 라프타리아에게 말한다.

우리가 중간에 끼어들 수 있는 분위기가 아니었다.

"나라를 제법 난장판으로 만든 것 같지만, 마지막에는 덕분에 재미있는 것도 볼 수 있었던 것이구나. 절대로 녀석들에게 지지 않도록 최선을 다해야 하는 것이야……. 그럼, 과거의 망령은 그만 사라져 주는 것이야."

그렇게 말하는 동시에 과거 천명이 들고 있던 해머에 금이 가고, 소리를 내며 흔적도 없이 부서졌다. 빛나던 꼬리가 흩어져 사라지더니…… 변화가 풀리듯 실디나가 모습을 드러내고, 고꾸라졌다.

"아아."

쓰러지는 실디나를 라프타리아가 부축했다.

"이긴 건가……."

우리는 달려가서, 실디나의 상태를 확인한다.

호흡도 약간 거칠고, 생명력이 저하되어 있다. 빨리 치료하지 않으면 위험하다.

대화에 응해줄지 어떨지는 모르지만, 사디나의 여동생이기도 하고, 여러모로 동정이 가는 부분도 있다.

치료는 충분히 해 줘야 할 것이다.

"치료를 해야겠어. 같은 계열 마법이나 약초학에 조예가 있는 사람은 같이 도와줘. 다른 자들은 성 점거를 우선시하도록! 라프타리아도 피곤할 테지만 같이 있어 줘. 사디나도 치료를 거들어."

"아, 네!"

"알았어."

이렇게 해서 우리는 천명들 간의 싸움을 지켜보고, 그 뒷일에 대한 처리에 내몰렸다.

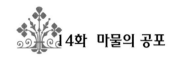# 14화 마물의 공포

실디나에 대한 응급처치를 해서 후송한 후, 우리는 천수각으로 향했다.

성문에 있던 생존자들 얘기로는, 현재의 천명은 아직 천수각에 혼자 남아 있을 거라고 했다.

"아직 어린아이라고 그랬었지? 이제 완전히 궁지에 몰렸다는 생각에 모든 걸 각오하고, 부하들과 중진들은 도망치게 한 채 혼자 남아 있는 건가?"

보고하러 온 라르바에게 묻는다.

지금까지 멍청한 명령들을 숱하게 내려 왔지만, 마지막에는 주군다운 각오를 보여주겠다는 생각인지도 모른다.

"그게…… 소란은 금방 진정될 거라는 마키나의 말을 듣고, 천수각의 방에 혼자 방치돼 있었다고……."

"정작 마키나는 냉큼 성의 비밀통로를 통해 도망치려고 했고, 그 뒤에는 우리가 본 그대로였다는 거군."

라르바는 내 말에 고개를 끄덕였다.

뭐지? 나라를 난장판으로 만들어 놓고, 이렇게 무책임하다니.

망령이 되어 실디나의 몸으로 옮기려 했을 때도 그랬지

만, 윗치를 생각나게 하는 녀석이다.

여왕이 없었더라면 메르로마르크도 쿠텐로와 비슷한 꼴이 되지 않았을까?

그런 생각이 들 만큼 짜증 나는 짓거리를 하는 녀석이다.

"라프~."

응? 라프짱이 뭔가 공 같은 걸 애지중지 들고 있다. 저건 뭐지?

궁금하긴 했지만, 지금은 그런 걸 신경 쓸 때가 아니었기에 계속 나아가니, 천수각…… 알현실 안쪽에 천명의 방이 있었다.

장지문을 연다.

"누, 누구야?!"

거기에는 신주 같은 의상을 입은 8살가량의 남자애가 있었는데, 그 꼬마는 필로리알 병아리 모습을 본떠 만든 봉제인형 같은 걸 끌어안고, 겁에 질린 눈초리로 이쪽을 쳐다보고 있었다.

처음 만났을 때의 라프타리아보다 더 어리잖아.

이 녀석이 쿠텐로의 왕 노릇을 하고 있던 바보 임금님인가?

실내는 필로리알에 관련된 물건들로 가득했다.

그림을 비롯해서, 봉제인형, 목상과 동상까지 있다.

금이나 보석으로 만든 건 없나?

아, 있다. 하지만 자세히 확인해 보니 금도금이다. 보석도 싸구려로 만든 것이다.

책도 제법 많이 있는데, 어떤 내용이지? 얼핏 보니 표지부터가 필로리알이다.

그림 속 필로리알의 무늬는 흰색과 연분홍색. 필로와 완전히 똑같은 색 조합이군.

이 색 조합이 왜 이렇게 인기가 좋은지 모르겠다.

"마, 마키나는 어디 간 거야? 거기 누구 없어?! 실디나! 얘들아!"

아무래도 사태 파악도 제대로 못한 채, 여기에 방치돼 있는 것뿐인 모양이군.

이걸 어쩐다?

까놓고 말해 이 녀석은 선악의 구분도 못한 채 이용당해 왔던 것에 불과할 것이다.

그렇다고는 해도, 안이하게 천명의 가호를 남발한 건 문제 있는 행동이었다.

"아! 그 옷……. 그건 높은 사람인 나 말고는 아무도 입으면 안 되는 거야!"

꼬맹이는 라프타리아를 삿대질하며 소리쳤다.

일단 이 녀석에게는 상황을 똑똑히 가르쳐 줘야겠군.

이유도 모른 채 붙잡혀서 처형…… 같은 건 피하고 싶지만, 적어도 권력의 자리에서는 곤두박질치게 될 테니까.

"미안하지만, 네 편을 들어 주던 녀석들은 모조리 죽거나 붙잡혔어. 너는 더 이상 높은 사람이 아니라고. 그 정도는 이해하겠지?"

내 물음에, 꼬맹이는 풀이 죽어서 고개를 끄덕인다.

"역시 그랬구나……."

어라? 생각보다 말귀를 잘 알아듣는데?

"금방 돌아오겠다고 한 마키나가 아무리 기다려도 안 돌아오고 있다는 건 알고 있었고, 가끔씩 사람들이 나 몰래 나에 대해서 원망하는 말을 하곤 했다는 것도 알고 있었어."

그치만, 하고 꼬맹이는 말을 잇는다.

아니, 이해력이 높은 편이니 '어린아이' 라고 불러 줘야겠다.

"그래도 나는 사람들을 믿고 싶었어……. 소란을 잠재우고 돌아올 거라고."

"그것 참 안됐군."

"……."

"저기, 나오후미 님. 쫌 더 부드러운 말을 해 줄 순 없나요?"

"뭐, 꼬맹이 상대로 너무 유치하게 굴고 있다는 건 나도 알아. 하지만, 이 녀석은 라프타리아의 목숨을 노리던 녀석들의 우두머리잖아? 아무리 관대하게 봐 줘도, 확실히 문제 있는 녀석이야."

라프타리아의 목숨을 노리는 자들이 나타났던 것도 어떻게 보면 이 녀석의 지배력이 전혀 없었기 때문이었다.

제대로 통치했었더라면, 고작 무녀복을 입었다는 이유만

으로 검객들이 들이닥치는 일은…… 없었을지도 모른다.

어린아이는 떨리는 몸에서 용기를 쥐어짜내듯이 우리를 향해 힘주어 말한다.

"한데 무슨 일로 짐을 찾아온 것이냐. 짐은 진 것 아닌가? 어디든 끌고 가서 처형해도 좋다. 하나, 짐을 따른 자들에게는 아무런 죄도 없다. 관대하게 용서해 줄 수 없겠나?"

오히려 너를 따르던 자들이 주범이고, 너 자신은 별 죄가 없을 텐데.

내 입장에서는 네 부하 쪽을 처형하고 싶다고.

그나저나 '나'에서 '짐'으로 1인칭을 바꾸다니……. 공무용 호칭은 구분해서 쓰라는 교육을 받아 온 것이리라.

으음, 태도로 보아, 제대로 가르치기만 하면 제법 괜찮게 자랄지도 모르겠다.

어찌 됐건 라프타리아의 친척은 친척…… 사촌다운 면은 있구나 하는 생각까지 든다.

"글쎄……. 가볍게 처벌할 생각은 없지만, 우선 네 천명 자격은 박탈해야겠어. 그 후에 어떻게 조치할지는 나중에 결정하지."

내 말에 고요하게 눈을 감고, 덜덜 떨리는 몸을 애써 억누르는 어린아이.

들리는 이야기로는 이제 막 철이 들었을 무렵에 암살로 부모를 잃었다고 했으니, 나름대로 열심히 살아 온 것이리라.

동쪽 수도를 점거함과 동시에 쿠텐로의 정세는 격변해서, 이제 우리에게 맞서는 세력은 줄어들 대로 줄어들었다.

옛 도읍의 명칭이 왕도(王都)로 복원되고, 평화로운 세력으로 정권이 교체될 거라는 건 충분히 예상할 수 있는 단계다.

일단, 이 나라의 고름은 거의 다 짜낸 것이라 할 수 있으리라.

새로운 권력의 탄생을 국민들에게 알리기 위해서 붙잡힌 천명을 공개 처형하는 것이 이 세계의 풍조이긴 하지만…….

이걸 어쩐다?

하여간에, 허튼짓을 한 자들에게는 죗값을 치르게 해 줘야겠지만.

뭐, 내 목적은 이미 달성된 거나 마찬가지다.

"노예문이라도 새겨서 고문 체험이라도 시켜 주지."

이렇게 말하면 어떤 반응을 보일지 그걸 확인하고 나서 앞으로의 대우를 생각해야겠다.

"그, 그게 벌이라면 당당히 받아 주겠다!"

오? 의외로 순순히 받아들이잖아.

이것도 천명으로서의 책임이라는 이 녀석 나름의 생각이겠지.

고문이라는 것의 정확한 내용까지는 모르더라도, 아프고 무서운 것이라는 것쯤은 알고 있을 것이다.

응, 이 녀석 자체는 그다지 밉지 않군.

지금까지 수집한 정보를 종합해 보면 지금껏 이용당해 왔던 것뿐이라는 건 확실하다.

그렇게 생각하긴 하지만, 진짜 속내가 어떨지 궁금한 건 사실이다.

"흐음……. 잠깐 기다려 봐."

나는 그 자리에서 어린아이를 감시하도록 라프타리아와 부하들에게 명령을 내리고, 인간형으로 변신한 필로의 등을 떠밀다시피 해서 복도로 데려갔다.

"주인님 왜 그래?"

"필로, 지금부터 필로리알 퀸 형태로 변신하고, 아무 말 없이 나를 따라와서, 저 애를 쳐다보고 있어. 내가 신호를 보내거든 목덜미를 집어 드는 거야. 시키는 대로 잘하면, 나중에 너한테 특제 식사를 만들어 주지."

"정말~?!"

필로는 해맑은 표정으로 대답하고, 필로리알 퀸 형태로 변신해서 깡충거리는 걸음으로 나를 따라온다.

"어라? 나오후미 님, 대체…… 필로가 왜 그 모습으로 온 거죠?"

"어머나?"

"뭘 하려는 거지, 나오후미?"

"글쎄요……. 저는 모르겠네요."

"후에?"

동료들이 상황의 추이를 지켜보고 있다.

지금부터 이 녀석이 어떤 표정을 지을지, 손쉽게 상상이 가는군.

"아, 필로리알이다!"

어린아이가 눈을 초롱초롱 빛내면서 달려온다.

맞아, 그러고 보니 너는 필로리알 사랑이 지나쳐서 살생 금지령 따위를 제정한 바보 천명이었지.

이 녀석의 진면모를 보는 데는 이 방법이 제일이다.

어린아이가 필로를 향해 달려와서, 필로의 깃털을 어루만 진다.

필로는 신이 난 얼굴로 어린아이에게 시선을 향했다.

말하지 말라고 얘기해 두길 잘했다. 필로의 성격상 이야 기를 했다가는 친해질 가능성이 있다.

"⋯⋯."

내 지시대로, 필로는 아무 말도 하지 않은 채 시선만을 어 린아이에게로 향한다.

이윽고 어린아이의 미소가 전율로 변해 간다.

역시 그랬었군. 수집한 필로리알 관련 물건들의 모양으로 미루어 보아, 진짜 필로리알에 대해 잘 모르고 있을 거라는 건 어렴풋이 알 수 있었다.

굳이 표현하자면, 오타쿠스러운 배치였던 것이다.

오타쿠였던 나이기에 느낄 수 있는 수상함이라고나 할까.

현실의 여자가 아닌 이야기 속 히로인을 사랑하는 자들과 같은 부류.

다시 말해, 진짜 필로리알이 어떤 생물인지는 잘 모르는 것이리라.

"어…… 아, 아아아아……."

크크큭…… 필로.

너는 전에 마을 녀석들의 공포를 샀던 기억을 까맣게 잊고 있군.

"아와와와……."

들떠 있는 데다, 식사를 만들어주겠다는 내 말에 식욕이 동한 필로가 말없이 보고 있는 것이다.

게다가 침까지 질질 흘리고 있으니 말이지. 어린아이는 먹잇감을 앞에 둔 맹금류 같은 무언가를 느꼈으리라.

겁에 질린 표정으로 뒷걸음질을 친다.

정말이지, 말을 했다면 결과는 한참 달라졌을 텐데.

그나저나…… 반응이 어째 메르티와 비슷한 느낌인데.

다만 메르티는 상대가 굶주린 필로리알이라고 하더라도 친구가 되려고 애썼을 테지만.

이 어린아이는 내 짐작대로 필로리알에 대한 호의를 갖고 있는 것 같지만, 그렇게까지 친근한 것처럼 보이지는 않는다.

나는 필로에게 손짓으로 신호를 보냈다.

그러자 필로는 묵직하게 한 발짝을 내디뎌서, 천천히 어린아이에게 다가간다.

침을 후르릅 삼키는 부리의 움직임을 보면, 영락없이 먹잇감을 쳐다보는 눈길로만 보일 것이다.

"으, 으왁! 오, 오지 마! 살려줘, 잡아먹히겠어—!"

그러자 필로의 움직임이 뚝 멈추고, 불쾌한 눈으로 나를 쳐다본다.

자기가 속았다는 걸 눈치챈 모양이다.

하지만 움직임은 멈추지 않는다.

그렇게 해서까지 내가 만든 음식을 먹고 싶은 거냐?

나중에 필로에게 물어보니, 라프타리아와 이 나라 사람들을 힘들게 한 것에 벌을 주는 거라고 생각해서 받아들였다는 모양이다.

"어머나."

싸늘한 시선이 내게 모여드는 것이 느껴진다.

"아…… . 저기, 지금 뭐 하시는 거예요?"

라프타리아가 모두를 대표해서 내게 물었다.

"뭘 하든지, 우선은 벌을 줘야 할 거 아냐?"

모두에게 제대로 들리도록, 그리고 주위 녀석들도 제대로 이해할 수 있도록 대답한다.

"그렇게 필로리알이 좋다면 필로리알의 먹이가 되는 형벌을 주면 좋을 것 같아서. 산 채로 잡아먹히는 거야."

"시, 싫어! 사, 살려줘어어어어어어어!"

오? 이제 슬슬 바닥이 보이는군.

아무리 늠름한 태도를 지어 보인다 해도, 어린아이는 어린아이다.

비록 이용당한 거라 해도 살생금지령 같은 걸 제정한 데다, 봉인돼 있던 괴물에게까지 축복을 베푼 것에 대한 죗값을 치러야만 한다.

이 정도 공포는 체험시켜 줘야겠지.

나라 사람들이 마물 때문에 얼마나 큰 피해를 입었는지, 온몸으로 맛을 보여줘야 한다.

"아, 아, 으아아아아아아아아아아!"

자신이 좋아하는 모양과 색깔을 가진 필로리알에게 습격당한다는 공포스러운 광경이 어린아이의 뇌리에 새겨질 것이다.

그렇게 생각하고 있으려니, 언제부턴가 혁명파 중진들이 영상 수정으로 영상을 찍고 있었다.

이 녀석들은 또 뭐 하는 거야? 그건 실트벨트에서 수입해 온 물건이었지, 아마?

필로가 어린아이의 목덜미를 부리로 붙잡아서 들어 올리는 장면에서, 촬영이 끝났다.

훗날에 이 영상이 천명의 처형 영상이라는 이름으로 전국에 퍼져서, 국민들의 10년 묵은 체증을 해소해 주게 된다.

"꺄아아아아아아아아아아아아아아아!"

뭐, 그렇다고 실제로 필로가 잡아먹은 건 아니지만.

필로가 어린아이의 목덜미를 물어서 들어 올린 채로 내게 다가온다.

한참 동안 절규를 내지르고 오줌까지 지린 어린아이가 거칠게 숨을 몰아쉬며 나에게 도움을 청한다.

얼마 후 여기에 자신을 도와줄 이는 아무도 없다는 걸 깨닫고 한층 더 저항했으나, 그 저항은 아무런 효과도 없었다. 나는 그 어린아이가 지쳐서 축 늘어졌을 무렵에야 놓아줄 것을 명했다.

"우우……."

풀려났다는 걸 깨달은 어린아이는, 바닥을 기어서라도 공포로부터 도망치려 하고 있다.

아연실색해서 그 모습을 지켜보는 라프타리아와 동료들.

"저기, 이 정도면 된 거 아닌가요?"

"아직 이것저것 가르쳐 주고 싶은 게 많지만, 제1단계는 이 정도면 되겠지."

이 정도면 마물이 얼마나 무시무시한 존재인지 이해했겠지.

"주인님 너무해~."

"시끄러워. 만약에 이 녀석이 메르티였다면 어떻게 했을 것 같아?"

"으~응? 있잖아~, 메르였다면 말야~, 밥을 주거나~,

필로가 좋아하는 곳을 쓰다듬어주거나 해서, 반하게 만들었을 거야."

하긴 그래. 메르였다면 이런 식의 처형을 당할 위기에 처했다고 해도, 요령껏 이겨냈을 것 같은 느낌이 든다.

이것이 메르티와 이 어린아이의 큰 차이점이다.

"뭐, 뭔가 말을 하잖아!"

참고로 필로는 나와 이야기할 때 메르로마르크의 언어를 쓰는 모양이다.

이미 실트벨트나 쿠텐로 말도 알아듣지만.

지난번에 이세계에서 구경꾼 신세가 됐던 기억 때문에 언어는 최대한 빨리 익혀야 한다는 걸 배운 모양이다.

하지만 어린아이 입장에서는, 아무리 말하는 필로리알이라 해도 이미 공포의 대상으로만 보일 것이다.

바들바들 떨면서 구석에 쪼그리고 앉아 있다.

"꼬마, 너한테 아주 중요한 걸 가르쳐 주지."

"뭐, 뭔데?"

"필로리알이라는 건 말야, 네가 보기에는 그냥 귀엽게 생긴 생물이었을지도 모르지만, 잡식성의 난폭한 생물이야. 몸으로 겪어 봤으니 이해하겠지?"

"부우~!"

"왜 이런 상황에서 필로리알을 부정하는 얘기를 하시는 거예요?!"

라프타리아가 따지는 것을 무시하고, 나는 어린아이를 타이른다.

"뭐, 네가 만져본 필로리알이라고는 날뛰지 않도록 길들여둔 녀석이거나, 완전히 제압돼 있는 녀석밖에 없었겠지."

어린아이는 내 지적에 연신 고개를 끄덕인다. 마음에 짚이는 게 있었던 것이리라.

"야생 마물도 마찬가지야. 게다가 너는 너무 난폭해서 국가에 피해를 끼치는 괴물에게 천명의 축복까지 걸어 주고 다녔어. 그게 무슨 의미였는지…… 이제 알겠지?"

어린아이는 내 말에 고개를 끄덕이고, 라프타리아는 더 이상의 태클을 멈춘다.

내가 어떻게 이야기를 전개하려는 건지 이해한 모양이다.

"부우~!"

필로가 뾰로통해져서 항의하고 있지만.

그러나 그 행동은 지금은 오히려 역효과다. 내 말에 충분한 설득력을 가져다준다.

"아까 그 공포, 아니, 실제로는 뜯어 먹히거나 발톱에 찢기거나, 독에 녹는 등, 이런저런 고통을 겪은 끝에 죽는 것…… 국민들은 그런 처지에 처해 있었어. 네가 아무 생각 없이 하고 있던 짓이, 바로 그런 상황을 만든 거야."

"……그랬, 구나. 그럼…… 응. 그렇다면 짐은, 확실히 천명의 자격이 없구나……. 다른 사람들은 가짜라고들 했지만, 혁명파 천명을 따르는 자들 말대로, 짐은 천명 자리를 물려주겠다."

오오? 나이에 걸맞게 어린 구석도 있지만, 역시 똑똑한 구석도 확실히 있는 모양이다.

돈과 사치에만 미쳐 있는 바보는 아닌 것 같으니 이쯤 해서 용서해 주도록 할까.

"더 먼 장래까지는 책임져 줄 수 없지만, 이 나라를 떠나서 세상을 둘러보는 것도 괜찮을 거야."

"기회가, 주어진다면……."

뭐, 쿠텐로 녀석들이 너무 멍청했던 덕분에 경이적인 속도로 나라를 점거할 수 있었고, 덕분에 고생을 면한 것도 없지 않다. 처형이 아닌 국외 추방 정도로 해 두는 게 좋으리라.

여러모로 이용만 당한 것에 불과했다면, 넓은 세상을 보여줘서 공부를 시켜야 하는 법이다.

라프타리아와는 피가 이어진 친척이기도 하고 말이지.

적어도 표면상으로는 처형했다는 것으로 처리하면 된다.

아니면 마을로 데려가서 라프타리아 사촌이나 전직 왕자 같은 이름으로 부르는 것도 괜찮겠다.

"뭐 어떤 처분을 내릴지는 나중에 정하기로 하고……."

어린아이는 겁을 내면서도 내 말에 응하는 자세를 보이고 있다.

좋아, 이쯤 해서 중요한 걸 가르쳐 주는 게 좋겠군.

"너한테는 더 중요한 걸 가르쳐 주도록 하지. 필로리알 따위보다 훨씬 귀엽고, 똑똑하고, 도움이 되는 마물이야."

나는 라프짱을 양손으로 안아서 척 하고 어린아이 앞으로 내보인다.

"타리~?"

오? 처음 듣는 발음이잖아? 나도 모르는 새에 또 새롭게 진화했었다니!

라프짱은 어린아이를 향해 깜찍하게 손을 들어 보인다.

"그건 또 뭐예요?!"

이때 라프타리아가 태클을 재개했지만, 나는 멈추지 않았다.

"이, 이런 마물은 처음 봤어. 책에서도 본 적 없었어!"

어린아이는 그렇게 말하면서 라프짱에게 손을 뻗는다.

라프짱은 라프~ 하고 울면서, 쓰다듬는 어린아이의 손길을 얌전히 받아들이고 있다.

머리부터 시작해서, 뺨, 배, 팔, 다리, 꼬리까지 쓰다듬었을 때, 라프짱이 어린아이를 살짝 쓰다듬는다.

"와아아아아……."

탐을 내듯 눈을 초롱초롱 빛내는 어린아이.

"얘는 말이지, 네 친척의 털에서 태어난 마물이야. 필로리알보다 훨씬 귀엽지?"

"부우~!"

"우……. 나오후미 님, 그만 좀 하세요."

필로는 야유를 그치지 않고, 라프타리아는 떨떠름한 표정을 짓고 있다.

주위 녀석들은 황당해하는 눈치다.

"그리고 저기 있는 건 네 친척이자 혁명파의 천명인, 라프타리아라는 애야. 알고 있겠지?"

"응."

"네 주위 녀석들은 천명의 혈통은 너뿐이고 다른 녀석들은 모조리 가짜니까 죽여 버리라고 했을지도 모르지만, 친척끼리는 친하게 지내는 게 좋지 않겠어?"

"응. 애초에 우리는 친척인데, 왜 모두 우리가 서로의 적이라고 한 거야?"

"그야 뻔하지. 네가 말하는 '모두'는 라프타리아가 살아 있으면 곤란해졌던 거야. 그래서 죽이라고 명령한 거지."

"그랬구나……."

어린아이지만 정치적인 것도 어느 정도는 이해할 줄 아는 모양이다.

썩어 빠진 권력 다툼 같은 느낌이니까.

"뭐, 친하게 지낼 생각이 있다면, 조금 더 라프짱을 만지게 해 주지."

어린아이는 라프짱과 라프타리아를 번갈아 쳐다보고 고개를 끄덕였다.

"그러니까 필로리알 같은 건 때려치우고 라프짱 장난감을 만들어서——."

라프타리아가 내 어깨를 턱 하고 세게 움켜쥐었다.

"나오후미 님, 뭘 하고 싶은 건지는 모르겠지만 적당히 좀 하세요."

큭…… 어쩔 수 없지.

라프짱 파벌로 끌어들이기 위한 권유는 나중에 해야겠다.

"어찌 됐건 앞으로 널 박하게 대하진 않을 거고, 어느 정도는 관대하게 봐줄 테니까 세상을 좀 배워."

"알았다. 짐…… 나는, 만약에 기회가 주어진다면 지금까지 사람들에게 끼친 피해를 갚고 싶어."

뭐, 일단은 이 정도에서 마무리 짓는 게 좋겠지.

그렇게 해서 어린아이를 데리고, 우리는 성을 떠났다.

"이 정도면 됐지?"

나는 사디나를 향해서 퉁명스럽게 말했다.

"그래. 이 누나, 이렇게 근사하게 일을 처리해낸 나오후미한테 푹 빠진 라프타리아가 자랑스럽다니까~."

"하아……. 이게 다 다 무녀복 때문이지만요. 무녀복만 안 입었더라면, 이런 분쟁에 말려들 일도 없었을 거예요."

이제 와서 따져봤자 소용없잖아.

"타리~ 라프~."

"왜 점점 더 제 이름 같은 울음소리로 변하는 건데요?!"

라프타리아가 라프짱에게 딴지를 걸었다.

조금 전까지 전투를 벌인 것치고는 팔팔하군.

이렇게 해서 비밀리에 어린아이를 데리고 나옴으로써, 우리의 쿠텐로 공략은 일단 끝을 맺었다.

너무 빠른 속도로 점거에 성공해서, 솔직히 내가 더 놀랄 정도다.

허술한 것도 정도가 있지, 나라가 완전 엉망이잖아.

참고로 뒤늦게 쫓아온 아트라 일행은 한 발 늦은 것에 대해 울분을 터뜨렸지만, 사실 싸운 건 라프타리아였고, 다른 자들은 구경만 했던 것에 불과했다.

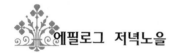

에필로그 저녁노을

동쪽 수도를 점거한 지 이틀쯤 경과했을 무렵———.

수도의 진료소에 입소해 있는 실디나에게 문병을 갔더니, 마침 실디나가 막 의식을 회복한 참이었다.

이번에는 꼬박꼬박 문병을 다니던 사디나와 얼굴과 꼬리를 알아볼 수 없도록 변장한 어린아이도 함께였다.

지난번에 필로를 이용해서 연출한 영상 수정을 공개하고, 국민들에게는 천명이 무참히 처형당했다고 공표한 상태다.

그렇게라도 안 하면 국민들의 분노를 잠재울 수 없을 만큼, 옛 정부에 대한 국민들의 원성이 자자했던 모양이다.

라프타리아는 승리 후의 공무에 내몰려 있고, 아트라 일행은 다시 잔당 소탕을 위해 떠난 상태다.

필로는 수도에 사는 아이들과 친구가 됐다면서 놀러 갔다.

렌과 이츠키는 리시아와 함께 훈련을 하고 있다.

"으……음……."

천천히 눈을 뜬 실디나가 주변을 둘러보듯이 고개를 움직인다.

"정신이 들어?"

실디나가 나와 사디나가 있는 걸 깨닫고 몸을 일으키려 했지만, 아직 힘이 회복되지 않은 상태라서 일어서지 못하고 다시 병상에 드러누웠다.

"실디나!"

어린아이가 실디나에게 말을 걸었지만, 실디나는 나와 어린아이를 번갈아 쳐다보며 고개를 갸웃거렸다.

"나 참……. 의식이 회복되자마자 바로 싸울 생각이라도 한 거냐?"

나는 살짝 기가 막혀서 실디나에게 묻는다.

실디나는…… 말하고 싶지 않은 듯 고개를 돌리고 있다.

"너도 참, 한 번밖에 만난 적 없는 녀석에게 엄청나게 무거운 걸 맡기는군."

딱 한 번 같이 술을 마신 게 관계의 전부인 사람에게, 자신의 혼 조각을 넘겨주다니, 도대체 무슨 생각을 하고 있는 거지?

결국 나는 실디나에게 아무 도움도 못 됐고 말이지.

실디나를 구해준 건 라프타리아다.

"별거 아냐…… 그저, 근사하다고 느껴지는 남자를 생전 처음으로 만나서 지금껏 못 버리고 있었던, 혼 조각을 봉인한 카드를 건네준 것뿐이니까."

"근사하다니…… 넌 워낙 술을 좋아하는 녀석이니까, 내가 루코르 열매를 먹는 걸 보고 그렇게 생각한 거야?"

실디나는 고개를 끄덕인다.

"술 잘 마시는 사람이 좋아."

"나 참……. 자매가 하나같이 똑같은 반응이라니."

이 술주정뱅이 자매 같으니!

"어머……."

"그것 좀 하지 마. 그렇게 싫어하는 언니랑 비슷하다고."

"……."

이거야 원, 지금까지 나눠 온 대화를 보면 언니를 싫어한다는 게 여실하게 드러났는데, 그러면서도 행동까지 닮은 건 핏줄 때문인가?

"근사하다고 생각했어. 그게 나빠? 난생 처음 사랑을 느낀 거였는데."

"그게 하필이면 혁명파 천명을 지원하는 실트벨트의 신이었다니. 너무 짠 것처럼 딱딱 들어맞는 거 아냐?"

당사자인 내가 할 소리는 아니지만.

"게다가…… 사디나의 남자라니 끔찍해."

"잠깐, 몇 번을 말했지만 누굴 보고 사디나의 남자라는 거야?"

"어머나?"

기다렸다는 듯이 사디나가 내 팔에 팔짱을 끼려고 든다.

그 손길을 뿌리치고 대꾸한다.

"미안하지만 그런 관계 아냐."

"이 누나랑 재밌는 거 하자구."

"괜히 얘기 꼬이게 만들지 마!"

사디나, 실디나는 너에 대한 엄청난 콤플렉스 속에서 자라 왔다고.

괜히 자극하지 말란 말이다.

하지만 사디나는 자상한 미소를 지으며 실디나를 쳐다보고 있었다.

마치 그런 관계가 아니라는 걸 증명이라도 하듯이.

"이 언니의 동생이라면 고작 그 정도에 포기해서는 안 되지 않겠니~? 나오후미가 마음에 들었다면 더 적극적으로 대시해야지."

"헛소리 마!"

"그리고 이 언니는, 나오후미의 정부(情婦)라도 상관없구…….. 라프타리아나 아트라한테는 못 이길지도 모르지만, 필로의 앞자리 정도는 차지할 수 있을 것 같으니까."

"무슨 소리 하는 거야?"

아트라는 그렇다 쳐도, 라프타리아는 딸 같은 아이라고.

딸에게 욕정을 품는 건 변태나 하는 짓이다. 뭐, 그렇다고 아트라한테 욕정을 품는다는 건 아니지만.

어쨌거나 나는 이 세계에서 연애를 하거나 처자식을 가질 생각 따위 없단 말이다!

필로? 필로한테는 메르티가 있잖아. 요즘은 창 든 스토커에게 쫓기는 신세지만.

"어찌 됐건, 나오후미한테 조금이라도 마음이 있다면 이 언니는 안 질 거라구~. 혹시, 그냥 도망칠 거니?"

사디나의 말에, 실디나는 불쾌한 듯 미간을 찌푸리며 노려본다.

부정적인 감정의 폭이 넓은 녀석 같단 말이지.

어떤 의미에서는 학대당한 마을 녀석들과 비슷한 정신 상태다.

실제 연령을 생각하면 다소 도움을 주고 싶은 마음도 있다.

"그렇게 금방 포기하다니, 재미없어라~."

"너무 자극하지 말라니까."

한숨이 나온다.

비교적 배려심이 있는 사디나도, 동생을 상대로는 적절한 거리감을 파악하지 못하는 것 아닐까?

"그때, 너는 엄청나게 즐거운 표정이었지. 그냥 카드 게임을 했을 뿐인데."

"……."

실디나는 내 이야기를 듣기 싫다는 듯 고개를 돌렸다.

역시 설득은 불가능한 건가?

일그러진 가정사에서 해방시켜주는 건 힘들지도 모르겠다.

하지만 동정하는 마음이 드는 건 사실이다.

"너는 꽤 심한 방향치인 것 같지만 또 놀고 싶다면 상대해 줄게. 그것만 갖고는 안 될까?"

아마 카드 게임류를 좋아하는 것 같으니까, 실마리가 될수 있을 거라고 생각한다.

방 밖에서 호위를 맡아 대기하고 있는 세인이 트럼프를 펼쳐 보이고 있다.

너도 좋아하는 모양이군.

실디나가 처해 있는 불우한 처지가 어쩐지 라프타리아의 경우와 겹쳐 보여서, 힘이 돼 주고 싶다고 생각하는 건 내 이기심일까.

구해줄 수는 없을지도 모른다. 그래도 다소나마 도움이 돼 주고 싶은 것이다.

"그리고 이건 미리 말해 두는 게 좋을 것 같으니까 지금 얘기할게. 실디나, 살육의 무녀 직책에서 널 해임할 거야. 직책을 맡고 싶다면 수룡의 무녀만 맡아. 참고로 사디나는 수룡의 무녀로 돌아갈 생각은 없어."

"그래, 수룡님과 인연이 있긴 했지만, 돌아갈 생각은 털 끝만큼도 없어."

"……?!"

실디나가 퍼뜩 놀라서 내 쪽을 쳐다본다.

"살육의 무녀도 중요한 역할이겠지만 너처럼 진심으로 싫어하는 녀석에게 시킬 필요는 없어. 처형인이 필요하면 따로 고용하면 되겠지."

그건 대대적으로 바꿔야 할 조건이다.

천명의 위광을 드러내기 위해 지저분한 일을 떠맡기다니, 유치한 발상이다.

일을 일로서 받아들일 수 있는 녀석이 하는 게 정상이다.

"혹시 그 일을 계속하고 싶어서 그래? 그렇다면 말리지는 않겠지만…… 넌 정말 그래도 괜찮겠어?"

"패배한 파벌인 나를 안 죽이겠다는 거야? 사디나를 시켜서 처형하려던 것 아니었어?"

아아, 그런 생각을 하고 있었던 말이지.

"그런 거 할 생각 없다구. 그보다 실디나, 그 사람들…… 부모님에 대해서, 조금 더 자세하게 가르쳐 주지 않겠니? 이 언니도 더 이상은 못 참겠으니까."

사디나가 짜증을 노골적으로 드러내며, 파직 하고 정전기를 휘감은 채 실디나에게 묻는다.

"실디나도 같이 갈래? 이 언니, 마침 지금부터 고향에 공포를 뿌리러 갈 생각이거든. 제2의 실디나를 만들 생각도 못 하도록 단단히 겁을 줘야 할 것 같아서 말야."

패배한 파벌인 만큼, 이쪽에 잘 보이려고 필사적으로 애쓰고 있다는 보고를 들은 바 있다.

솔직히 수룡도 기가 질려 할 정도면 도대체 얼마나 멍청한 부모인지 궁금하기는 하다. 하지만 내가 따라가면 사디나는 마을을 파멸시키는 건 물론, 나를 부모에게 소개하거나 하는 짓을 저지를 것 같아서 갈 생각이 들지 않는다.

"이 나라에 있기 싫으면 따라와. 이 어린아이랑 마찬가지로, 박하게 대하지는 않을 테니까."

"이 언니랑 같이 놀자구. 우선은 엉뚱한 곳에 힘을 쏟은 그 사람들한테 죗값을 치르게 해야겠지만."

이렇게 몇 번씩 거듭 말하는 걸 보면, 사디나 녀석, 아주 단단히 화가 난 모양이군.

실디나의 증세로 미루어 보아, 상당히 더러운 짓을 한 건 명백해 보이고 말이지.

"하지만…… 저는……."

실디나는 어린아이에게 눈길을 돌리고, 미안한 듯 고개를 푹 숙이고 있다.

"실디나……."

어린아이가 실디나에게 조용히 중얼거린다.

"그나저나 너랑 실디나는 어떤 관계지?"

"내, 내 호위를 맡아주기도 한, 누나 같은 사람이야. 나를 이용하려던 사람들과는 다른…… 친구……."

어린아이는 쥐어짜는 것 같은 목소리로 나에게 말한다.

"좋겠네. 친구라잖아."

썩 존경하는 것 같은 기색은 안 보였으니, 어린아이가 혼자서 친구라고 착각했던 것일 가능성이 높다.

실디나는 어린아이를 보며 눈이 휘둥그레질 정도로 놀라고 있었다.

"천명님……. 저는 강신(降神)에 실패해서, 천명님의 소중한…… 마키나 님이나 다른 사람들을 죽이고 말았습니다……. 그런 말씀을 들을 수 있는 존재가 아닙니다."

"흐음…… 그 일 말인데, 어디까지 기억하고 있지?"

솔직히 말하자면, 실디나가 실신해서 과거의 천명을 강신시킨 덕분에, 우리가 손쉽게 쿠텐로를 점거할 수 있었던 거란 말이지.

"움직일 수는 없었지만, 전부 기억하고 있어……. 저항해 봤지만, 마키나 님과 다른 사람들을 이 손으로……."

실디나는 미쳐 버릴 것 같은 마음을 억누르듯 손으로 얼굴을 감싼다.

"설마 마키나 님이 그런 말씀을…… 하시다니……."

"우리가 가기 전에 무슨 말이라도 들은 거야?"

"……."

내 말에, 실디나는 고개를 끄덕인다.

"마키나 님 앞에서…… 조종당한 내가 어떻게든 지배에서 벗어나려고 애썼지만…… 정체불명의 문양으로 결박당해서, 이제 죽고 말 거라고 생각했을 때……."

우리가 가기 조금 전, 마키나를 궁지에 몰아넣은 과거 천명에게 육체를 빼앗겼던 실디나는 몸에 새겨진 문양에 짓눌려서 쓰러지고 말았다고 한다.

과거 천명이 마키나를 죽이지 못하도록 실디나가 저항한 탓에, 일시적으로 움직일 수가 없었다고 한다.

『이거야 원……. 기르던 개에게 손을 물린다는 게 이런 거구나. 아무 일 없었다면, 앞으로 찾아올 그날까지 자유롭게 풀어 주려고 했었는데……. 달콤한 말을 몇 마디 건넸더니 감쪽같이 믿어 버리다니 멍청하고 어리석은 것 같으니. 그것도 모자라 나에게 손을 대려고 하기까지 하다니, 어리석은 것도 정도가 있지!』

마키나라는 악녀는 득의양양한 표정으로 내뱉었다.

그 외에도 여러 중진들이 쓰러져 있는 실디나를 비웃고 있었다고 한다.

『네가 나를 믿고 여러모로 애쓰는 걸 보면서, 웃음을 참

느라 얼마나 힘들었는지 몰라. 우직하게 나를 믿고 사지로 걸어 들어가지 뭐야. 정말이지 좋은 장난감이었다니까!』

말문이 막힌 실디나를 조소하면서, 마키나는 내뱉었다.

『그래, 그거야! 그 얼굴을 보고 싶었다구! 아하하하! 너무 웃어서 토할 것 같을 지경이구나!』

마키나는 한바탕 웃은 다음, 도무지 믿을 수 없다는 듯 손을 내뻗는 실디나에게 말했다.

『어찌 됐건, 나에게 대드는 어리석은 물고기는 필요 없어. 죽어 버려. 나 참, 추잡해서 구역질이 다 나온다니까!』

범고래 수인인 실디나를 보고 물고기라고 하다니, 완전히 모욕한 거잖아.

그리고 실디나의 숨통을 끊으려 한 순간 과거 천명에게 육체를 빼앗겼고, 사건이 벌어졌다는 것이다.

"얘기만 들어도 완전히 쓰레기 같은 여자잖아."

게다가 자기가 살해당했다고 해서 남의 몸을 강탈해서 위장하려고 하다니, 뭐 그런 녀석이 다 있나 싶다.

우리가 달려가는 게 한 발만 더 늦었더라면, 실디나인 척 도망쳤을지도 모르잖아.

실은 윗치가 아니었을까 하는 생각까지 들 정도다.

다른 사람 맞지?

다른 사람이라는 생각이 안 든다. 시간적으로 말이 안 되지만 말이지.

쓰레기 같은 여자는 어디에나 있다는 거겠지.

고개를 푹 숙인 어린아이에게로 눈길을 돌리고, 그 어깨에 손을 얹고 말한다.

"너를 버리고 도망치려고 한 것 같고, 조사해 보니 천명 암살에도 여러모로 관여했다는 게 밝혀졌어. 그러니까 신경 쓸 필요 없다고…… 뭐, 이렇게 말해 봤자 소용없겠지만."

나는 사디나에게도 눈길을 돌린다.

"뭐, 그 사람은 말이지, 이 누나한테도 여러 번 욕을 퍼부 었으니까…… 오히려 실디나한테 어떤 달콤한 말을 했는지 궁금할 지경인걸."

"그 녀석과 비슷한 여자를 알고 있어. 이용하기 쉬울 거 라고 생각한 거겠지."

사디나는 관찰력이 있으니, 섣불리 접근했다가는 간파당 할 거라고 생각한 거겠지.

"잘 알고 있는걸."

"메르티의 언니가 바로 그런 성격이었으니까."

"아아, 그렇구나."

사디나가 고개를 끄덕이자, 나는 실디나와 어린아이를 향 해 말한다.

"소중하게 여겨 왔던 녀석의 본성을 알게 돼서 마음에 상 처를 입은 기분은…… 나로서는 어렴풋하게밖에 짐작할 수 없어. 하지만, 속은 자의 기분은 충분히 이해할 수 있어."

나는 누명을 뒤집어썼던 경험이 있다.

그렇기에 남에게 속은 자의 기분은 공감할 수 있다.

"그런 녀석에게 속아 넘어가서 고개만 푹 숙이고 있느니, 차라리 녀석의 말로를 듣고 가슴을 쫙 펴는 게 나아. 자, 똑똑히 봐라, 라고 말야."

나도 빨리 윗치를 찾아내서, 그런 말로를 걷게 해 주고 싶군.

"그리고 네가 강신시킨 과거 천명이 녀석을 해치웠으니 됐잖아?"

실디나는 내 말에 고개를 끄덕인다.

"예전에, 처음 강신시켰을 때부터 내 몸을 차지하고 중진들이나 마키나 님을 죽이려고 해서…… 그걸 가까스로 억눌러 왔던 내 입장에서는 그야말로 최후의 카드였어. 지금 생각하면, 물리쳐야 할 적이라고 계속 내게 가르쳐 줬던 거였어."

"폭주할 우려는 있지만 위험을 감수한 비장의 수단으로 갖고 있었다는 거군."

그 정체는 나라의 고름과 악녀를 없애려 하던 신성한 존재였다는 얘기다.

라프타리아와의 전투를 새삼 돌이켜보면, 과격한 훈련처럼 보이는 것도 사실이다.

미덥지 못한 자손에게 이런저런 기술을 전수하는 것 같은 느낌이었다고나 할까.

"과거 천명의 가르침은 옳았다는 거군. 꼬맹이, 너도 이제 그 녀석을 죽인 것에 대해서는 신경 안 쓰잖아?"

"……응. 마키나는…… 믿고 싶었지만, 지금 생각해 보면 이상한 구석이 한둘이 아니었어."

이 녀석은 정말로 세상 물정을 모르지만, 일단 가르쳐 주면 이해는 빠른 녀석이라니까.

그 마키나라는 여자는 이 녀석을 완전히 속이고 있었다고 생각했겠지만, 이 녀석은 어렴풋이 짐작하고 있었던 모양이고 말이지.

장래에 대해 망설이고 있는 것 같으니 내 영지에 데려가서 이것저것 본격적으로 가르쳐 볼까.

어쩌면 라프타리아 못지않게 성장할지도 모른다.

"실디나, 괜찮으니까 고개 들어. 쿠텐로는 앞으로 크게 변할 거야. 이제 너를 괴롭히는 사람은 없어. 그러니 자유롭게 살아갔으면 해."

어린아이는 그렇게 말하고, 나를 보며 고개를 숙였다.

"너를 따르던 부하들도 많았던 것 같더군. 저지른 죄에 대해서는 온정을 베풀어서 조용히 넘길 생각이야. 그러니까 이 꼬마 말대로 앞으로는 그냥 마음대로 살아가도록 해."

"나는……."

"하지만 치명적인 방향치를 고치지 않으면 앞으로 살면서 여러모로 불편할걸."

"어머……."

약간이나마 실디나의 표정이 밝아진 것 같은 느낌이 든다.

"쿠텐로만 보고 살면 그릇이 작아질지도 몰라. 이 꼬맹이랑 같이 한동안 내 마을이나 나라 근처에서 생활해. 답을 내는 건 그 뒤에라도 늦지 않을 테니까."

"알았어……. 나오후미는 나랑 술 대결이나 카드 놀이를 해 줄 거야?"

"그래. 마을에는 놀기 좋아하는 녀석들이 많으니까. 가르쳐 주면 얼마든지 같이 놀아 줄 거야. 물론 나도 시간이 있으면 상대해 줄 거고."

"그래……. 알았어."

실디나는 그렇게 고개를 끄덕이고, 이불에서 나와 일어섰다.

벌써 일어설 수 있는 건가? 사디나도 그렇지만, 튼튼한 녀석이군.

"그럼 이제 완전히 내 동생으로 취급해도 되겠니? 이 언니랑 같이, 재미없는 꿍꿍이를 꾸민 그 사람들한테 벌을 주러 가자구."

"응?!"

실디나는 전율에 찬 표정을 지은 채 사디나에게 끌려간다.

"어머……!"

조금이나마 실디나의 표정이 밝아진 것 같은 느낌이 든다.

"뭐, 바보 부모와는 절연하고 와. 전국적으로 너희 일족의 방침을 허가할 생각 따위는 없다고 말야."

"네~에. 그럼 다녀올게, 나오후미! 나중에 나오후미한테도 이 누나랑 실디나가 태어난 마을을 보여줄게."

"그래, 그래."

두 악마에게 멸망당한 고향을 보여줘서 어쩌게…….

"아앗…… 나오후미…… 어머! 이거 놔!"

뭔가 어쩔 줄 몰라 하면서 끌려가는 것 같지만, 정다워 보이는 자매군.

휘잉휘잉 파직파직, 두 사람 사이에 마법이 오가고 있는 것 같지만 말이지.

"실디나, 나중에 술 대결을 해 보자. 아, 조금 취해야 제 컨디션이 나오려나? 그럼 이 언니가 좋아하는 술을 줄게."

"어머…… 꿀꺽──."

이제 상당히 목소리도 멀어졌지만, 둘이서 나란히 수인화해서 흥겹게 걸어가는 광경이 내 인상에 짙게 남았다.

"그럼, 성으로 돌아갈까."

"네. 앞으로 잘 부탁합니다."

"뭐, 너도 그렇게 긴장하지 마. 내 마을에는 어린애들도 많으니까. 너도 똑같이 취급해 주지."

우리는 어린아이와 세인을 데리고 성으로 돌아갔다.

이쪽 역시, 세인이 가진 봉제인형에 관심을 느낀 어린아이가 중간부터 봉제인형과 이야기를 나누는 모습이 인상적이었다.

뒤처리도 대충 끝나 갈 무렵, 나는 라프타리아와 함께 성에서 가장 높은 테라스에서 옛 도읍이었던 도시를 내려다봤다.

세인과 다른 자들은 성안에서 저마다 휴식을 취하고 있다.

이제야 라프타리아와 둘이서 얘기할 시간이 생겼군.

저녁노을이 유난히 아름답게 보이는 건 하늘이 맑게 개어 있기 때문일까?

도시는 승전 무드와 천명파 토벌에 대한 기쁨으로 왁자지껄한 축제를 벌이고 있다.

무슨 축제를 그렇게들 좋아하는 거냐.

"후우. 이제야 성가신 싸움이 정리됐군."

"싸움은 정리됐지만, 앞으로는 어떻게 하실 건데요?"

"응? 라르바와 혁명파 중진들에게 나라를 맡기고 냉큼 돌아갈 생각인데. 천명파 놈들은 이제 거의 다 제압했으니 크게 문제 될 건 없어."

지금도 가끔씩 소동을 일으키고 있다는 모양이지만, 그래 봤자 이제는 소수파에 불과하다.

용맥의 모래시계가 있으니까 유사시에는 라프타리아가 들르기만 해도 어지간한 일은 해결할 수 있을 것이다.

"하아……. 황당한 소동이었어요."

"싫었어? 덕분에 부모님의 내력을 알 수 있었잖아. 게다가 이제 여왕님이 되기까지 했고."

이제 라프타리아의 지위를 위협할 자는 더 이상 존재하지 않는다.

실트벨트에서도 점령을 주저했던 쿠텐로의 대표라는 자리에까지 올라앉은 것이다.

잘 생각해 보면 엄청난 성공담이잖아.

평범한 동네 여자애였던 소녀가 일국의 여왕이 되다니.

"그야 아버지나 어머니가 살던 나라에 대해서 알고 싶었던 건 사실이에요. 그렇지만 저는 쿠텐로의 천명이 아니라, 그 마을의…… 친구들이 있는 마을에 사는 여자아이이고, 나오후미 님의 검으로서 싸우는 라프타리아—— 그거면 충분해요."

"권력욕이 없군."

"그건 나오후미 님도 마찬가지잖아요. 실트벨트의 신이 시잖아요?"

……이거 한 방 먹었군.

이용할 수 있는 건 다 이용해 왔지만, 실트벨트의 왕 따위가 될 생각은 티끌만큼도 없다.

라프타리아는 창틀에 걸터앉아서 저녁노을을 바라본다.

"쿠텐로에 와서 다양한 기술과 힘의 사용법을 익혔어요. 하지만 좀 더, 더 많이 강해지지 않으면 앞으로 맞이하게 될 싸움을 이겨낼 수 없을 거예요."

"……맞아."

그러고 보면 라프타리아는 이번 싸움을 극복하면서 한층 더 성장한 것 같은 느낌이 든다.

"그리고 사디나 말마따나, 이제 드디어 당당하게 라프타리아에게 무녀복을 입힐 수 있게 됐군."

내가 가슴을 활짝 펴며 말하자, 어째선지 라프타리아가 창틀에서 떨어질 듯 휘청거린다.

괜찮은 거야? 여기는 높으니까 떨어지면 큰일이라고.

"결국은 또 그 얘기로 마무리 짓는 거예요?!"

"이게 얼마나 중요한 일인데. 라프타리아한테 제일 잘 어울리는 복장이니까."

라프타리아에게 무녀복을 입힌 것이 사건의 발단이었지만, 결과적으로 좋은 방향으로 마무리된 거라고 생각하는 중이다.

고통 받는 라프타리아를 보고도 모른 척하던 자들에게 죗값을 치르게 해 주는 데도 성공했고, 결과적으로 썩어 빠진 쿠텐로를 구제하는 데도 성공했다.

라프타리아의 친척이나 실디나도, 일단은 좋은 방향으로 이끌어갈 수 있을 것 같다.

"자, 그럼…… 크크크, 이제 실트벨트와 쿠텐로는 내 손아귀에 들어왔군……."

"아뇨, 그런 말을 하려는 게 아니라구요."

뭐, 그건 나도 알고 있었다.

하지만 어찌 됐건 실트벨트와 쿠텐로에 연줄이 생긴 건 사실이다.

필요할 때 협조를 구하는 것 정도는 가능하겠지.

"나 참…… 나오후미 님은 너무 막무가내로 밀어붙이시니까, 따라가기가 힘들다구요."

"그거 좋은 칭찬이군."

"어째 지적하는 것도 피곤해지네요. 지금은 그냥 그렇다고 쳐요."

아름다운 저녁노을이군.

그렇게 생각하면서 저물어 가는 태양을 바라본다.

"뭐, 나중에 라프타리아 부모님의 소지품이나 추억이 될 만한 물건 같은 걸 찾아보자고. 라프타리아도 궁금할 거 아냐?"

"네. 사디나 언니나 나라 사람들한테서 얘기를 듣긴 했지만, 부모님에 대해서 더 자세히 알고 싶어졌어요."

"그럼 조금 정도는 쉬어도 될 것 같군. 힘든 싸움을 했으니까 이쯤 해서 좀 휴식을 취하는 것도 괜찮을 거야. 이 나라에는 온천도 있다는 것 같으니까."

"나오후미 님과 같이 쉴 수 있으면 좋겠네요."

앵광수 꽃잎이 바람을 타고 하늘하늘 방으로 날아 들어온다.

성에도 앵광수 목재가 사용된 듯, 라프타리아에게 반응해서 어렴풋이 빛을 내뿜는 것처럼 보였다.

"주인님! 필로한테 약속한 특별 식사~!"

시끄러운 녀석이 돌아왔군. 그러고 보니 그런 약속을 했었더랬지.

"자, 나오후미 님. 필로가 요구하고 있잖아요. 오늘은 특별한 음식을 만들어 주세요."

"알았어, 알았어. 그럼 라프타리아의 정식 무녀복 기념으로 만들어 줄게."

"또 그 얘기예요?!"

이렇게 해서 우리는 방을 떠났다.

방을 떠나는 순간에 살짝 보인 것은, 아마 저녁노을이 만들어낸 환영일 것이다.

어쩐지 라프타리아와 닮아 보이는 남자와 라프타리아를 연상케 하는 다정한 미소를 띤 여자가, 라프타리아에게 다정하게 손을 흔드는 모습이 내 눈에 보인 것 같은…… 기분이 들었다.

그리고 나는 모두가 먹을 요리를 만들기 위해서, 라프타리아와 필로를 데리고 주방으로 향하는 계단을 내려갔다.

방패 용사 성공담 14

2016년 07월 19일 제1판 인쇄
2016년 07월 29일 제1판 발행

지음 아네코 유사기 ｜ **일러스트** 미나미 세이라 ｜ **옮김** 박용국

펴낸이 임광순 ｜ **제작 디자인팀장** 오태철
담당편집자 엄태진
편집1팀 황건수 · 정해권 · 김동규 · 신채윤 · 이병건
편집2팀 유승애 · 배민영 · 권소현 · 이민재
디자인팀 박진아 · 정연지 · 박창조
국제팀 노석진 · 엄태진 ｜ **마케팅팀** 김원진

펴낸곳 영상출판미디어(주)
등록번호 제 2002-000003호
주소 21311 인천광역시 부평구 평천로 132 (청천동)
전화 032-505-2973(代) ｜ **FAX** 032-505-2982

ISBN 979-11-319-4637-4
ISBN 979-11-319-0033-8 (세트)

Tate no yuusha no nariagari 14
ⓒ Tate no yuusha no nariagari by Aneko Yusagi
First published in Japan in 2016 by KADOKAWA CORPORATION, Tokyo.
Korean translation rights arranged with KADOKAWA CORPORATION, Tokyo.

이 작품의 한국어판 저작권은 일본 KADOKAWA CORPORATION과 독점계약한 영상출판미디어(주)에 있습니다.
저작권 법에 의해 보호를 받는 저작물이므로 무단전재 및 복제를 금합니다.

내가 마족군에서 출세하여 마왕의 딸의 마음을 사로잡는 이야기
1

정신을 차리니 눈앞에 오니가 있었다. 방금 전까지만 해도 하교 중이었을 텐데……

평범하게 학창생활을 보내던 마츠우라 나오야는 갑자기 이세계로 소환된다. 그리고 눈앞에 나타난 인물은 마왕 폐하의 딸인 마야 님. 칠흑의 의상을 입은 그녀는 말한다. "너는 공주의 직속 군대에 배속된다. 제 몫을 충분히 하는 병사가 되어라."라고. 갑작스럽게 떨어진 무리한 지시에 나오야는 벌벌 떨었어야 하겠지만, 어여쁜 마야의 매력에 넋을 놓고 반하고 말았다.

그리고 마침내 최하급 '고기방패'(노예병사를 말함)로 1년을 살아남은 나오야는 본격적으로 마계에서 두각을 드러내기 시작하는데——(어디까지나 예정).

「소설가가 되자」의 인기작! 최강의 벼락출세 판타지! 등장!

토오노 소라 지음 / 카미죠 에리 일러스트 / 도영명 옮김

영상출판
미디어㈜

민족 정화, 증오의 악순환, 파탄이 확정된 「약속의 나라」――
과거로 돌아온 청년은, 붕괴된 「약속의 나라」를 되찾을 수 있을까?

약속의 나라
1

힐트리아 사회주의 연방공화국――당과 국가통치기구가 융합하고,
'박애와 통일'의 슬로건 아래에서 다섯 민족, 다섯 공화국이 살얼음 위에서
공존, 공영하는 공산주의 국가에 **시간을 뛰어넘어 돌아온** 다비드 에른네스트.
과거인가, 미래인가. 「공산주의」인가 「민족자결」인가. 그 선택지의 정답을 찾아,
다비드는 동료들과 함께 힐트리아 연방 인민군에서 출세의 길을 밟아 나가는데……

「유녀전기」의 카를로 젠이 선사하는 「공산주의 영웅담」 개막――.

카를로 젠 지음 / 이와모토 에이리 일러스트 / 한신남 옮김

영상출판
미디어㈜